本書根據廣東省立中山圖書館藏清光緒十五年（1889）刊本影印

西樵歷史文化文獻叢書

重輯桑園圍志（一）

（清）何如銓　纂修

广西师范大学出版社
GUANGXI NORMAL UNIVERSITY PRESS
·桂林·

圖書在版編目（CIP）數據

重輯桑園圍志：全2册 /（清）何如銓纂修. —桂林：廣西師範大學出版社，2014.12
（西樵歷史文化文獻叢書）
ISBN 978-7-5495-6046-2

Ⅰ. ①重… Ⅱ. ①何… Ⅲ. ①珠江三角洲－水利史 Ⅳ. ①TV-092

中國版本圖書館CIP數據核字（2014）第276545號

廣西師範大學出版社出版發行
（廣西桂林市中華路22號　郵政編碼：541001
網址：http://www.bbtpress.com）
出版人：何林夏
全國新華書店經銷
廣西大華印刷有限公司印刷
(廣西南寧市高新區科園大道62號　郵政編碼：530007)
開本：890 mm × 1 240 mm　1/32
印張：31.5　　字數：300千字
2014年12月第1版　　2014年12月第1次印刷
定價：109. 00元（全二册）

《西樵歷史文化文獻叢書》編輯委員會

叢書總序

温春來　梁耀斌

呈現在讀者面前的，是一套圍繞佛山市南海區西樵鎮編修的叢書。爲一個鎮編一套叢書並不出奇，但爲一個鎮編撰一套多達兩三百種圖書的叢書可能就比較罕見了。編者的想法其實挺簡單，就是要全面整理西樵鎮的歷史文化資源，探索一條發掘地方歷史文化資源的有效途徑。最後編成一套規模巨大的叢書，僅僅因爲非如此不足以呈現西樵鎮深厚而複雜的文化底藴。叢書編者秉持現代學術理念，並非好大喜功之輩。僅僅爲確定叢書框架與大致書目，編委會就組織七八人，研讀各個版本之西樵方志，通過各種途徑檢索全國各大公藏機構之古籍書目，並多次深入西樵鎮各村開展田野調查，總計歷時六月餘之久。隨着調研的深入，編委會益發感覺到面對着的是一片浩瀚無涯的知識與思想的海洋，於是經過反復討論、磋商，決定根據西樵的實際情況，編修一套有品位、有深度、能在當代樹立典範並能夠傳諸後世的大型叢書。

天下之西樵

明嘉靖初年，浙江著名學者方豪在《西樵書院記》中感慨：『西樵者，天下之西樵，非嶺南之西樵也。』① 此話係因當時著名理學家、一代名臣方獻夫而發，有其特定的語境，但卻在無意之間精當地揭示了西樵在整個中華文明與中國歷史進程中的意義。

西樵鎮位於珠江三角洲腹地的佛山市南海區西南部，北距省城廣州 40 多公里，以境内之西樵山而得名。西樵山由第三紀古火山噴發而成，山峰石色絢爛如錦。相傳廣州人前往東南羅浮山采樵，謂之東樵，往西面錦石山采樵，謂之西樵，『南粵名山數二樵』之説長期流傳，在廣西俗語中也有『桂林家家曉，廣東數二樵』之句。珠江三角洲平野數百里，西樵山拔地而起於西江、北江之間，面積約 14 平方公里，中央主峰大科峰海拔 340 餘米。據説過去大科峰上有觀日臺，雞鳴登臨可觀日出，夜間可看到羊城燈火。如今登上大科峰，一覽山下魚塘河涌縱横，闤闠閭閻錯落相間，西、北兩江左右爲帶。

西樵山幽深秀麗，是廣東著名風景區。然而更值得我們注意的，是以她爲核心的一塊僅有 100 多平方公里的土地，在中國歷史的長時段中，不斷産生出具有標志性意義的文化財富以及能夠成爲某個時代標籤的歷史人物。珠江三角洲是一個發育於海灣内的複合三角洲，其發育包括圍田平原和沙田平原的先後形成過程。西樵山見證了這一過程，並且在這一片廣闊區域的文明起源與演變的歷史中扮演着重要角色。作爲多次噴發後熄滅的古火山丘，組成西樵山山體的岩石種類多樣，其中有華南地區並不多見的霏細岩與燧石，這兩種岩石因石質堅硬等原因，成爲古人類製作石器的理想材料。大約 6000 年前，當今天的珠江三角洲還是洲潭遍佈、一片汪洋的時候，這一片地域的史前人類，就不約而同地彙集到優質石料蘊藏豐富的西樵山，尋找製造生産工具的原料，留下了大量打製、磨製的雙肩石器和大批有人工打擊痕跡的石片。在著名考古學家賈蘭坡

① 方豪：《棠陵文集》（收入《四庫全書存目叢書》集部第 64 册），卷 3，《記·西樵書院記》。

先生看來，當時的西樵山是我國南方最大規模的採石場和新石器製造基地，北方只有山西鵝毛口能與之比肩，因此把它們並列爲中國新石器時代南北兩大石器製造場①，並率先提出了考古學意義上的『西樵山文化』②。以霏細岩雙肩石器爲代表的西樵山石器製造品在珠三角的廣泛分佈，意味着該地區『出現了社會分工與產品交換』③，這些凝聚着人類早期智慧的工具，指引了嶺南農業文明時代的到來，所以有學者將西樵山形象地比喻爲『珠江文明的燈塔』④。除珠江三角洲外，以霏細岩爲原料的西樵山雙肩石器，還廣泛發現於粵西、廣西及東南亞半島的新石器至青銅時期遺址，顯示出瀕臨大海的西樵古遺址，不但是新石器時代南中國文明的一個象徵，而且其影響與意義還可以放到東南亞文明的範圍中去理解。

不過，文字所載的西樵歷史並沒有考古文化那麼久遠。儘管在當地人的歷史記憶中，南越王趙佗陪同漢朝使臣陸賈游山、唐末曹松推廣種茶、南漢開國皇帝之兄劉隱宴遊是很重要的事件，但在留存於世的文獻系統中，西樵作爲重要的書寫對象出現要晚至明代中葉，這與珠江三角洲在經濟、文化上的崛起是一脈相承的。當時，著名理學家湛若水、霍韜以及西樵人方獻夫等在西樵山分別建立了書院，長期在此讀書、講學，他們的許多思想產生或闡釋於西樵的山水之間，例如湛若水在西樵設教，門人記其所言，是爲《樵語》。方獻夫在《西樵遺稿》中談到了他與湛、霍二人在西樵切磋學問的情景：『三（書）院鼎峙，予三人常來往，講學其間，藏修十餘年。』⑤王陽明對三人的論學非常期許，希望他們珍惜機會，時時相聚，爲後世儒林留下千古佳

---

① 賈蘭坡、尤玉柱：《山西懷仁鵝毛口石器製造場遺址》，《考古學報》1973年第2期。
② 賈蘭坡：《廣東地區古人類學及考古學研究的未來希望》，《理論與實踐》1960年第3期。
③ 楊式挺：《試論西樵山文化》，《考古學報》1985年第1期。
④ 曾騏：《珠江文明的燈塔——南海西樵山考古遺址》，中山大學出版社，1995年，第30—42頁。
⑤ 方獻夫：《西樵遺稿》，康熙三十五年（1696）方林鶴重刊本，卷6，《石泉書院記》。

話，他致信湛若水時稱：『叔賢（即方獻夫）志節遠出流俗，渭先（即霍韜）雖未久處，一見知爲忠信之士，乃聞不時一相見，何耶？英賢之生，何幸同時共地，又可虛度光陰，容易失卻此大機會，是使後人而復惜後人也！』① 西樵山與作爲明代思想與學術主流的理學之關係，意味着她已成爲一座具有全國性意義的人文名山，這正是方豪『天下之西樵』的涵義。清人劉子秀亦云：『當湛子講席，五方問業雲集，山中大科之名，幾與嶽麓、白鹿鼎峙，故西樵遂稱道學之山。』② 方豪同時還稱：『西樵者，非天下之西樵，天下後世之西樵也。』一語道出了人文西樵所具有的長久生命力。這一點方豪也没有説錯，除上述幾位理學家外，從明中葉迄今，還有衆多知名學者與文章大家，諸如陳白沙、李孔修、龐嵩、何維柏、戚繼光、郭棐、葉春及、李待問、屈大均、袁枚、李調元、温汝適、朱次琦、康有爲、丘逢甲、郭沫若、董必武、秦牧、賀敬之、趙樸初等等，留下了吟詠西樵山的詩、文，今天我們走進西樵山，還可發現140多處摩崖石刻，主要分佈在翠岩、九龍岩、金鼠塱、白雲洞等處。與西樵成爲嶺南人文的景觀象徵相應的是山志編修。嘉靖年間，湛若水弟子周學心編纂了最早的《西樵山志》，萬曆年間，霍韜從孫霍尚守以周氏《樵志》『誇誕失實』之故而再修《西樵山志》，清初羅國器又加以重修，這三部方志已佚失，我們今天能看到的是乾隆初年西樵人士馬符録留下的志書。除山志外，直接以西樵山爲主題的書籍尚有成書於清乾隆年間的《西樵遊覽記》、道光年間的《西樵白雲洞志》、光緒年間的《紀遊西樵山記》等。

晚清以降，西樵山及其周邊地區（主要是今天西樵鎮範圍）產生了一批在思想、藝術、實業、學術、武術

① 王陽明：《王文成全書》，四庫本，卷4，《文録·書一·答甘泉二》。
② 劉子秀：《西樵遊覽記》，道光十三年（1833）補刊本，卷2，《圖説》。

等方面走在中國最前沿的人物，成爲中國走向近代的一個縮影。維新變法領袖康有爲、一代武術宗師黃飛鴻、民族工業先驅陳啟沅、『中國近代工程之父』詹天佑、清末出洋考察五大臣之一的戴鴻慈、『嶺南第一才女』冼玉清、粵劇大師任劍輝等西樵鄉賢，都成爲具有標志性或象徵性的歷史人物。

事實上，明代諸理學家講學時期的西樵山，已非與世隔絕的修身之地，而是與整個珠江三角洲的開發聯繫在一起的。西樵鎮地處西、北江航道流經地域，是典型的嶺南水鄉，境内河網交錯，河涌多達 19 條，總長度 120 多公里，將鎮内各村聯成一片，並可外達佛山、廣州等地。① 傳統時期，西樵的許多墟市，正是在這些水邊興起的。今鎮政府所在地官山，在正德、嘉靖年間已發展成爲觀（官）山市，是爲西樵有據可查的第一個墟市。據統計，明清時期，全境共有墟市 78 個。② 西樵山上的石材、茶葉可通過水路和墟市，滿足遠近各方的需求。一直到晚清之前，茶業在西樵都堪稱舉足輕重，清人稱『樵茶甲南海，山民以茶爲業，鬻茶而舉火者萬家』③。當年山上主要的採石地點，後由於地下水浸漫而放棄的石燕岩洞，因生產遺跡完整且水陸結合而受到考古學界重視，成爲繼原始石器製造場之後的又一重大考古遺址。

水網縱橫的環境使得珠江三角洲堤圍遍佈，西樵山剛好地處橫跨南海、順德兩地的著名大型堤圍——桑園圍中，而且是桑園圍形成的地理基礎之一。歷史時期，西、北江的沙泥沿着西樵山和龍江山、錦屏山等海灣中島嶼或丘陵臺地旁邊逐漸沉積下來。宋代珠江三角洲沖積加快，人們開始零零星星地修築一些『秋欄基』

---

① 《南海市西樵山旅遊度假區志》，廣東人民出版社，2009 年，第 188—192 頁。
② 《南海市西樵山旅遊度假區志》，第 393 頁。
③ 劉子秀：《西樵遊覽記》，卷 10，《名賢》。

以阻擋潮水對田地的浸泛，這就是桑園圍修築的起因。① 明清時期在桑園圍內發展起了著名的果基、桑基魚塘，使這裡成爲珠江三角洲最爲繁庶之地。不難想象僅僅在幾十年前，西樵山還是被簇擁在一望無涯的桑林魚塘間的景象。如今桑林雖已大都變爲菜地、道路和樓房，但從西樵山山南路下山，走到半山腰放眼望去，尚可看見數萬畝連片的魚塘，這片魚塘現已被評爲聯合國教科文組織保護單位，是珠三角地區面積最大、保護最好、最爲完整的（桑基）魚塘之一。

桑基魚塘在明清時期達於鼎盛，成爲珠三角經濟崛起的一個重要標志，與此相伴生的，是另一個重要產業——繅絲與紡織的興盛。聯繫到這段歷史，由西樵人陳啟沅在自己的家鄉來建立中國第一家近代機器繅絲廠就在情理之中了。開廠之初，陳啟沅招聘的工人，大都來自今西樵鎮的簡村與吉水村一帶，而陳啟沅本人，也深深介入到了西樵的地方事務之中。② 從這個層面上看，把西樵視爲近代民族工業的起源地或許並非溢美之辭。但傳統繅絲的從業者數量仍然龐大，據光緒年間南海知縣徐賡陛的描述，當時西樵一帶以紡織爲業的機工有三四萬人。③ 作爲產生了黃飛鴻這樣深具符號性意義的南拳名家的西樵，武術風氣濃厚，機工們大都習武，並且圍繞錦綸堂組織起來，形成了令官府感到威脅的力量。民國初年，西樵民樂村的程姓村民，對原來只能織單一平紋紗的織機進行改革，運用起綜的小提花和人力扯花方法，發明了馬鞍絲織提花絞綜，首創具有扭眼通花團的新品種——香雲紗，開創莨紗綢類絲織先河。香雲紗輕薄柔軟而富有身骨，深受廣州、上海、南京等地富人喜歡，在歐洲也被視爲珍品。上世紀二三十年代是香雲紗發展的黃金時期，如民樂林村

① 曾少卓：《桑園圍自然背景的變化》，中國水利學會等編《桑園圍暨珠江三角洲水利史討論會論文集》，廣東科技出版社，1992年，第51頁。

② 陳天傑、陳秋桐：《廣東第一間蒸汽繅絲廠繼昌隆及其創辦人陳啟沅》，載《中華文史資料文庫》第12卷《經濟工商編》，中國文史出版社，1996年，第784—787頁。

③ 徐賡陛：《辦理學堂鄉情形第二稟》，載《皇朝經世文續編》，近代中國史料叢刊本，卷83，《兵政・剿匪下》。

程家一族600人，除1人務農之外，均以織紗爲業。① 隨着化纖織物的興起，香雲紗因工藝繁複、生產週期長等原因失去了競争力，但作爲重要的非物質文化遺産受到保護。西樵不僅在中國近代紡織史上地位顯赫，而且其影響一直延續至今。1998年，中國第一家紡織工程技術研發中心在西樵建成。2002年12月，中國紡織工業協會授予西樵『中國面料名鎮』稱號。② 2004年，西樵成爲全國首個紡織産業升級示範區，國家級紡織檢測研發機構相繼進駐，紡織産業創新平臺不斷完善。③ 據不完全統計，西樵整個紡織行業每年開發的新産品有上萬個。④

除上文提及的武術、香雲紗工藝外，更多的西樵非物質文化遺産是各種信仰與儀式。西樵信仰日衆多，其中較著名者有觀音開庫、觀音誕、大仙誕、北帝誕、師傅誕、婆娘誕、土地誕、龍母誕等。據統計，全鎮共擁有105處民間信仰場所，其中除去建築時間不詳者，可以明確斷代的，建於宋代的有3所，即百西村六祖廟、西邊三帝廟、牌樓周爺廟；建於元明間的有1所，即河溪北帝廟；建於明代的有2所，分别是百西村北帝祖廟和百西村洪聖廟；建於清代的廟宇有28所；其餘要麼是建於民國，要麼是改革開放後重建，真正的新建信仰場所寥寥無幾。⑤ 除神廟外，西樵的每個自然村落中都分佈着數量不等的祠堂，相較於西樵山上的那些理

① 《南海市西樵山旅遊度假區志》，第323頁。
② 《南海市西樵山旅遊度假區志》，第303—304頁。
③ 《西樵紡織行業加快自主創新能力》，見中國紡織工業協會主辦、中國紡織信息中心承辦之『中國紡織工業信息網』，http://news.ctei.gov.cn/zxzx—lmxx/12495.htm。
④ 《開發創新走向國際　西樵紡織企業年開發新品上萬個》，見中國紡織工業協會主辦、中國紡織信息中心承辦之『中國紡織工業信息網』，http://news.ctei.gov.cn/zxzx—lmxx/12496.htm。
⑤ 梁耀斌：《廣東省佛山市西樵鎮民間信仰的現狀與管理研究》，中山大學2011年碩士學位論文。

學聖地，神靈與祖先無疑更貼近普通百姓的生活。西樵的一些神靈信仰日，如觀音誕、大仙誕，影響遠及珠江三角洲許多地區乃至香港，每年都吸引數十萬人前來朝聖。

傳統文化的基礎工程

上文對西樵的一些初步勾勒，揭示了嶺南歷史與文化的幾個重要面相。進而言之，從整個中華文明與中國歷史進程的角度去看，西樵在不同時期所産生的文化財富與歷史人物，或者具有全國性意義，或者可以放在中華文明統一性與多元化的辯證中去理解，正所謂『西樵者，天下之西樵，非嶺南之西樵也』。不吝人力與物力，將博大精深的西樵文化遺産全面發掘、整理並呈現出來，是當代西樵各界人士以及有志於推動嶺南地方文化建設的學者們的共同責任。這决定了《西樵歷史文化文獻叢書》不是一個簡單的跟風行爲，也不是一個隨便的權宜之計。叢書是展現給世界看的，也是展現給未來看的，我們力圖把這片浩瀚無涯的知識寶庫呈現於世人之前，我們更希望，過了很多年之後，西樵的子孫們，仍然能夠爲這套叢書而感到驕傲，所有對嶺南歷史與文化感興趣的人們，能夠感激這套叢書爲他們做了非常重要的資料積纍。根據這一指導思想，經過反復討論，編委會確定了叢書的基本内容與收録原則，其詳可參見叢書之『編撰凡例』，在此僅作如下補充説明。

叢書尚在方案論證階段，許多知情者就已半開玩笑半認真地名之爲『西樵版四庫全書』，這個有趣的概括非常切合我們對叢書品位的追求，且頗具宣傳效應，是對我們的一種理解和鼓舞。但較之四庫全書編修的時代，當代人對文化與學術的理解顯然更具多元性與平民情懷，那個時代有資格列入『四庫』的，主要是知識精英們創造的文字資料，我們固然會以窮搜極討的態度，不遺餘力地搜集這類資料，但我們同樣重視尋常百姓書寫的文獻，諸如家譜、契約、書信等等，它們現在大都散存於民間，保存狀況非常糟糕，如果不及時搜集，就會逐漸毀損消亡。

能夠體現叢書編者的現代意識的，還有邀請相關領域的專業人士以遵循學術規範爲前提，通過深入田野調查撰寫的描述物質文化遺產、非物質文化遺產的作品。這兩部分內容加上各種歷史文獻，構成了完整的地方傳統文化資源。目前不管是學術界還是地方政府，均尚未有意識地根據這三大類別，對某個地域的傳統文化展開全面系統的發掘、整理與出版工作。在這個意義上，《西樵歷史文化文獻叢書》無疑具有較大開拓性、前瞻性與示範性。叢書編者進而提出了『傳統文化的基礎工程』這一概念，意即拋棄任何功利性的想法，扎扎實實地將地方傳統文化全面發掘並呈現出來，形成能夠促進學術積累並能夠傳諸後世的資料寶庫，在真正體現出一個地方的文化深度與品位的同時，爲相關的文化産業開發提供堅實基礎。希望《西樵歷史文化文獻叢書》的推出，在這個方面能産生積極影響。

高校與地方政府合作的成果

西樵人文底蘊深厚，這是叢書能夠編撰的基礎；西樵鎮地處繁華的珠江三角洲，則使得叢書編撰有了充足的物質保障。然而，這樣浩大的文化工程能夠實施，光憑天時、地利是不夠的，一群志同道合的有心者所表現出來的『人和』也是非常關鍵的因素。

2009 年底，西樵鎮黨委和政府就有了整理、出版西樵文獻的想法，次年 1 月，鎮黨委書記邀請了中山大學歷史學系幾位教授專程到西樵討論此事。通過幾天的考察與交流，幾位鎮領導與中大學者一致認定，以現代學術理念爲指導，爲了全面呈現西樵文化，必須將文獻作者的範圍從精英層面擴展到普通百姓，並且應將物質文化遺産與非物質文化遺産的內容也包括進來，形成一套《西樵歷史文化文獻叢書》。爲了慎重起見，決定由中大歷史學系幾位教授組織力量進行先期調研，確定叢書編撰的可行性與規模。經過6個多月的努力，調研組將成果提交給西樵鎮黨委，由相關領導與學者坐下來反復討論、修改、再討論……，並廣泛徵求西樵地方文化人士的意見，與他們進行座談。歷時兩個多月，逐漸擬定了叢書的編撰凡例與大致書目，並彙報給南海區委、區政府與中山大學校方，得到了高度重視與支持。2010年9月底，簽定了合作協議，組成了《西樵歷史文化文獻叢書》編輯委員會，決定由西樵鎮政府出資並負責協調與聯絡，由中山大學相關學者牽頭，組織研究力量具體實施叢書的編撰工作。

值得一提的是，《西樵歷史文化文獻叢書》是近年來中山大學與南海區政府廣泛合作的重要成果之一，並爲雙方更深入地進行文化領域的合作打下了堅實基礎。2011年6月，中山大學與南海區政府決定在西樵山共建『中山大學嶺南文化研究院』，康有爲當年讀書的三湖書院，經重修後將作爲研究院的辦公場所與教學、研究基地。嶺南文化研究院秉持高水準、國際化、開放式的發展定位，將集科學研究、教學、學術交流、服務地方爲一體，力争建設成爲在國際上有較大影響的嶺南文化研究中心、資料信息中心、學術交流中心、人才培養基地。研究院的成立，是對西樵作爲嶺南文化精粹所在及其在中華文明史中的地位的肯定，編撰《西樵歷史文化文獻叢書》也順理成章地成爲研究院目前最重要的工作之一。

在已超越温飽階段，人民普遍有更高層次追求，同時市場意識又已深入人心的中國當代社會，傳統文化迎來了新一輪的復興態勢。這對地方政府與學術界都是新的機遇，同時也產生了值得思考的問題：如何在直接的經濟利益與謹嚴求真的文化研究之間尋求平衡？我們是追求短期的物質收穫還是長期的區域形象？當各地都在弘揚自己的文化之際，如何將本地的文化建設得具有更大的氣魄和胸襟？《西樵歷史文化文獻叢書》或許可以視爲對這些見仁見智問題的一種回答。

叢書編撰凡例

一、本叢書的『西樵』指的是以今廣東省佛山市南海區西樵鎮爲核心、以文獻形成時的西樵地域概念爲範圍的區域，如今日之丹灶、九江、吉利、龍津、沙頭等地，均根據歷史情況具體處理。

二、本叢書旨在全面發掘並弘揚西樵歷史文化，其基本内容分爲三大類别：（1）歷史文獻（如志乘、家乘、鄉賢寓賢之論著、金石、檔案、民間文書以及紀念鄉賢寓賢之著述等）；（2）非物質文化遺産（如口述史、傳説、民謡與民諺、民俗與民間信仰、生産技藝等）；（3）自然與物質文化遺産（如地貌、景觀、遺址、建築等）。擴展内容分爲兩大類别：（1）有關西樵文化的研究論著；（2）有關西樵的通俗讀物。出版時，分别以《西樵歷史文化文獻叢書·歷史文獻系列》、《西樵歷史文化文獻叢書·非物質文化遺産系列》、《西樵歷史文化文獻叢書·自然與物質文化遺産系列》、《西樵歷史文化文獻叢書·研究論著系列》、《西樵歷史文化文獻叢書·通俗讀物系列》命名。

三、本叢書收録之歷史文獻，其作者應已有蓋棺定論（即於 2010 年 1 月 1 日之前謝世）；如作者爲鄉賢，則其出生地應屬於當時的西樵區域；如作者爲寓賢，則作者曾生活於當時的西樵區域内。

四、鄉賢著述，不論其内容是否直接涉及西樵，但凡該著作具有文化文獻價值，可代表西樵人之文化成就，即收録之；寓賢著述，但凡作者因在西樵活動而有相當知名度且在中國文化史上有一席之地，則其著述内容無論是否與西樵有關，亦收録之；非鄉賢及寓賢之著述，凡較多涉及當時的西樵區域之歷史、文化、景觀者，亦予收録。

五、本叢書所收録紀念鄉賢之論著，遵行本凡例第三條所定之蓋棺定論原則及第一條所定之地域限定，且叢書編者只搜集留存於世的相關紀念文字，不爲鄉賢新撰回憶與懷念文章。

六、本叢書收録之志乘，除此次編修叢書時新編之外，均編修於 1949 年之前。

七、本叢書收録之家乘，均編修於 1949 年之前，如係新中國成立後的新修譜，可視情況選擇譜序予以結集出版。地域上，以 2010 年 1 月 1 日之西樵行政區域爲重點，如歷史上屬於西樵地區的百姓願將族譜收入本叢書，亦從其願。

八、本叢書收録之金石、檔案和民間文書，均産生於 1949 年之前，且其存在地點或作者屬於當時之西樵區域。

九、本叢書整理收録之西樵非物質文化遺産，地域上以 2010 年 1 月 1 日之西樵行政區域爲準，内容包括傳説、民謡、民諺、民俗、信仰、儀式、生産技藝及各行業各戰綫代表人物的口述史等，由專業人員在系統、深入的田野工作基礎上，遵循相關學術規範撰述而成。

十、本叢書整理收録之西樵自然與物質文化遺産，地域上以 2010 年 1 月 1 日之西樵行政區域爲準，由專業人員在深入考察的基礎上，遵循相關學術規範撰述而成。

十一、本叢書之研究论著系列，主要收録研究西樵的專著與單篇論文，以及國内外知名大學的相關博士、碩士論文，由叢書編輯委員會邀請相關專家及高校合作收集整理或撰寫而成。

十二、本叢書組織相關人士，就西樵文化撰寫切合實際且具有較強可讀性和宣傳力度的作品，形成本叢書之通俗讀物系列。

十三、本叢書視文獻性質採取不同編輯方法。原文獻係綫裝古籍或契約者，影印出版，並視情況添加評介、題注、附録等；如係碑刻，採用拓片或照片加文字等方式，並添加説明；如爲民國及之後印行的文獻，或影印出版，或重新録入排版，並視情況補充相關資料；新編書籍採用簡體横排方式。

十四、本叢書撰有《西樵歷史文化文獻叢書書目提要》一册。

總目

評介

程潔虹

《重輯桑園圍志》十七卷，清何如銓纂修，光緒十五年（1889）粵東省城學院前翰元樓刻本。何如銓，號嗣農，南海縣鎮湧堡石龍鄉人，著有《嗣農遺詩》等。廣東省立中山圖書館的分館孫中山文獻館藏有該書綫裝本，共6冊；中國國家數位圖書館的數位方志電子版也可方便閱讀此文獻。

本志附有序文二篇，分别成于廣州府知府李璲和桑園圍總局局董馮栻宗之手。桑園圍從乾隆五十九年開始有專志，並形成了由桑園圍總局局董於歷次大修完畢之後作志的傳統。歷次修志，多採用乾隆甲寅志的體例，把文獻按照時間順序和重要程度順次排列，直到道光癸巳志、道光甲辰志二志，方才採取了以類相從的編撰體例。以上諸志皆由同治年間明之綱等删削成《桑園圍總志》一書，本志便是在總志的基礎上結合光緒年間修圍的文獻編輯而成。然而本志雖由總局局董馮栻宗倡修，卻延請了學海堂的著名學者何如銓來編纂，與舊志編纂的過程有所不同，採用的體例及表達的意圖也具有特色。

從《重輯桑園圍志》的序中，我們可大體瞭解此志撰寫的緣起、經過。圍内紳士、九江堡進士馮栻宗在序中指出：

光緒乙酉五月，西江上游發蛟，水勢湍悍殊常，人畜木植逐流而下，加以淫雨連旬，東北兩江並漲，沿江基圍十缺八九。我桑園圍當西北江之沖，乃雖險幸完，僉謂其藉歲修之力。潦退查勘基段，間有頹塌，余亟與諸同人援案呈請大府撥給歲修銀兩。工次稍暇，因語及舊日圍志，作非一手，文不一律，衆論歉焉。夫古來水利諸書，原無專志基圍者，然前明謝廷諒《千金堤記》、吴韶《捍海塘紀》、仇俊卿《海塘録》等編，殆與圍志相近。我桑園圍保障南、順兩縣一十四堡，載税一千八百四十二頃有奇，嘉慶二十二年奏蒙仁廟俞旨，給予歲修專帑，歷次奉行，其關係者甚大，是不可無志。然使記載繁蕪，條例歧異，雖有志，亦非著書之體。本圍何嗣農孝廉，學問淹貫，具纂修才，爰請其將舊志增删重輯。①

由此得知，光緒乙酉十一年（1885），西北江發大水，沿江很多基圍潰決。馮栻宗和諸同人呈請撥給銀兩對桑園圍進行歲修，『工次稍暇』時談到圍志，認爲其『作非一手，文不一律，衆論歉焉』，因此馮栻宗請何如銓將舊志增删重輯。這在《南海縣志》何如銓傳中也有提及：

何如銓，……博洽能文，尤工駢儷，講學省垣，及門甚衆，充學海堂菊坡精舍學長。邑桑園圍當西北兩江

① （清）馮栻宗：《重輯桑園圍志序》，《重輯桑園圍志》，第1頁。

之沖，恒虞潦漲潰決。自道光甲辰以後歷五十餘年，遇險搶救複完者以十數計，皆藉歲修力也。邑人馮栻宗以圍志非一手，文不一律，衆論歉焉，遂倡議重修。以如銓學問淹貫，屬任編纂。①

可見，何如銓重輯桑園圍志，是由馮栻宗倡議而起的。何如銓之所以被推舉，除了因爲其『學問淹貫』，恐怕還與其季弟何如鍇參與桑園圍歲修有關。從卷十《工程》中可得知，光緒十一年（1885）桑園圍的歲修首事中，有上述圍志倡修者馮栻宗，還有劉仕潼、梁融、何文卓、何如鍇、李錫培、餘得俊、潘斯瀅等人②。其中，何如鍇，即是何如銓的季弟，同治六年（1867）舉人。重輯桑園圍志的用意，除了是爲了使志書體例統一，更重要的是爲『後之覽斯志而留心圍工者』提供法度，促進堤圍的修築。正如上文馮栻宗指出的，政府歷次撥給歲修專帑，與圍志關係甚大，『是不可無志』。圍內紳士力圖通過重輯桑園圍志，更加凸顯桑園圍在珠三角地區堤圍中的地位，以此作爲依據，爭取到政府歲修專帑的撥給，促進桑園圍歲修的落實。

關於本書的編纂時間和刊刻時間。從上文可知，是光緒乙酉十一年（1885）五月西北江大水，桑園圍在馮栻宗等圍内紳士呈請下，申請撥給銀兩歲修。『工次稍暇』時，衆人認爲舊志有『歉』，馮栻宗請何如銓重輯桑園圍志的。廣州知府李璲也指出：『圍就有志，光緒乙酉以其未協體例重輯成書。』查看卷四《修

① 宣統《南海縣誌》卷十九《列傳》，第 13 頁。
② 《重輯桑園圍志》卷十《工程》，第 5 頁。

築》的『十一年乙酉西北江並漲四品銜刑部主事馮栻宗呈請歲修』裏指出，當年歲修於『十一月八日興工，十二年正月土工竣』，而馮栻宗『爰請將舊志增刪重輯』的具體時間，是在『工次稍暇』，由此估計，本書開始重輯是在光緒乙酉十一年（1885）十一月以後。馮栻宗序中又稱，『至戊子歲書成，同人屬爲之序以付梓』。又《重輯桑園圍志》書前題簽，有『光緒己丑四月開雕』八字，可見此志成於光緒十四年（1888），開雕於光緒十五年（1889）四月。綜合上述，何如銓編纂的《重輯桑園圍志》的時間大約在光緒十一年十一月至光緒十五年四月。但此書在光緒十五年四月開雕後，仍有所增補。如卷十二《防患》中，有『已下因志未刻成續記』的小字①，卷一《奏議》最後一篇張之洞的《馬頭崗築閘案奏請斥革片》，也顯示『伏聖鑒，謹奏。光緒十五年十月十六日奉朱批：著照所請，該部知道，欽此』②。由此可見，今日所見的《桑園圍志》還不完全是光緒十五年四月初刻原貌，其後有所增補。

從馮栻宗的序可知，何如銓重輯桑園圍志，乃『將舊志增刪重輯』，其參考和徵引的文獻大概可以分爲以下幾類：

第一類：前人所編修的《桑園圍志》。最早編修的桑園圍志是乾隆五十九年（1794）大修後的《甲寅通修志》，其後幾乎每次大修後都留有志書，分別是：嘉慶二十二年《丁丑續修志》、嘉慶二十四年《己卯歲

① 《重輯桑園圍志》卷十二《防患》，第48頁。
② 《重輯桑園圍志》卷一《奏議》，第43頁。

修志》、嘉慶二十五年《庚辰捐修志》、道光十三年《癸巳歲修志》、道光二十四年《甲辰歲修志》、道光二十九年《己酉歲修志》、咸豐三年《癸丑歲修志》、同治六年《丁卯歲修志》。同治年間，南海九江進士明之綱將上述志書匯總成《桑園圍總志》。

第二類：史書及廣東省内省府縣鄉志。其中，以《南海縣志》、《南海縣續志》、《九江鄉志》爲最多，參以《漢書》、《宋史》、《明史》、《廣東通志》、《廣州府志》、《肇慶府志》、《番禺縣志》、《南海縣志》、《南海縣續志》、《順德縣志》、《龍山鄉志》等。

第三類：參考了大量水利著作，如《元史·河渠志》、《浙江通志·兩浙水利詳考》、《水經注》、黄宗羲《今水經》、楊氏鎔《海塘擘要》、謝廷諒《千金堤志》、吴韶《捍海塘紀》、仇卿俊《海壁録》、翟均廉《海塘録》、謝肇淛《北河紀余》、全友理《太湖備考》、王瓊《漕河志》、吴仲通《惠河志》、靳文襄《治河奏績書》、王氏喜《治河圖略》、沈愷曾《東南水利》、張文瑞《治河書》、賀長齡《皇朝經世文編》、張靄生《河防述言》、丁愷曾《治河要語》、魯之裕《急溺瑣言》、錢泳《三吴水利贅言》、張世友《議浚吴淞江書》等。

第四類：省府州縣各級衙門檔案。包括地方紳士上報的呈、稟，地方官員所作的諭、批、示、疏等。

第五類：民間文獻，如地契、碑記等。

從以上徵引的文獻可見，光緒年間的《重輯桑園圍志》是在舊有的桑園圍志書基礎上編修的，其篇目安排也是在舊志上增删的，這從《凡例》中可見一斑：

癸巳志例曰奏稿曰圖説曰沿革曰基段曰修築曰搶塞曰防潦曰圖户曰章程曰祠宇，甲辰志增撥款起科培護渠竇四門，今去沿革，易奏稿而奏議，易防潦而防患，易搶塞而搶救，並基段於圖説，並圖户於起科，並培護於修築，而增江源、蠲賑、義捐、工程、藝文、雜録，餘悉仍舊貫。①

全志共分成十六門。該志很多源於舊志的内容，並未在文中標注出來。爲更準確瞭解志書的内容及其成文時間，閲讀時可將光緒版的《桑園圍志》與舊志進行比較。

卷一《奏議》，收録的是乾隆五十九年至光緒十五年期間，地方大員向皇帝請示修圍事宜的奏摺以及基於此類奏摺頒發的上諭。桑園圍自乾隆五十九年成立桑園圍總局開始，兩廣總督、廣東巡撫、布政使等省級大員便頻繁介入桑園圍的修築事務中。其中嘉慶二十二年兩廣總督阮元向朝廷奏准，向桑園圍提供歲修款，更是把省級政府對桑園圍的介入提升到新的高度。桑園圍既獲得省級財政支持的『殊榮』，也必須履行清代中央政府對地方財政支銷進行審核的奏銷制度。省級大員動用藩庫的銀兩，必須獲得中央朝廷的批准，並把實際花費的狀況報予户部進行審核。本卷的奏摺即産生於地方事務的決策及地方財政的奏銷的過程中。在現存清代地方檔案資料中，省級衙門運作的檔案留存甚多，但是叙及水利事務且具有長時期的完整性和連續性的資料則所剩寥寥，因此該卷於探討地方財政、王朝制度及地方事務的決策方面實大有裨益。

① 《重輯桑園圍志》凡例，第一頁。

本卷所收奏議中，乾隆五十九年至同治八年期間的奏議，大體以舊有的桑園圍志收録了《桑園圍總志》所録的全部的《奏稿》内容爲本。《重輯桑園圍志》新增了同治十二年至光緒十五年間的内容。具體爲張兆棟《癸酉籌撥歲修息銀折》、張兆棟裕寬《己卯籌撥歲修息銀折》、張之洞《乙酉籌撥歲修息銀折》、張之洞《丙戌大修廣肇兩屬圍堤籌撥官款折》及張之洞《馬頭岡築閘案奏請開複片》五篇。

卷二爲《圖説》。

本卷内容分爲三部分。第一部分詳列各堡基段界限、長度及經管之基主業户。桑園圍内的每一段基圍均由指定的某一業户負責日常的修築，該規則在乾隆五十九年得到調整和重申，以文本的形式録入《桑園圍甲寅通修志》中。作者自叙本卷第一部分『於圖繪之前，將各堡所管基段一一詳載，其丈尺之數悉本甲寅舊志，蓋奉憲勘定，不可變亂也。至日後增築之基，因事類見，不具載焉』。① 本部分之編撰，實際沿襲了《桑園圍癸巳歲修志》和《桑園圍甲辰歲修志》的『基段』一門，所以本志不再單獨立『基段』一門。三志此部分均在強調乾隆五十九年重新確立的秩序，但史料根據有所不同。癸巳志以甲寅志中《圍内各堡村莊竇穴經管基址丈尺》一篇爲本，甲辰志則申明不重複癸巳志，因此採取了道光年間圍内業户藉端推諉的相關文書來強調基段的義務。本志以甲寅志中《大修全圍工程目》一篇爲本，較癸巳志更加細緻到每一基

① 《重輯桑園圍志》卷二《圖説》，第1頁。

主業户的姓名等資訊，並且仿照甲辰志的意圖，在具體基段後附有部分涉及争端的文書，可謂兼采二志之長。①

本卷第二部分題爲『桑園圍舊圖』，承襲了《桑園圍癸巳歲修志》中的『圖説』一門。連同該卷的小序『案繪圖爲地志切要之務』一段，也完全采自癸巳志。癸巳志於『有基段之十一堡各分繪一圖』，在各圖後詳細注明『頂沖首險、次沖次險基段』。之所以如此，除癸巳志的作者聲明『于歲修搶塞工程培土、負薪、建石、釘樁皆洞中要害』的功能之外，也與桑園圍歲修款在全圍的分配有關。道光十三年，因爲前年颶風肆虐，導致圍内各段出現險情。圍内紳士鄧士憲等向省級衙門支取了歲修款，希望防範于未然，進行各險段加高培厚。但歲修款有限，不足給予全圍等同的修築，所以桑園圍總局需要區分各段險要程度的不同，據以分配款項，由此産生了圖説這類文獻。本志沿用前志，一方面給讀者提供了清人對於水利工程的認識，另一方面也暗含了地方社會水利秩序的深意。

本卷第三部分題爲『桑園圍新圖』，收録了鄒伯奇、鄒璡繪製的《桑園圍全圖》一幅。本圖是何如銓根據河神廟所藏同治九年《桑園圍全圖》石刻的縮小圖。該石刻現在存於南海博物館，高 1.42 米，寬 0.83 米，厚 0.07 米，②附有番禺陳濮題識、鄒璡跋和李徵霨記，後兩者均收録於圍志中。已有學者研究指出，該圖

① 以上《桑園圍甲寅歲修志》兩篇分别見明之綱《桑園圍總志》卷一、卷二。
② 參見吴振宇《試析桑園圍全圖碑刻》，《南方文物》2004 年第 1 期。

採取了西方傳入的三角測量法來進行測量，然後兼采中國傳統的『計里畫方』及經緯度的方法進行繪製，具有在接受西方地理學方法過程中的一些雜糅兩種文化表達方式的特色。① 據鄒璡和李徵霨的説法，該圖有明確的圖例、比例尺，並經過實地測繪（手執比例分率尺，水路則駕舟記其曲折，陸路則步行記其方向），比之『全失古法』的桑園圍舊圖，更能輔佐當時修築者明之綱的實際運用。本志所録之圖，于讀者研究中西地理學知識的交流及時人對空間的認識，均有較高的價值。

卷三爲《江源》。引述水利著作，考證江河的源流以及潦期潮信情況。是舊志没有而新增的門類。本卷内容分爲三部分，分别爲江源、潮期、潦期。編者立此門的用意，在於模仿浙江《捍海潮挈要》一書，該書『詳潮跡而附以江源，明所經也』，但桑園圍『捍江漲，海潮不足爲患』，『故獨重江防』。② 重江防就要詳悉江源，掌握測定潦期的方法，瞭解江潮漲落的規律，然後才能及時防範水災。然而作者並非採取實地調查的方法去測定，而是整合已有的文獻，歸併于江源等類目之下。作者採取了清代考據家的體例，注明文獻的出處，並大段排比文獻（文獻講述同一内容者頗多），於歧義處、重要處下以按語。所以本卷雖然旁征博引，少有實地的調查，但對於考察清代的知識份子如何認識西江運動的規律，如何把現有的水利知識體系化，具有一定的史料價值。

① 吴滔：《地圖中的絶對空間與相對空間——以清末南海縣西樵山圖爲例》，《『中華文明視野下的西樵文化』國際學術研討會論文集》，桂林：廣西師範大學出版社，2012年8月，第591–596頁。

② 《重輯桑園圍志》卷三《江源》，第1頁。

卷四爲《修築》。《桑園圍癸巳歲修志》有『修築』一門，《桑園圍甲辰歲修志》有『修築』和『培護』二門，前者側重堤圍的修築之法及修圍的經濟預算、結算，後者則側重歲修款的分配和對陪護堤圍的科派欠款的催收文書。而《重輯桑園圍志》是以編年的方式講述了桑園圍的修築史，時間跨度從宋代寫到光緒十一年，其編年的内容相當於道光癸巳志『沿革』一門，但内容也有變化。如癸巳志『永樂十三年乙未李村基潰決各堡助力修復』，在光緒志則爲『永樂十三年乙未李村基決九堡助工修復』，從『各堡』到『九堡』，一字的細微變化，可能是作者有意而爲之，把清代人對桑園圍修築範圍的理解，映射到明代當中。歷次修圍志，作者均非常注重講述修築桑園圍的沿革史，此叙事模式發端于乾隆時期温汝適《記通修鼎安各堤始末》。這種叙事模式援引該地區地方志中涉及後來被稱之爲桑園圍的範圍内某段的修築記載，用編年的方式置於整體修圍的叙事中，强調了南海順德十四堡的義務以及官府對修圍工程的介入，以維持現實科派、籌款的需要。讀者可借之深刻理解清代中葉以後地方水利的運作模式。

卷五爲《搶救》。道光癸巳志有『搶塞』，偏重於搶塞之法，而光緒志『搶救』更偏重於歷次搶救之事。『搶救』與『修築』不同，『修築』側重對坍塌圍基的重建及對部分危險基段的培護，而『搶救』則側重於水災臨發之時的迅速堵決口之舉。本卷以編年的方式羅列搜集到的搶救史料，實則不滿意前志『雜引他書，無與桑園圍事』。① 作者强調搶救之重要性，是針對『有基段專管業户當盛潦之期，椿槩竹笪畚鍤弗

① 《重輯桑園圍志》凡例，第1頁。

早備具，設有不虞，四方奔赴，徒手林立，如溉空釜而炊，張空拳而戰，雖有智者何能爲力。或工役視趨救鄰患爲虛文，以冒領工錢爲實事，未至決口，中途輒返，更或多索傭值，坐視其危亡，甚且毀祠宇，攫財資，假公濟私，事所常有』的現狀。① 本卷中頻繁叙及圍內搶救時的協作與推諉，是研究地方社會運作的絶佳材料。

卷六爲《蠲賑》。蠲指免去或者削減當年的賦税負擔，賑指對於受災人群的賑濟。本卷新增的門類，從舊志《沿革》、《九江鄉志》等整理出朝廷對災區的恩恤政策。作者自叙仿照《東南水利備録》的體例立此一門，但缺乏相關的奏疏，只能從以上諸書中輯録。事實上，歷朝對桑園圍的救濟也是以減少賦税的蠲免政策爲主，惟有光緒十一年張之洞督粵期間争取到了慈禧太后批准的撫恤款，方才有賑濟之實。作者有意立此門，希望借此録爲成案，幫助之後的修圍者争取得官府的支持。

卷七爲《撥款》。道光甲辰志有《撥款》一門，但只記載當年地方紳士聯請推動政府撥給歲修銀兩事宜。光緒志《撥款》記叙内容則從雍正五年到光緒十一年。桑園圍置有歲修款，始于嘉慶二十三年，其時阮元採用『發當生息』的方式，爲桑園圍準備了每年四千六百兩的款項。歲修款並非每年一領，而是暫時貯於省級衙門，在有大修堤圍的年份，由圍内士紳向省級衙門申請。省級衙門遂將積累若干年的款項統一發放，並由總督向朝廷奏銷。本卷採取編年叙事的方式，圍繞歲修款的請款、支用、奏銷過程中的種種程式和種種變數，編排了針對歲修款的一系列文獻。其中『奏議既詳載卷首，撥款門複節録諸疏，隨事附見，以

①《重輯桑園圍志》卷五《搶救》，第一頁。

便省覽』。①

卷八爲《起科》。本卷按時間順序叙述了桑園圍内徵收田地附加税以供應修圍之需的歷史，以及輯録了一系列總局與業户之間關於科派問題的訴訟文書。其後又附録了出自道光癸巳志的圖户的内容，作爲起科的根據。科派土地附加税與接收歲修款是總局籌款的兩種最重要的手段。本卷重點收録了乾隆甲寅志、嘉慶丁丑志、道光癸巳志所録關於科派的原則、數目及紛争的文獻，目的是爲日後起科攤派提供依據。本志編者認爲，儘管科派的税率有逐步降低的趨勢，科派的難度卻不斷增加，原因在於乾隆時期富户分擔貧户的責任，其後富户『擁資自私，鮮同舟共濟之誼』，致使當事者不敢複言起科。② 何如銓的意見未必足以解釋此現象，但本卷所録科派困難之趨勢以及構訟不已之争端，對於理解晚晴地方社會的嬗變以及地方社會的權力結構，提供了生動詳實的案例。

卷九爲《義捐》。新增門類。捐助是桑園圍修圍款項的另一來源，其中尤以嘉慶二十五年和道光十三年十三行行商家族成員的兩次捐助爲重。本卷從《桑園圍總志》中輯録出歷次修築由省、縣衙門發佈的勸捐文書，以及與行商捐助相關的文書。本卷内容雖然全部整合自前志，但以編年的方式，讓讀者可以從中認識清廷對待地方公益事業的政策以及官員的捐俸制度等清代財政運作的情況。

① 《重輯桑園圍志》凡例，第1頁。
② 《重輯桑園圍志》卷八《起科》，第1頁。

卷十爲《工程》。新增目類。編者認爲桑園圍工程的管理模式與浙江海塘不同。浙江海塘由『官董其役』，從兩江總督到守備乃至基層的士兵，根據官僚制度的等級層層管理，並依照官定的價格購買物料及雇傭勞動。桑園圍則『帑領於官，而事統於紳，分等而人衆，清高之士率多規避，而圖私不遂者又恣爲蜚語，故任事頗難。其人至雇役夫、庀衆材，概難准官價發給，不得不與時消息，隨地變通』。① 所以立本門，採集《桑園圍總志》中的相關内容，分爲推首事、馭工人、牛工、購石、築石壩（石堤）、土工、築決口、椿工、春灰牆九個條目分别羅列。本卷所總結的由士紳主導的工程管理模式具有鮮明的特色。讀者可以通過資料中所涉及的各類人物及各類資源的調動情況，勾勒出十九世紀下半頁珠江三角洲地區的經濟與社會圖景。

卷十一爲《章程》。本卷沿襲《桑園圍癸巳歲修志》的門類，章程即指規範基圍水利事務的法規。本志編者收録了道光癸巳志自嘉慶二年至道光十四年的章程，並新增了光緒十二年的《集議救基章程》，唯獨删去了癸巳志中關於道光十四年李鷹揚等自築的水基是否應該編入歲修預算的種種訴訟文書。删削之後，本門類更爲純粹地收録舊有章程，不會旁及他事，體例更爲精純。唯獨對於乾隆五十九年的章程有所遺漏，可能是編者的疏失。按同治時期明之綱在編撰《桑園圍總志》時，把道光癸巳志的二卷内凡與前志重合者删去，同時道光志在何如銓編志時可能已經佚失，所以現存道光癸巳志不録乾隆時期的章程。何如銓編寫時基本接受了癸巳志的内容，但由於所看之癸巳志爲明之綱的删削本，所以可能致此遺漏。本卷雖然排比

① 《重輯桑園圍志》卷十《工程》，第一頁。

了官府或桑園圍總局頒發的章程，卻不是一般空泛的規定，而是跟地方水利的規則和生産情形（如桑基魚塘農業對基圍的威脅）息息相關，值得讀者進一步發掘其史料價值。

卷十二爲《防患》。原道光癸巳志有《防潦》，光緒志改爲《防患》，前者更側重于預防江潦漲發等自然現象，後者則更側重防範修築沙田阻遏水流等人爲隱患。這也説明，開墾沙坦占築水道、築壩妨礙水道、築閘遏流害鄰等水利糾紛的增多，越來越引起圍内紳士關注。本卷可分爲兩部分。第一部分沿襲了前志收録的關於九江堡舉人關龍築子圍的記載、阮元的《禁開墾沙坦占築水道示》、道光九年南海縣令示文等文獻，意在爲防範阻礙水道的行爲提供政策上的依據。第二部分更爲重要，集中輯録了同治四年盧維球等反對順德縣築楊滘壩事，光緒七年、八年間阻止龍江創建炮臺腳水閘事以及光緒十二年阻止大柵等十四圍人士建閘于關山海口事三件重要事情的訴訟文書，文書中包含了雙方的意見以及政府的批示，完整地展現了地方水利争端的全過程。其中關於同治四年楊滘壩的事件的文書已經詳細列于盧維球所撰《桑園圍癸丑歲修志》，而其他兩組光緒年間的文書，很可能源自於各級地方政府的檔案，其中包含的豐富資訊，足爲研究珠江三角洲環境生態、社會結構、經濟生活的學者有所取資。

卷十三爲《渠竇》。本卷分爲兩部分，第一部分爲渠竇，内容基本沿襲道光甲辰志所載，附帶《九江鄉志》等地方志對於渠竇的記載。本卷的小序直接抄自甲辰志，甲辰志的編者不满『前志于渠竇一門，失於詳載，僅記某堡竇閘有無，某鄉竇閘幾穴而已。』① 在他看來，竇閘『爲一方灌溉之資』，不能動用全圍通修的公款，但是『每遇大修，或欲借通圍公項之資，爲一方竇閘之用，輒雲竇閘附於基圍，修基圍即修竇閘』，於是有必要強調『修竇閘、浚湧渠，前人曆有成法』。前人成法的核心，即竇閘必須由附近的業户自行修築，不能妄圖動用公款。所以本部分編者在採集規定成法的文獻之外，更加重要是詳載了嘉慶元年民樂市關於修竇閘責任的争端的相關文書。本卷第二部分增加了圍内子圍的名稱、位置、長度等内容，源自于道光《南海縣志》對於基圍的相關記載。在珠江三角洲的水利開發史上，堤圍的修建和維護固然佔據核心的堤圍，而竇閘、渠湧等的設置和管理，也對於自然環境、農業灌溉及社會關係有深刻的影響。

卷十四爲《祠廟》。沿襲道光癸巳志的門類，内容大致源於此。但光緒志增補了太師廟的内容。南海神廟建於乾隆五十九年，是桑園圍總局辦事的固定地點。官府爲南海神廟購置了沙坦，以沙坦的租金作爲日常運作的經費，並建立了一套祭祀的規範禮儀。本卷在舊志的基礎上涉及了經費和禮儀的發展，例如本卷增光緒七年用廟箱羡餘提銀買地一條，又如在南海神廟配祀的名宦中，舊志有『明特調南海縣正堂加二級記録五次朱公（諱）光熙』，光緒志則没有列出。

卷十五爲《藝文》。新增門類。收文、詩共39篇（首）。文多爲舊志的書、記、序、跋，其中以收録乾隆甲寅志的文數最多。詩主要是圍内紳士的作品。編者創此門類，是認爲『凡興大工，其事勢之曲折，人情之

① 《桑園圍甲辰歲修志·渠竇》；明之綱：《桑園圍總志》卷十一。

背向，散見於時賢文藝之中。故考其文藝，有以識當日之情勢』。①他又舉前人水利著作多立有藝文一門，所以『沿其例，取書、記、序、跋之屬，有關堤工者存之，至於騷人謡詠憫災紀事，情見乎辭，亦古詩人作歌告哀之遺意也。』編者雖然自言『有關堤工者存之』，但去取之間，仍然力圖强調乾隆五十九年以來歷次修圍奠定的秩序。即便是選取詩歌，也選取圍内較有影響力的人物的作品，如朱次琦、馮栻宗等。試舉本卷一例，讀者可以窺見編者去取文書的態度。在傅雲山所纂《重修吉贊横基碑記》之後，編者附有一段考異。他認爲乾隆八年周尚迪撰寫的《東基洪聖廟碑記》于桑園圍的歷史『支離附會，不無失實』。並指出其謬誤，『如中書行省始自元時，東閣置員肇於明世，其碑言督築則曰委通省水利道，言尚功則曰晉東閣大學士，均非宋制。甚或以吉贊横基之築，乃陳公博民請于張公朝棟而行之，坐宋明人於一堂，尤爲僞舛』。②所以『甲寅志存此佚彼，有由然也』，本志也堅執不録。如今周尚迪的碑記已經不存，然而從何如銓的考異中，我們能夠窺見原文是在講一套與乾隆五十九年之後通行者迥異的桑園圍修築史。甲寅志的編者以其叙述差異而不録，是囿於時勢所需，本志編者又用乾隆五十九年之後通行的説法以及文史的知識斥其舛錯，説明『正確』的説法通行日久，文獻漸豐，已經足以採取學者的態度去辨其真僞了。由此，如果讀者細心對照諸志文獻之異同，考究編者去取之意，也能夠探得當時社會運作的邏輯以及時人編撰歷史文獻的深意。

①《重輯桑園圍志》卷十五《藝文》，第1頁。
②《重輯桑園圍志》卷十五《藝文》，第2頁。

卷十六、十七爲《雜録》。新增門類。上卷選録了水利著作和地方志關於江潦、堤圍修築等内容。下卷收集了地方志關於桑園圍及修圍重要人物的内容。編者自叙『今此所録者，有事不專系於吾圍而可推行於吾圍者，言不主於修築而實有裨於修築者』。①

作爲當時地跨兩縣，地扼西江、北江要衝的水利工程，桑園圍在珠江三角洲的重要性毋庸置疑。對於其有專門的圍志，光緒年間的廣州知府李璲在《序》裏是這樣評價的：『讀斯志者其足與浙之《海塘擘要》並資水利參考也。』在當時，《重輯桑園圍志》是作爲一本水利專志而編寫的，以記録桑園圍的發展歷史、管理經驗、制度章程等圍内水利相關事務。更重要的是，編寫者也具有編撰一部地方的水利法典的意味。一方面，作者不斷强調桑園圍與浙江海塘的類比，把二者均得到國家財政的支持的特殊地位凸顯出來，以維持歲修款制度的實施；另一方面，于修圍過程中奠定的種種法規，會成爲地方社會用以争奪資源的憑據，例如同治年間的水利争端便有修改圍志、篡改碑刻之舉，來獲得訴訟中的有利地位。

時過境遷，圍志作爲『法典』的意義已經趨於式微，但在一百多年後的今天看來，《重輯桑園圍志》不僅有助於我們研究清末南海順德乃至珠三角地區水利工程、農業、自然環境等方面内容，它還儼然一部地方性的百科全書，在揭示桑園圍地區的社會變遷、經濟生活、地域支配、民間信仰、文學成就等方面有相當重要的價值。

①《重輯桑園圍志》卷十六《雜録上》，第1頁。

重輯桑園圍

志十七卷

光緒己丑
四月開雕

重輯桑園圍志序

嘗攷我
朝各省隄防其蒙
恩發帑培修者惟浙江之海塘與粵東南順二縣之桑園圍海塘以捍潮桑園圍以捍潦雖地之大小不同而其藉以禦災則一也余官粵東而籍粵西西潦之爲鉅患久在心目中況桑園圍當西北兩江之衝其受患可勝言哉每歲盛潦之來洶湧震盪瀕江而居者非隄不能防而隄岸閲歲坍卸非修不能固圍自嘉慶二十三年經
督撫
奏定歲修專帑嗣後數十年間每需培築一經圍紳呈請
印援案撥款歷荷

聖命仰見
皇仁稠疊閱久如新益以見斯圍之關繫者甚重也圍舊有志光緒乙酉以其未協體例重輯成書今南海馮越生比部李輔廷同年問序於余比部先已有序凡綱目規條亦已詳載卷中無庸贅述顧余忝守廣州數年來屢見江水暴漲十圍九缺人家蕩析離居心實憫之而桑園圍獨屹立鞏固卽險工間出獲慶安瀾此彌信有備者無患而圍內諸紳藉歲修之力未雨綢繆所以備桑梓而仰答
恩施者其成效固顯著也爰樂而紀其梗概焉讀斯志者其足與浙之海塘擘要並資水利參攷也夫
賜進士出身

誥授中憲大夫在任候補道廣州府知府李　璲撰

桑園圍志　卷一　二

重輯桑園圍志序

吾粵西北兩江無年不漲瀕江而居者亦無年不慮水漲漲之大小基圍視爲安危光緒乙酉五月西江上游發蛟水勢湍悍殊常人畜木植逐流而下加以霪雨連旬東北兩江並漲沿江基圍十決八九我桑園圍當西北江之衝迺雖險幸完僉謂其藉歲修之力潦退查勘基段間有頹塌余亟與諸同人援案呈請大府撥給歲修銀兩工次稍暇因語及舊日圍志作非一手文不一律衆論歉焉夫古來水利諸書原無專志基圍者然前明謝廷諒千金隄記吳韶捍海塘紀仇俊卿海塘錄等編殆與圍志相近我桑園圍保障南順兩縣一十四堡載稅一千八百四十二頃有奇嘉慶二十二年奏蒙

仁廟俞旨給予歲修專帑歷次奉行其關繫者甚大是不可無志然使紀載繁蕪條例歧異雖有志亦非著書之體本圍何嗣農孝廉學問淹貫具纂修才爰請其將舊志增刪重輯孝廉於講課餘晷悉心釐訂自奏議江源迄藝文雜錄彙分十有六門意議具於凡例大略倣楊氏鐵海塘擥要仍取舊編癸巳志甲辰志諸門而增易之詳略得宜典而能覈至戊子歲書成同人屬爲之序以付梓是年復值大水他圍多缺而我圍復幸完此又藉歲修之力也昔都水少監任元發撰浙西水利議答錄其要有三一曰濬江河以洩水二曰築隄岸以障水三曰置牐竇以限水我桑園圍利害同之近年下流多强築圍壩阻塞水道光緒十一年八月初十日經御史方汝

紹奏奉
上諭著督撫查明嚴禁
詔命煌煌其行與不行權在大吏至隄岸之障牐竇之限凡
屬同圍不可不勉願以告後之覽斯志而留心圍工者
賜進士出身
誥授中憲大夫　賞加四品銜刑部貴州司主事總辦秋審
處行走前吉林理刑南海馮栻宗謹序

桑園圍志 卷一 二

重輯桑園圍志職名開列

倡脩

四品銜刑部主事馮栻宗

戶部主事李仕良

四品頂戴員外郎銜吏部主事郭乃心

翰林院編脩陳序球

前河南開歸陳許道潘仕釗

翰林院編脩余贊年

員外郎銜戶部主事張琯生

戶部郎中潘譽徵

同知銜前甘肅兩當縣知縣周兆璋

七品銜大挑教職劉文照

纂脩

揀選知縣何如銓

校對

同知銜揀選知縣李錫培

揀選知縣何炳堃

揀選知縣曾兆榮

桑園圍志

凡例

一志書標題當系以地陳儀之直隸河渠則統括全省單鍔之吳中水利則兼綜數郡富玹之蕭山水利則包舉一縣桑園圍在有明中葉以前盡南海地景泰間置順德縣割甘竹龍山龍江三堡隸之圍乃分屬今用謝廷諒千金隄志例不冠以縣名直題曰桑園圍志千金隄在撫州城東當汝水之衝桑園圍在廣州城西南當西北二江之衝皆係一方利弊者也

一桑園圍修築大要與浙江海塘相類海塘捍蔽杭嘉七郡關數十縣利弊桑園圍保障南順兩邑關十四堡利弊故是書體例仿楊氏鑅海塘擥要為之而略為損益

起奏議訖雜錄凡十有六門釐爲若干卷

一癸巳志例曰奏稿曰圖說曰沿革曰基段曰修築曰搶塞曰防潦曰圖戸曰章程曰祠宇甲辰志增撥款起科培護渠竇四門今去沿革易奏稿而奏議易防潦而防患易搶塞而搶救併基段於圖說併圖戸於起科併培護於修築而增江源蠲賑義捐工程藝文雜錄餘悉仍舊貫

一舊志防潦搶塞修築諸門雜引他書無與桑園圍事今概入雜錄用備稽覽刺取沿革中紀事依類排纂昭其實也

一翟均廉海塘錄兼紀名勝謝肇淛北河紀餘全友理太湖備考皆及古蹟桑園圍包絡西樵山連綴兩龍九江

各岡阜山川清美賢哲留題載諸志乘是書主修築隄防其無關水利者概不采錄

一奏議既詳載卷首撥款門復節錄諸疏隨事附見以便省覽

一書中地名人名或聲音相近（如尾美范鈑之類）或偏旁互異（如泂柯彭澎之類）或稱謂閒殊（如元善獻洲爲一人肇珠昌耀爲一人之類）皆依據原文不復追改

一朱子集注融會諸家之說或標姓或不標姓是書參用舊志閒有竄易不盡標明某志所以省繁文亦猶朱子意非敢掠美也

桑園圍志目錄

桑園圍志　卷一　二

桑園圍志卷一

奏議

案浙江海塘地跨杭紹甯嘉温台六府其一百餘里之土備塘一萬四千餘丈之魚鱗大石塘爲千古未有之鉅工修隄防者特設專官凡遇興築恪稟
廟謨指授其志皆奉
敕編纂卷首專門恭錄
聖諭絜綱維也若我桑園圍基地跨百餘里内基一萬二千七百二十三丈四尺五寸（照乾隆甲寅清丈計自嘉慶丁丑三丫基決彎築新基一百八十二丈道光癸巳三丫基決彎築新基五百丈約溢基六百丈）外基二千零四十九丈一尺通計基一萬四千七百七十二丈五尺五寸載税一千八百四十二頃有奇（龍津堡六鄉順德縣龍山龍江甘竹三堡未計入内）

在粤東圍基工程最鉅賢公卿軫念民瘼偶值偏災或籲請賑䘏或發帑興修且爲之規畫久遠垂之無窮當其剴切敷陳眞有如沈愷曾所云當事大臣仰體主恩而曲爲生民請命者仁人之言其利溥也攷明王瓊漕河志吳仲通惠河志

國朝靳文襄治河奏績書皆詮敘奏議爰輯乾隆甲寅以來諸大吏章疏冠全書之首章疏之後仍恭錄

上諭俾閭閻人士發函雒誦憬然知民隱上達渥被

恩施而賢公卿之遺愛在民終不可諼也志奏議

會奏查辦被水情形摺　長麟

竊查肇慶府屬之高要縣有端江一道受廣西貴州湖南等處之水由三水縣會潮入海本年六七月閒西水

較大東注會流勢頗浩瀚先據高要縣知縣傅錫山稟
報臣等卽飭藩司委員會同該道府縣確查妥辦據委
員等稟覆水勢逐漸消退等情兹于八月初一初二初
三等日潮勢西漲與端江之水迎面頂阻以致上流過
逼于高要地方漫溢民田被浸房屋亦多塌卸幸水由
漸長該管道府縣于甫經水長之時卽飛傳各處鄉約
地保遠飭居民移避高阜是以並未損傷人口其蓋藏
米穀搶獲者十之七八漂沒者十之二三又與高要縣
之接壤三水四會高明等縣亦有間被水溢地方適臣
長麟赴廣西閲兵經過高要目擊情形棚棲涇處當卽
親加履勘飭令該府縣先行酌爲撫卹不使稍有失所
一面飛札知照臣朱珪並據該道府縣查報前來臣等

伏查高要被淹田畝勢處窪下恐一時不能全行消涸
有誤晚禾且修葺房屋築復圍基民力亦有不能兼及
之慮合無仰懇
皇上天恩將被水貧民無論極次先行賞借一月口糧以資
接濟查係一隅偏災米糧尚不昂貴所借口糧應請全
放折色以便民用其沖塌房間照例查明給予修費所
有被水村莊本年應納錢糧及未完舊欠請一并緩至
來年秋後帶征如此辦理民力自覺寬紓仰沐
聖慈實無既極至粵省天氣溫暖菜蔬雜糧九十月間尚可
翻犁播種此處被水田畝能于秋冬之交消涸罄盡民
間尚可趕緊補種不致乏食倘有停淤未消不能補種
臣等屆期再行確勘情形核實妥辦再廣州府屬之南

海縣地居下流沿河一帶亦有海潮頂漲之處臣等現
飭委藩司陳大文親赴各處逐加查勘分別妥辦所需
銀兩撥款動支核實報銷一面飛飭委員會同該府縣
確查被水村莊戶口冊報俟三場事竣硃卷全進內簾
後臣朱珪卽親往高要督放借糧務俾實惠及民不敢
稍有濫遺以期仰體我
皇上愛民如子之至意所有查辦情形臣長麟臣朱珪謹據
實會摺奏
聞伏祈
皇上睿鑒謹
奏乾隆五十九年八月初十日奏乾隆五十九年九月十
九日奉

上諭據長麟等奏高要等縣被水查勘撫卹一摺內稱高要縣端江水勢漫溢該管道府等於甫經水長之時即飭居民移避高阜並無傷損人口並親加履勘先行撫卹等語高要縣因海潮頂阻被水淹浸其接壤之區亦間被漫溢長麟親赴該處目擊情形先行酌爲撫卹朱珪亦已親往查辦甚屬妥協又據稱沖塌房間照例查明給予修費並將被水貧民先賞借一月口糧等語該處民房猝被沖塌著加恩按例加兩倍給予修費以示軫卹所有被水貧民無論極次俱著先行賞借一月口糧用資接濟並將被水各村莊本年應納錢糧及未完舊欠加恩緩至來年秋後帶徵俾民力得就寬紓該督等惟當董率所屬悉心經理朱珪現在親往高要督放借糧務使小民均霑實惠毋使

一夫失所以副朕廑念民依至意欽此

奏報賞恤被水貧民摺　　朱珪

竊查肇慶府屬之高要縣併接壤之三水四會高明南海等縣本年八月初間西潦漲發漫溢圍基田廬被浸據該道府縣查報經臣與督臣長麟會摺

奏懇

皇上天恩將被水貧民無論極次先行賞借一月口糧其沖塌房間照例查明給與修費被水村莊新舊錢糧請一并緩至來年秋後帶征以紓民力在案臣等隨飭委藩司陳大文親往高要高明四會三水南海等縣查勘坍卸房屋共大小瓦草房屋五千八百四十二間共給過撫邺修費銀二千五百八十四兩七錢五分又勘得南

海縣之桑園圍現據各業戶趕緊修築晚禾補種十分之六勘不成災稟報到臣臣等一面分委各員會同各該府縣確查高要等處被水村莊貧戶丁口散給印票於適中之地分設廠所造具印冊申繳前來臣朱珪隨於八月二十六日前往三水縣督放王公等圍貧戶七百三十九戶折實大口一千八百八十四口半復巡查高要縣迎恩等四廠大灣等二十一圍親身督放貧戶一萬七千八百九十八戶折實大口三萬零七百七十三口又委廣州府知府朱棟連州知州趙鴻文分往四會高明縣會同肇慶府廣玉督同各該縣同時查放內四會縣共貧戶二千四百八十二戶折實大口三千二百零七口半高明縣貧戶二千三百二十二戶折實大

口四千九百七十九口以上四縣共折實大口四萬八百四十四口每口借給口糧銀一錢五分共賞借過口糧銀六千一百二十六兩六錢臣認真督辦不使胥吏冒混實惠俱已到民各貧民莫不歡欣跪領感戴

天恩同呼

萬歲臣查放事竣於九月初三日回省順道查勘南海縣屬之桑園圍等處情形實屬勘不成災至各該縣被水村莊應緩征新舊錢糧飭令藩司陳大文詳悉確查核實造册咨部辦理外查現在天氣晴霽將及半月漲水逐日消退各業佃陸續趕種晚禾襍糧得此糧銀接濟實可同沐

皇仁不致一夫失所所有督放高要等縣賞借口糧并坍房

修費銀兩查辦緣由臣朱珪謹會同兩廣總督臣長麟

據實恭摺奏

聞伏乞

皇上睿鑒謹

奏乾隆五十九年九月十二日奏十月二十一日奉

硃批覽奏稍慰欽此

籌議借款生息以資歲修摺　　阮　元

竊照粵東地處海濱形勢低窪西北兩江之水匯注大

河分流入海河濱一帶俱藉圍基捍衛而南海縣桑園

圍適當江水之衝本年五月間西潦漲發圍基被決民

間修築不敷經前督臣蔣攸銛會同臣陳若霖

奏蒙

聖恩賞借帑銀修辦嗣據南海順德兩縣紳士陳書關士昂
等呈請借帑生息以備此後嵗修復經行司籌議去後
茲據藩司趙慎畛糧道盧元偉查明具詳請
奏前來卷查廣肇二府護田圍基本係土隄乾隆元年經
前任督臣鄂爾達
奏請改用石工將鹽運司庫存貯遞年鹽羨等項銀兩借
商生息以爲各屬每歲官修圍基之用續于乾隆八年
及乾隆十六年節次
奏明仍照向例一概聽民自行防修如有非常沖損實在
民力不支者隨時
奏請酌辦在案臣等伏思前項圍基當江水之衝不特民
田廬舍保障攸關且圍内田畝均

國家正供之所出若必俟非常沖損始行隨時
奏辦錢糧既須蠲緩
帑項更多糜費而民間田園廬舍已不免淹浸之患是與
其隨時懇
恩莫若先籌善全經久之策使可有備無患隨將兩縣紳士
所請與在省司道再四熟商該圍界連順德周迴百有
餘里長九千五百餘丈又當頂沖險要工程最爲吃緊
自乾隆元年改用石工歷年日久水勢日夕沖刷隄面
逐漸單薄隄石亦皆剝落傷殘因民間自行修防之後
按年培築不過於坍卸處所塡砌修補不能一律堅固
在小民保護田廬原不肯甘心苟簡祇緣工鉅費繁力
有未逮是以自乾隆四十九年以來遞遭沖塌至嘉慶

十八年復被沖淹
奏明借帑修築本年被水決口較各年尤甚仰蒙
皇上卹綏兼施併借銀五千兩連民捐修費趕緊搶修始得
補種禾稻雜糧此時若不圖善全經久之計將來再遭
水沖工程更大需費更多臣等飭縣查勘該處圍基每
年歲修約需銀四千六七百兩方可堅固現在藩庫備
修隄岸銀兩存貯無多合無仰懇
皇上天恩俯准在于藩庫追存沙坦花息銀兩借出銀四萬
兩並於糧道庫貯普濟堂生息項下借出銀四萬兩共
銀八萬兩發交南海順德兩縣當商每月一分生息每
年可得息銀九千六百兩內以五千兩歸還原借本銀
以四千六百兩爲歲修之資責成該圍內殷實紳士購

料鳩工不經書役之手仍由水利各官督率稽查或應
培築高厚添砌蠻石或因頂衝險要應復石隄相度情
形分別首險次險陸續培築堅固倘有已修石工沖刷
決損俱令領項承辦紳士賠補每年動用息銀以及收
回借本造册呈報臣等衙門查核計自嘉慶二十三年
起至三十八年止借本可以全數清完此後多餘息銀
卽歸于籌備隄岸項下存貯如遇通省圍基內實有緊
要工程民力不能捐修者核實
奏明動用如此借動閒款生息轉運旣不須臨時動用正
帑而隄岸歲修有賴工程益歸鞏固水潦不虞災歉閭
閻免追呼之擾
朝廷少鄖綏之煩實於

國計民生均有裨益是否有當臣等謹合詞恭摺具
奏伏乞
皇上睿鑒訓示謹
奏嘉慶二十二年十一月初六日奏嘉慶二十二年十二
月十六日奉
上諭阮元等奏籌議護田圍基借款生息以資歲修一摺粵
東濱海一帶田畝俱藉圍基捍衛南海縣桑園圍界連順
德本年被水沖決業經降旨借款修復惟該處當江水之
衝民田廬舍亟須保障以爲經久之計加恩著照所請准
其在藩庫追存沙坦花息銀兩借支銀四萬兩糧道庫普
濟堂生息項下借支銀四萬兩發南海順德兩縣當商生
息每年所得息銀以五千兩歸還原款以四千六百兩爲

歲修之資責成該處紳士購料鳩工隨時培築毋任胥役經手仍令該管官督率稽查如有坍卸責令承辦之人賠補以昭覈實餘俱照所議辦該部知道欽此

紳士捐輸建築石隄摺　　阮元

竊照粵東南海縣屬毗連順德縣界之桑園圍周迴百有餘里居民數十萬戶田地一千數百餘頃種植桑株以飼春蠶誠粵東農桑之沃壤也圍外廣東西北兩江環繞左右而廣西左右諸江亦並匯而來由此合流入海每遇夏潦暴漲東尙緩緩西水建瓴而下宣洩不及圍基卽被衝淹居民田園廬墓盡皆淹沒設水勢驟長不能移避高阜民人亦皆淹斃屢經前任督撫臣

奏蒙

聖恩恤緩兼施借銀修葺因向來僅建土隄乾隆八年
奏改石工間段用塊石堆砌幷借銀生息以作歲修嗣又
節次
奏明改歸民間自行修防如有非常衝損民力不支者隨
時
奏請酌辦嗣經歷年久遠沙高石低屢被沖刷禍移民間
雖欲培築苦於力有未逮上年臣阮元與前撫臣陳若
霖因該處係農田廬墓情勢緊要
奏蒙
聖恩允准於藩糧兩庫借銀八萬兩發商按月一分生息計
得生息銀九千六百兩以五千兩歸還原借本銀以四
千六百兩爲歲修之費第圍基遼闊恐此築彼坍歲得

四千餘金僅敷逐段粘補之用仍不足爲永遠經久之計前據南海順德兩縣紳士商民紛紛懇請捐建石隄經署南海縣知縣仲振履等親詣查勘該圍最險頂衝之吉贊橫基三了基禾义基天后廟大洛口等處約計一千九百餘丈須用大條石疊砌高厚其次七千餘丈亦須大塊石堆砌成坡方可藉資捍衞所需工料運腳等項撙節估計非捐銀十萬兩不能興辦南順兩縣紳士人等卽欲踴躍捐輸而工鉅費繁一時未能集事茲查現任刑部郎中伍元蘭刑部員外郎伍元芝因家鄉有此大工自京專遣家丁回籍赴縣呈請兩人願捐銀各三萬兩又有緣事革職在籍之郎中盧文錦獨捐銀四萬兩共十萬兩現據藩司魏元烺糧道盧元偉轉據

該府縣等核議詳請具
奏前來臣等查桑園圍有關兩縣農民田廬屢被水患亟
應築隄保障惟因經費過多礙難籌辦今既據該紳員
伍元蘭等情殷桑梓尙義輸銀臣等逐加探訪南海順
德兩縣士民聞知義舉可成靡不同聲歡慶自應俯順
輿情
奏請准其興建如蒙
俞允卽飭該紳員等各將捐銀繳貯仍令兩邑紳衿耆老選
舉殷實公正紳士赴圍董理購料鳩工妥速趕辦地方
官但司督率稽察務使工堅料實毋稍浮冒虛糜不使
胥役人等涉手致有侵染俟工竣再行查勘驗收此次
築隄之後自必永慶奠安然水力沖險異常恐未必年

久一無所損上年
奏請生息銀兩仍須照舊生息將來察看情形另行核
奏至例載捐修公所銀至千兩以上即應分别
旌賞或由部議敘臣等查明伍元蘭等於桑園圍並非自護
田廬今各捐銀至數萬兩洵屬急公向義應俟工竣後
臣等再行循例
奏懇
天恩量加獎勵臣等因事關農田水利謹據士民輿情合詞
恭摺具
奏伏乞
皇上睿鑒訓示謹
奏嘉慶二十四年七月十五日奉

硃批依議辦理工竣後核實具奏欽此

石隄工竣併將支賸捐項分別撥充公用摺

阮　元

竊照粤東南海縣屬毗連順德縣界有大隄一道土名桑園圍周環百有餘里圍內居民數十萬戶農桑田地一千數百頃爲近省第一沃壤該圍地處下游當本省西北兩江及廣西衆水之衝每遇春夏秋暴漲諸水建瓴而下全藉圍基保護先因土隄易圮屢遭水患淹斃人口兼淹及順德龍山等處疊經前督撫臣

奏蒙

諭旨恤緩兼施借項修葺復於乾隆八年

奏准改築石工嘉慶二十二年臣阮元復會同前撫臣陳

若霖

奏蒙

聖恩借項發商生息爲歲修之用祇緣從前

奏改石工之時限於經費僅係擇要問段改築而臣阮元

等

奏准生息之項歲祇得銀四千六百兩亦僅敷隨時粘補

不能一律改建每遇伏秋大汎田廬民命均時刻耽心

二十四年適有現任刑部郎中伍元蘭刑部員外郎伍

元芝遣丁回籍赴縣呈請各捐銀三萬兩又有在籍之

緣事革職郎中盧文錦亦願獨捐銀四萬兩將圍基險

要之處普改石工由司道轉據府縣核詳經臣阮元會

同前撫臣李鴻賓具

奏聲明伍元蘭等各捐銀至數萬兩洵屬急公向義俟事
竣循例
奏懇獎勵欽奉
硃批依議辦理工竣後核實具奏欽此當經行據該紳士等
將捐銀十萬兩照數繳貯藩庫由南海順德二縣轉飭
二邑紳耆公舉素來辦事公正身家殷實之候選訓導
何毓齡舉人潘澄江等經理其事並由司委員赴工督
率稽查其一切領銀用銀悉由董事經理不涉官吏之
手據報於二十四年九月水落後興工二十五年全工
告竣撙節核實共用銀七萬五千兩臣等飭委督糧道
盧元偉赴圍親勘實係堅厚鞏固農民咸悅並據府縣
轉據首事紳士開報工料由司會核詳請照案具

奏獎勵聲明此係民捐民辦之件照例毋庸造册報銷前
來臣等伏查定例捐修公所及橋梁道路實於地方有
裨益者銀至千兩以上請
旨建坊遵照
欽定樂善好施字樣聽本家自行建坊等語此案盧文錦籍
隸新會伍元蘭伍元芝雖籍隸南海皆非圍内之人今
能各捐銀至數萬兩俾全圍藉資鞏固保護數十萬民
田廬舍其捐銀遠過千兩之數與獎勵之例相符應請
照例建坊以獎善舉至前項捐款銀十萬兩除現在核
實祗用銀七萬五千兩外尚餘銀二萬五千兩原捐各
紳不願領回呈請撥充公用查有南海縣屬與三水縣
屬交界之土名波子角圍基一道與桑園圍唇齒相依

亦屬險要現據該處衿民呈請修築應請於前項存賸
銀兩撥銀一萬兩撙節擇要估修照舊令舉殷實紳士
自爲經理工竣通報院司府縣查核照例毋庸造册報
銷尚餘銀一萬五千兩查先經臣阮元會同前撫臣李
鴻賓
奏明纂修廣東通志六部查取
大淸一統志事宜稿本現在將次完竣除臣等陸續公捐經
費外尚有不敷應將此款盡數撥給湊支公用如此分
別辦理係以紳士原捐之項辦本地方應捐之事亦復
甚洽輿情是否有當臣等謹一併具
奏伏乞
皇上聖鑒訓示謹

奏

請將捐修紳士及督修人員量予議敘片

李鴻賓

再道光九年五月間廣東省西北兩江潦水陡漲廣州府各屬沿河圍基多被沖潰南海縣屬之桑園圍三水縣屬之蜆塘圍坍裂尤甚當經臣會同前撫臣盧坤派令陞任督糧道夏修恕督率委員候補知縣楊砥柱等實力趕修培築完固並經南海縣廩貢生伍元薇先捐銀二萬兩以爲該兩圍冬間改建石隄工費業於

奏請緩征案内將捐修委辦等情俟工竣另行具

奏在案嗣因桑園圍之上游坡子角潰口處所工段寬長採石較遠且堵而復潰用費浩繁該廩貢生復捐銀一

萬三千兩俾得添工補砌於本年四月報竣經臣親往
履勘修築堅穩歷過五六七八等月西江大汎毫無拙
塌一律完整各圍内秋收豐足倍勝尋常從此萬戶田
廬可資捍禦所有委令督修各員夙夜在工歷時甚久
不辭勞瘁實屬勉力從公内有候補知縣楊砥柱候補
未入流吳崇增尤爲認眞出力可否將二員各歸本班
儘先補用出自
天恩又紱猺廳教諭梁元本無地方之責因係三水原籍熟
悉水道情形委令督率鄉夫加緊修築俾臻堅厚亦屬
奮勉應請
敕部議敘其餘在工出力各員由臣查明分別記功獎賞至
該廩生伍元薇雖籍隸南海並非居住桑園圍内乃慷

慨出貲先後共捐銀三萬三千兩以成要工殊屬情殷
桑梓好義可嘉查嘉慶十八年直隸南宮縣廩生齊如
驤因地方荒歉捐賫賑銀一萬二千兩
奏奉
諭旨賞給舉人一體會試道光八年福建莆田縣監生鄭道
立捐輸木蘭陂水利銀兩
奏奉
上諭賞給副榜各在案茲伍元薇以肄業儒生不惜重貲保
存鄉里應否量予獎勵恭候
恩施謹附片陳
奏伏乞
聖鑒謹

奏十二月初九日奉
上諭李鴻賓奏查明捐修隄工並督修出力人員請予鼓勵等語廣東廣州府屬之桑園蜆塘兩圍前因江水陡漲多致潰塌經南海縣廩貢生伍元薇先後捐銀三萬三千兩改建石隄修築堅穩候補知縣楊𥓓柱等在工督修俱尚爲奮勉自應量加恩施廣東候補知縣楊𥓓柱候補未入流吳崇增俱著各歸本班儘先補用綏猺廳教諭梁元著交部議叙廩貢生伍元薇著賞給舉人准其一體會試以示獎勵欽此

請將歲修本款分別扣抵攤徵以紓民力摺

盧 坤

竊照粵東南海縣屬毗連順德縣界之桑園圍地周圍

百有餘里居民數十萬戶田地一千數百餘頃種桑飼
蠶爲農桑奧區圍基長九千五百餘丈圍外東西兩江
環繞又有廣西左右諸江之水並匯而來合流入海每
遇夏潦暴漲西水建瓴而下宣洩不及圍基即被沖[illegible]
民田廬墓盡皆淹沒經前督臣阮元前撫臣陳若霖於

嘉慶二十二年

奏准設立歲修在藩糧二庫各借動銀四萬兩共銀八萬
兩交南海順德兩縣當商按月一分生息每年得息銀
九千六百兩以五千兩歸還原借本銀以四千六百兩
爲該圍歲修之費迨嘉慶二十四年據該縣紳士伍元
蘭等捐銀十萬兩將該圍基改建石工歲修銀兩無需
動用將此項息銀歸入籌備隄岸項下歷年間爲南海

三水等縣借動別圍修費事竣分年徵還南海業户道
光九年分尚有未經徵還銀四千一百一十兩由藩司
按年造報咨部在案是桑園圍修費本有專款雖改建
石工以來未經動用而每年息銀本款仍存司庫道光
十三年夏秋西北兩江之水非常異漲致將圍基沖決
工鉅費繁一年兩遭水患民情倍形拮据圍基決口沖
成深潭巨浸經該圍紳士等先後籲請借動庫項銀四
萬六千八百八十四兩八錢八分三釐現又續借銀三
千兩一律加培堅實查前此該圍借款同此外南海三
水等別圍借修銀兩業經臣
奏蒙
恩旨借修圍基現在動支同嗣後續借銀兩及南海縣未完

道光九年分銀四千一百一十兩著於道光十四年起分限五年免息徵還以紓民力欽此其有上年被水各屬應徵民屯銀米亦經

奏准一律展緩自道光十四年秋收起分作二年帶徵仰蒙

聖恩優渥臣飭司刊刻謄黃徧行曉諭百姓莫不歡頌

皇仁惟查桑園圍借修圍基銀兩因工程浩大關係百有餘里全圍民田廬舍借數較他圍獨鉅該圍於十四年秋後既有應繳緩徵銀米又須按畝攤派借支修費同時並徵實恐力有未逮查該圍於上年六月内借領歲修生息本款銀一萬二千兩除用去銀六千八百八十四兩八錢八分三釐餘因盛漲停工仍將用存銀五千一

百一十五兩一錢一分七釐繳還司庫歸於十一月內據該圍紳士李應揚等借領銀二萬兩修塞決口內於歲修生息本款內動支銀七千四百八十五兩又在籌備隄岸項內支銀二千三百六十兩米耗盈餘項下支銀一萬一百五十五兩經藩司發給南海縣轉給該圍紳士領辦又本年正月內因春汎卽屆據承修紳士再請續發銀二萬兩以應要工據該司呈報亦在司庫米耗盈餘內如數動撥今於三月又借銀三千兩在生息本款內動支銀一千九百兩備修土墊水柵項內借支銀一千一百兩以上桑園圍共先後借領銀四萬九千八百八十四兩八錢八分三釐內一萬六千二百六十九兩八分三釐係動支該圍歲修本款息銀自應就款

開銷毋庸再行歸還其餘三萬三千六百十五兩係在
隄岸籌備及米耗盈餘土墊水柵等款内動支應行還
款若俱請在於應得歲修息銀四千六百兩數内扣收
計須七年方能清款有逾原奏五年之限今請將前項
借款以二萬三千兩在於桑園圍每年應得歲修銀四
千六百兩按年儘數扣收還款免其攤派尚欠銀一萬
零六百十五兩欽遵
諭旨自十四年起分限五年歸該圍按糧攤徵每年徵解銀
二千一百二十三兩如此半歸歲息扣收半歸攤徵還
項均仍不出五年之限在借款可以全清而通圍攤徵
爲數較減易於完繳闔圍百姓普沾
恩澤頂感

聖主深仁益靡既極臣爲展舒民力起見是否有當謹恭摺

具

奏請

旨伏乞

皇上聖鑒訓示再撫篆係臣兼署毋庸會銜合併陳明謹

奏

道光己酉籌撥歲修息銀摺　　徐廣縉

竊照本年九月閒省城陡發颶風南海等縣民房船隻田禾圍基閒有損壞先經臣等委員勘不成災妥爲撫

恤附片奏

聞並聲明桑園圍基多有傾卸工費較繁已委員覆勘再行酌辦在案茲據委員候補直隸州知州彭澤會同南

海縣知縣張繼鄒馳赴該圍勘明稟覆桑園圍西基内
項沖險要之禾乂基坭龍角石隄一段及廟前土隄一
段均已坍卸激動又河清九江兩堡交界處所及土名
大洛口蠶姑廟各土隄並沙頭堡韋馱廟前石隄亦俱
沖刷拆裂低薄浮鬆其餘各堡圍基或間有損動情形
亟應分別修築加高培厚核實確估約需工費銀一萬
餘兩體察民力實有未逮議請撥給銀兩飭令各紳士
雇工購料趕緊修築等情由司核明詳請具
奏前來臣等伏查該圍籌備歲修生息一項先於嘉慶二
十二年在藩糧二庫提銀八萬兩發交南海順德二縣
當商生息每年得息銀九千六百兩以五千兩還本以
四千六百兩爲該圍歲修之用嗣因紳士伍元蘭等捐

銀十萬兩將該圍改築石隄此後無須歲修每年將歲
修息銀四千六百兩歸入籌備隄岸項内備用其應歸
本銀五千兩續奉行令入季報撥嗣道光十三年桑園
圍被水沖決先後在司庫借領銀四萬九千八百八十
四兩八錢八分三釐經前督臣盧坤
奏明以一萬六千二百六十九兩八錢八分三釐動支該
圍歲修銀再以二萬三千兩將該圍每年應得歲修息
銀四千六伯兩按年儘數扣收毋庸徵還尚欠銀一萬
零六六百一十五兩分限五年攤征又道光二十四年被
水該圍患基甚多經前撫臣程矞采會同督臣耆英
奏准動支歲修息銀一萬兩給發紳士領回培築毋庸歸
款各在案數年以來水石沖激本年九月内復被颶風

擊刷土隄石隄多有坍卸傾裂亟應修築培補惟工費
較鉅民力實有未逮相應仰懇
天恩俯念基工緊要准照道光十三年暨二十四年等年成
案在於該圍歲修生息款內籌撥銀一萬兩發交南海
縣轉發該圍紳士人等領回由縣督飭興修倘有不敷
即由該圍殷戶捐足支用俟工竣核實驗收將動撥之
項造冊報銷務使全圍一律鞏固以資捍衛其請撥銀
兩應即就款開銷毋庸歸還第本款息銀現存銀三千
一百三十二兩不敷支撥請在籌備隄岸項內借足仍
將桑園圍每年應得歲修息銀四千六百兩按年儘數
收還歸款是否有當臣等謹合詞恭摺具
奏伏乞

皇上聖鑒訓示謹
奏道光二十九年正月二十六日奉
上諭督臣徐廣縉撫臣葉名琛奏請撥項築復桑園圍基一摺廣東南海縣屬桑園圍基既據該督等查明該處數年以來水石沖激上年九月內又被颶風擊刷土隄石隄多有坍裂著准其援照成案在於該圍歲修生息款內籌撥銀一萬兩發交南海縣轉發該圍紳士領辦即責成該縣督飭興修工竣核實驗收務使一律鞏固以資捍衛仍將動撥之項造冊報銷餘著照所議辦理該部知道欽此

咸豐癸丑籌撥歲修息銀摺　葉名琛

竊照本年六七月間粵省東西北三江潦水漲發各府屬州縣圍基田畝房屋間有淹坍先經臣等委員勘不

成災捐廉安爲撫綏專摺覆
奏並聲明南海縣屬桑園圍東基等處基段多有坍卸浮
鬆據紳士呈報請撥給歲修銀兩俾資培築俟委員會
縣覆勘另行辦理在案茲據委員候補知縣朱甸霖會
同南海順德二縣馳往該圍確切勘明稟覆桑園圍東
基内九江堡龍津堡簡村堡先登堡甘竹堡各基段沖
決自十餘丈至八十餘丈不等因基身均已内陷必須
硪練堅築始足以資鞏固此外沙頭各堡基段石隄亦
多拆裂浮鬆亟應分別添石培補修築工程浩大民力
實有未逮議請動撥該圍歲修生息銀一萬兩轉給紳
士領回鳩工購料趕緊修築等情由司詳請具
奏前來臣等伏查該圍籌備歲修生息一項先於嘉慶二

十二年在藩糧二庫提銀八萬兩發交南海順德二縣
當商生息每年繳銀九千六百兩以五千兩還本以四
千六百兩爲該圍歲修之用嗣因紳士伍元蘭等捐銀
十萬兩將該圍改築石隄此後無需歲修每年將歲修
息銀四千六百兩歸入籌備堤岸項内備用其應歸本
銀五千兩續奏行另入季報撥嗣道光十三年桑園圍
被水沖決先後在司庫借領銀四萬九千八百餘兩經
前督臣盧坤
奏明以一萬六千二百餘兩動支該圍歲修息銀以二萬
三千兩將該圍每年應得歲修息銀四千六百兩按年
儘數扣收毋庸徵還尚餘銀一萬六百餘兩分限五年
攤徵又二十四年被水該圍患基甚多及二十八年被

風擊壞土隄石隄均經先後
奏准各動支歲修息銀一萬兩給發紳士領回培築毋庸
歸款各在案數年以來水石沖激本年該圍東基各段
復被潦水沖決及拆裂浮鬆多處旣經委員會縣勘明
亟應修築惟工費較鉅民力實有未逮仰懇
天恩俯念要工准照道光十三年等年成案在該圍歲修生
息款內籌撥銀一萬兩發交南海順德二縣轉給紳士
領回由縣督飭趕緊興修以資捍衞如有不敷仍由該
圍殷戶自行籌足統俟工竣驗收覈實造冊報銷毋庸
歸還原款第本款息銀現存銀二千三百三十八兩不
敷支撥請在籌備隄岸項內借動銀七千六百六十二
兩湊足一萬兩先行給領仍俟續收桑園圍歲修息銀

内歸補還款是否有當臣等謹合詞恭摺具
奏伏乞
皇上聖鑒訓示謹
奏
請設法籌還提用桑園圍歲修本息銀片
潘斯濂
再查粵東廣州府屬之桑園圍跨南海順德兩縣自北
宋以來爲時既久戸口數十萬丁賦税二千餘頃爲粵
東糧命最大之區每年夏秋潦漲北潦自本省南雄韶
州直注西潦自雲南牂牁歷廣西匯合鬱梧諸水建瓴
而下該圍正當西北兩江之衝稍遭決陷工鉅費繁甚
爲兩縣之患嘉慶二十二年順德縣在籍侍郎温汝适

呈請督臣阮元
奏明在藩道兩庫提撥銀八萬兩發交南海順德兩縣當商按月一分生息每年得息銀九千六百兩以五千兩歸還原撥帑本以四千六百兩交桑園圍歲修各基嘉慶二十四年給領二十三年分歲修銀四千六百兩修葺圍基列冊報銷嗣因盧伍二商捐建石隄此後歲修銀兩暫停未領道光十三年漲決異常石隄歲久又多剝落是以先後共在司庫借給修費銀四萬九千八百八十四兩八錢八分三釐經前督臣盧坤
奏請將動支款息銀一萬六千二百六十九兩八錢八分三釐就款開銷又在本款息銀內遞年扣收歸還借款銀二萬三千兩尚欠銀一萬零六百一十五兩分限五

年由該園按糧攤徵清還借款道光二十四年二十八
年咸豐三年前後三次均經奏請給發本款歲修銀各
一萬兩蓋桑園圍向有專款遞年收存司庫以備給領
自咸豐四年以後前督臣葉名琛將此項帑本并歷年
存司庫息銀提用計自嘉慶二十三年起至咸豐三年
止共三十六年實得歲修息銀一十六萬五千六百兩
除嘉慶二十四年領息銀四千六百兩及道光十三年
至咸豐三年前後四次又共領息銀六萬九千二百六
十九兩八錢八分三釐外應存歲修息銀九萬一千七
百餘兩既經提用此後桑園圍歲修銀兩無從撥給聞
同治三年十二月間前督臣毛鴻賓現署撫臣郭嵩燾
以桑園圍隄基險要糧命所關設法籌撥銀二萬二千

七百五十八兩七錢八分解還司庫照舊發商生息以
資支發查桑園圍歲修一項原係
奏明在藩道兩庫提撥銀八萬兩發交南海順德兩縣當
商按月一分生息近年既將本息銀全數提用今撥還
本銀二萬二千餘兩在督撫臣關心民瘼將來自必本
息全數清還以復專款而臣竊計桑園圍爲廣肇兩府
下游頂衝險要之基受西北兩江之患最劇近日該圍
下游各水道又復壅塞礙難宣洩隄身低薄坍卸時虞
其所以沐
皇仁而歌樂土者誠賴有此歲修專款若使歲修無措不獨
從前良法美意未久遂湮而萬姓嗸嗸兵燹之餘迭遭
水患於兩縣生民糧命關係匪輕仰懇

天恩敕下該省督撫將咸豐四年提用桑園圍原撥帑本暨
歷年存庫息銀一項查明已還未還各數目設法籌撥
全數歸款照舊發商生息俾該圍歲修有賴以符向章
而卹糧命謹附片具
奏同治四年閏五月十八日奉
上諭據御史潘斯濂另片奏桑園圍爲粵東糧命最大之區
當西北兩江之衝稍遭決陷工鉅費繁向有生息銀兩以
爲歲修之費近年將本息銀兩全數提用從此歲修無措
水患難免於兩縣生民大有關係等語著瑞麟郭嵩燾將
咸豐四年提用桑園圍原撥帑本暨歷年存庫息銀一項
查明已還未還各數目設法歸款照舊發商生息爲禦災
捍患之計原摺片單著抄給瑞麟郭嵩燾閱看將此諭令

瑞麟郭嵩燾知之欽此

附 移軍需總局文　方濬頤

代辦布政使司爲欽奉事案奉兼署兩廣總督部堂
瑞憲札同治四年六月初十日准兵部火票遞到軍
機大臣字寄同治四年閏五月十八日奉
上諭據御史潘斯濂另片奏桑園圍爲粵東糧命最大之區
當西北兩江之衝稍遭決陷工鉅費繁向有生息銀兩以
爲歲修之費近年將本息銀兩全數提用從此歲修無措
水患難免於兩縣生民大有關係等語著瑞麟郭嵩燾將
咸豐四年提用桑園圍原撥帑本暨歷年存庫息銀一項
查明已還未還各數目設法歸款照舊發商生息爲禦災
捍患之計原摺片單著抄給瑞麟郭嵩燾閱看將此諭令

瑞麟郭嵩燾知之欽此遵
旨寄信前來到本兼署部堂承准此查桑園圍發商生息銀
兩前因軍需緊急提用除先後撥還外已於同治三
年十二月内飭據軍需總局查明通共應還本銀五
萬四千一百二十五兩五錢當將帑本銀二萬二千
七百五十八兩七錢七分在於籌餉總局收存項内
撥解藩庫照舊發商生息以資支發所欠息銀議俟
局用稍紓再行陸續撥解清款在案今欽奉前因札
東軍需總局遵照迅將提用桑園圍基發商生息銀
兩一款所欠息銀刻日會商籌餉總局上緊設法籌
撥解還司庫清款毋稍緩延外合就恭錄札知札司
即便欽遵查照辦理毋違又奉署理廣東巡撫部院

郭牌行准兼署兩廣總督部堂咨前事各等因到司
奉此合就備移爲此合移貴總局希爲查照迅將提
用桑園圍基發商生息銀兩一款所欠息銀刻日會
商籌餉總局上緊設法籌撥解還司庫清款幸勿再
延施行

奏報動撥歲修息銀修築完竣摺　瑞麟

竊照南海順德二縣屬桑園圍自咸豐三年動支歲修
生息銀兩給發興修後迄今十餘年之久迭經風潦沖
刷基堤半多傾圮每遇西北兩江水漲時有潰決之虞
同治六年秋冬間迭據紳士呈報請撥給歲修銀兩俾
資修築等情經臣瑞麟與前降調撫臣蔣益澧飭司委
員會縣查勘隨據委員委用知縣徐寶符會同南海順

德二縣前往逐一履勘明確該圍基段傾卸低陷處所
係屬刻不可緩之工亟應趕緊修築加高培厚覈實確
估約需工費銀二萬四千餘兩體察民力實有未逮當
在該圍歲修生息銀内動支銀二萬兩發給該圍紳士
領同鳩工購料次第修築其不敷之銀議由圍内殷實
業戶捐辦據報於同治六年十一月初十日興工七年
十月初十日工竣覈實驗收委係一律完固並無低薄
浮冒情弊由司核明詳請具
奏前來臣等伏查該圍籌備歲修生息一項係於嘉慶二
十二年在藩糧二庫提銀八萬兩發交南海順德二縣
當商生息每年繳息銀九千六百兩以五千兩還本以
四千六百兩爲該圍歲修之用嗣因紳士伍元蘭等捐

銀十萬兩改築石隄無須按年修築當將歲修息銀四千六百兩歸入籌備堤岸項內備用其應歸本銀五千兩照依續奉部咨入季報撥嗣於道光十三年桑園圍被水沖決先後在司庫借領銀四萬九千八百餘兩經

前督臣盧坤

奏明以一萬六千二百餘兩就司庫收存該圍歲修本款動用以二萬三千兩請俟歲修息銀繳到按年儘數扣收尚借動銀一萬六百餘兩分限五年攤徵歸款又該圍於道光二十四年被水二十八年被風咸豐三年被水先後坍卸基隄均經

奏准每次動用歲修息銀一萬兩給發該紳士具領修築各在案自咸豐三年迄今又歷十有餘年該圍水石沖

激基堤半多傾圮委員會縣勘明係屬刻不可緩之工
并據查明工費較鉅民力實有未逮經臣瑞麟與前降
調撫臣蔣益澧援照道光咸豐年間成案飭司在於該
圍歲修生息款內動撥銀二萬兩發交南海順德二縣
分別轉發該圍紳士具領由縣督飭趕緊興修茲據具
報大工一律告竣覈實驗收完固委無浮冒除動撥外
尚不敷銀四千餘兩即由該圍殷實之戶捐足支用等
情臣等覆查無異除飭將動撥銀兩趕緊造冊報銷外
所有南海順德二縣屬桑園圍基年久失修動撥該圍
歲修息銀修築緣由臣等謹合詞恭摺具
奏伏乞
皇太后

皇上聖鑒謹

奏同治八年五月初八日軍機大臣奉

旨該部知道欽此

癸酉籌撥歲修息銀摺　張兆棟

竊照南海順德兩縣所屬桑園圍分東西兩基共長一萬四千七百餘丈當西北兩江之衝同治九年因該圍石堤傾卸會經動支歲修息銀一萬兩給發修築工竣無如堤長工險兼以近年潦水漲發水石沖激沿堤剝卸甚多茲據南海縣紳士明之綱等呈請撥給歲修息銀兩俾資修築等情經臣等飭司委員會縣查勘隨據委員會同南海縣前往履勘該圍鎮涌堡禾㕚基海舟堡天后廟先登堡太平墟九江堡石路口暨簡村堡吉

水實各段石堤均有頹卸剝落其餘東西兩堤基亦皆
單薄低陷亟應添補泥石培築鞏固嚴實確估約需工
費銀一萬二千餘兩體察民力實有未逮議請動撥該
圍歲修息銀一萬兩轉給該圍紳士領回興修等情由
司核明詳請具
奏前來臣等伏查桑園圍基本有歲修息銀專款同治九
年因該圍隄工險要欠石培護經臣瑞麟會同前撫臣
李福泰奏明援案動撥歲修息銀一萬兩修築完竣奉
旨允准造冊
題銷在案今該圍鎮涌堡海舟堡各處基段近被潦水灌
注坭石傾頹委員勘明係屬刻不可緩之工所估工料
銀一萬二千餘兩民力實有未逮據請動撥歲修銀兩

自應照案動支惟查本款息銀先已按季報撥及收入
籌備堤岸項内存儲當經仿照咸豐三年及同治九年
動撥成案在於籌備堤岸經費項内借支銀一萬兩發
給南海縣紳士領回鳩工購料由縣督飭趕緊興工修
築其餘不敷銀兩卽由圍内殷實業戶捐足支用除俟
工竣覈實驗收將動撥銀兩造冊報銷仍俟續收桑園
圍歲修息銀儘數歸補還款外所有圍基傾圮援案借
撥修築緣由臣等謹合詞恭摺具
奏伏乞
皇太后
皇上聖鑒訓示敕部知照謹
奏

光緒丁丑籌撥歲修息銀摺　　張兆棟

竊照南海順德兩縣所屬桑園圍分東西兩基共長一萬四千七百餘丈當西北兩江之衝同治十二年因該圍坭石傾卸曾經動支歲修息銀一萬兩給發修築工竣屢經水患藉保無虞上年兩江潦水盛漲沿堤剝卸甚多基腳被水沖激成潭據南順兩縣紳士陳序球等呈請撥給歲修銀兩俾資修築等情經臣等飭司委員會縣查勘隨據委員試用通判宋邦倬會同南順二縣前往履勘該圍鎮涌堡坭龍角基腳被水沖激成潭情形最爲險要應用石塡塞以免沖塌其餘海舟堡天后廟等基段或石塊傾陷或坭土鬆浮低薄亟應添補坭石培築堅固覆實確估約需工費銀二萬餘兩體察民

力實有未逮議請動撥該圍歲修息銀二萬兩轉給該
圍紳士領回興修等情由司核明詳請具
奏前來臣等伏查桑園圍基本有歲修息銀專款同治十
二年因該圍基段傾圮經臣兆棟會同前督臣瑞麟
奏明援案動撥歲修息銀一萬兩修築完固奉
旨允准造冊
題銷在案今該圍鎮涌等堡各處基段被潦水沖激成潭
坭石傾陷委員勘明係屬刻不可緩之工所估工料銀
二萬餘兩民力實有未逮據請撥給歲修銀兩自應照
案動支查本款息銀先已按季報撥及收入籌備堤岸
項內存儲並無息銀動支咸豐三年及同治九年暨十
二年各次動撥均係在籌備堤岸項下借支惟現在堤

岸項下存銀無多不敷借支而各處基段該紳等已於
上年十一月初一日興工經費急需支用查司庫米耗
盈餘一項尚堪借撥當經在於籌備堤岸米耗盈餘二
款各借支銀一萬兩共銀二萬兩發給該圍紳士領回
由縣督飭趕緊修築其餘不敷銀兩卽由圍内殷實業
戶捐足支用除俟工竣覆實驗收將動支銀兩造冊報
銷仍俟續收桑園圍歲修息銀儘數歸補還款外所有
圍基被水沖決援案借款修築緣由臣等謹合詞恭摺
具
奏伏乞
皇太后
皇上聖鑒訓示敕部知照謹
奏

奏

己卯籌撥歲修息銀摺　裕寬

竊照南海順德兩縣所屬桑園圍分東西兩基共長一萬四千七百餘丈當西北兩江之衝光緒三年因該圍基段被水沖激成潭曾經動支歲修息銀二萬兩給發修築工竣無如隄長工險兼以本年夏閒西北兩江盛漲水勢沖激以致該圍東西基復多卸陷據南順兩縣紳士陳序球等呈請撥給歲修銀兩藉資修築等情經奴才飭司委員會縣查勘隨據委員候補知縣胡鑑會同南海順德二縣前往履勘該圍東基仙萊岡及吉贊橫基等處基段並西基一帶均有坍裂卸陷亟應培築堅固以資捍衛惟應修段落過多工費較鉅體察民力

實有未逮議請動撥該圍歲修息銀八千兩轉給該圍
紳士興修由司核明詳請具
奏前來奴才伏查桑園圍基本有歲修息銀專款光緒三
年因該圍基段被水沖陷經前撫臣張兆棟會同前督
臣劉坤一
奏明援案動撥歲修息銀二萬兩修築完固奏
旨允准造冊
題銷在案今該圍東基仙萊岡等處基段並西基一帶被
水沖激坍裂卸陷委員勘明係屬刻不可緩之工惟需
費過鉅民力實有未逮據請撥給歲修銀兩自應照案
動支查本款息銀先已按季報撥及收入籌備堤岸項
內存儲現無息銀動支而各處基段該紳等已於本年

十一月初三日興工經費急需支應查司庫米耗盈餘
一項尚堪借撥當經仿照光緒三年動撥成案在於米
耗盈餘項内借支銀八千兩發給該圍紳士領回由縣
督飭趕緊修築其餘不敷銀兩卽由圍内殷實業戶捐
足支用除俟工竣核實驗收將動撥銀兩造册報銷仍
俟續收桑園圍歲修息銀儘數歸補還款外所有桑園
圍基卸陷援案借款修築緣由奴才謹恭摺具
奏伏乞
皇太后
皇上聖鑒訓示敕部知照再兩廣總督係奴才兼署毋容會
銜合併陳明謹
奏

乙酉籌撥歲修息銀摺

張之洞

竊照南海順德兩縣所屬桑園圍分東西兩基共長一萬四千七百餘丈當西北兩江之衝光緒五年因該圍基段被水沖激卸陷曾經動支歲修息銀八千兩給發修築工竣無如隄長工險兼以上年夏間西北兩江異常盛漲水勢沖激以至該圍海舟堡李村盤古廟等處基段復多卸裂據南順兩縣紳士馮栻宗等呈請撥給歲修銀兩藉資修築等情經臣等飭司委員會縣查勘隨據委員候補知縣伍學純會同南海順德二縣前往履勘該圍海舟堡李村盤古廟等處基段均有卸裂滲漏亟應培築堅固以資捍衛惟應修段落過多工費較鉅體察民力實有未逮議請動撥該圍歲修息銀一萬

兩轉給該圍紳士領回興修由司核明詳請具
奏前來臣等伏查桑園圍基本有歲修息銀專款光緒五
年因該圍基段被水沖激卸陷業經前撫臣裕寬
奏明援案動撥歲修息銀八千兩修築完固奉
旨允准造册
題銷在案今該圍海舟堡李村盤古廟等處基段被水沖
激卸裂委員勘明係屬刻不可緩之工惟需費過鉅民
力實有未逮據請撥給歲修銀兩自應援案動支查本
款息銀先已按季報撥及收入籌備堤岸項内存儲現
無息銀動支而各處基段該紳等已於上年十一月十
八日興工經費急需支應查司庫籌備堤岸一項尚堪
撥給當經援案在於籌備堤岸項内撥給銀一萬兩發

給該圍紳士領回由縣督飭趕緊修築其餘不敷銀兩
卽由圍内殷實業戶捐足支用除俟工竣核實驗收將
動撥銀兩造册報銷仍俟續收桑園圍歲修息銀儘數
歸補還款外所有桑園圍基段卸裂援案撥給歲修息
銀修築緣由臣等謹合詞恭摺具
奏伏乞
皇太后
皇上聖鑒訓示敕部知照謹
奏
丙戌大修廣肇兩屬圍堤籌撥官款摺　張之洞
竊照上年水災緊急之際賑飢堵決多方拯濟自八月
後災象稍舒臣與前撫臣倪文蔚及司道等籌議僉謂

備災之計與其補救於事後不如豫防於未然因議籌集鉅款大修沖要圍堤會於上年十月初九日將大略情形奏明在案查廣肇兩府水害考諸省志從前每數年數十年而一見近二十年來幾於無歲無之其患常在西江若助以北江則爲害愈烈上年通省潰決圍堤一百五十餘面高要高明四會清遠三水南海六縣所屬一百二十九圍高要高明受西江之水四會清遠受綏江及西江之水清遠受北江之水三水南海兼受西北兩江之水故此六縣爲最沖餘縣或地勢較高或受水較緩或去海口近旁溢倒灌爲患稍輕當於九月間派員攜帶算生勘繪圖式籌計辦法於此六縣中擇其圍大田多當沖受灌者若干處分別首沖次沖又次沖

酌加培築分爲三路南海圍多事煩自爲一路責成前
署糧道蕭韶督同署南海縣知縣張琮辦理嗣蕭韶委
署藩司即專令張琮經辦三水清遠河多溜急面面皆
沖工程最爲吃重合爲一路責成署陸路提督鄭紹忠
辦理高要高明四會地處上游合爲一路責成肇陽羅
道潘駿猷辦理湘軍統領提督陶定昇籍隸岳州熟悉
堤工檄調其部下弁勇赴肇慶幫同工作查圍基本屬
民工然其時民困未蘇非由官先發鉅款以爲之倡不
足以資鼓舞而司局各庫正當無款可籌且借修基圍
仍須代征歸還事亦轇轕查有誠信敬忠兩堂商人捐
修會館銀三萬兩曾於上年九月間奏明發交紳董收
儲改作修築圍堤之用又查辦肇慶府黃江稅廠書巡

浮收累商案內該廠書巡等罰繳銀八萬五千元七兌合銀五萬九千五百兩以助廣肇災區修圍之費本年三月奏明在案又光緒九年開直隸籌賑局司道以順直水災刊印捐貲經前督臣張樹聲行司分發勸辦嗣據各屬陸續捐繳計收存銀四千三百兩零二錢二分因爲數無多其時順直賑務已竣尚未彙解又上海辦賑公所紳士嚴作霖等解來助修東省圍工西省路工規平銀二萬七百三十兩六錢九分四釐除撥解西省外尚存銀一萬五千二百四十七兩六錢七分又在上年試辦牙捐項下提銀又率同各官捐集銀二萬六千五百二十二兩零四分四釐計共籌撥捐集銀二十五萬五千五百六十八兩九錢三分四釐均充本案大修

圍堤之用於上年十月內興工本年四五兩月先後告
竣查南海縣地居首要勢處下游現將該縣西北兩江
較爲吃重之五十二圍一律加高培厚並於沖要處攬
加作內圍或添築石礮建造石閘就中以筲箕篤大所
背烏茶佈花岡南沙茯洲頭三水南岸珊門大艮官洲
大栅下龍灣基羅格南北大富共十五圍基爲最要共
支用銀一十萬零二千兩由該署縣張琮督率紳董修
理核實支發至兼跨南海順德兩縣最大之下桑園東
西圍已於上年九月照案於籌備堤岸項下發銀一萬
兩交圍紳修築此係該圍生息專款並非正項業經於
本年二月專案奏明計南海境內當沖較大之圍僅艮
鑿一圍因原修堅固未經發款加修三水縣爲西北兩

江所匯注上年全縣三十三大圍概行漫決雖經修復此次必須加倍完固其沖要各圍于頂溜跌塘處所必須間用石壩或用石築基或參用灰沙以期堅穩此次計培築大小四十八圍隄就中以南岸魁岡深水擔竿涌尾江根榕塞東海口壩石頭岡兩圍上梅佈下梅佈長洲青塘永豐大洛鳳起蜆殼白泥谿陵雄旗蜆塘灶頭灶岡二十四圍堤爲最要共支用銀六萬四千九百七兩一錢三分二釐清遠則除石角圍外有基無圍上年漫決十七基隄被災亦重此次計培築二十二基以下界牌上界牌恆頭花岡山塘金亭正江口倒水灣黃江捕屬三壩十基隄爲最要共支用銀一萬五千六十九兩五錢四分一釐以上三水清遠兩縣均由署陸路

提督鄭紹忠督率地方官營汎兵勇紳董修理核實支發高要縣上承梧州三江下東於羚羊峽水勢易漲難消上年受災最先此次計培築二十四圍就中以景福羅秀豐樂大灣白石伍圍爲最要内景福一圍近護府城羅秀一圍爲高明各圍門戶決口深廣屢築屢潰尤須大加修築粤省民圍向止用人築牛踐今於高要最沖各圍或酌加夯硪或幫石護根或須打樁沈船或須運土塡潭羅秀一圍尤極費手共支用銀四萬二千六百九十兩零六錢三分七釐高明縣圍基較少地方最瘠此次培築十四圍就中以上秀麗下秀麗三洲下圍大沙下圍白鶴五圍爲最要共支用銀一萬一千九百六十八兩九錢三分四會縣當懷集廣甯高要下游每

遇西江綏江並漲上注下灌各受其害上年漫決各圍均已修復此次計擇要培築十五圍就中以倉豐上倉豐下大興馬鞍四圍爲最要共支用銀一萬三千九百七十四兩五錢已上肇慶屬三縣圍工係由肇陽羅道潘駿猷督率該府縣及肇慶督標協營弁兵委員紳董修理核實支發又打樁機器租價測繪地圖薪工勘修委員夫馬等項共銀六千二百九十六兩五錢一分四釐通計六縣一百七十五圍加高培厚以及添造石工重築基址共用官款銀二十五萬六千九百零七兩二錢七分四釐除以上籌撥捐集銀二十五萬五千五百六十八兩三錢四分在司庫海陽等縣塘租奏留充公項下撥銀一千三百三十八兩三錢四分充支足數此

次因有官款助修民情極爲踴躍用昭妥速蕆工現據各處陸續具摺工竣除南海之大有巾子銀涌蜆殼孝墩五圍興工較晚將次修竣續行勘修外其餘逐一委員前往驗收均屬堅固足以捍衛田廬其約發官款之數各視當沖等差業戶貧富工程大小斟酌消息或官一民二或官民各半或官款多至十之七八亦間有因災深民困全資官力者大抵南海各圍民籌多於官款肇屬高要高明四會三縣各圍官民約略相等三水清遠兩縣各圍官發多於民捐通盤牽算略以官民各半爲率此外尚有愛育堂紳董自行捐資助修者不在其內惟查廣東圍基向係民捐民辦其修築圍基力有不足者定例由官借給修費分年帶徵歸還僅南海桑園

一圍其中村落田畝最多嘉慶二十二年前督臣阮元
借支庫款銀八萬兩發商生息遞年歸本存息以備歲
修道光十三年廣肇兩府大水前督臣盧坤等籌集官
捐銀三萬五千餘兩紳富鋪租捐銀三十五萬餘兩均
充賑濟至修築之費仍奏明借給分限五年免息征還
光緒四五等年清遠縣石角圍沖決該圍爲三水南海
兩縣保障前督臣劉坤一等勸集民捐銀八萬餘兩修
成石工此次水災適當海防倥偬重勞民力之後而當
沖各圍不能不急修以備春漲若勸捐恐涉遲緩借款
亦多葛藤故以籌集巨款官民合辦之策以資感發而
速成功計此次大修官籌銀數合之去年夏秋堵決代
賑銀八萬九千餘兩之數統計已及三四十萬餘兩今

年水勢雖覺稍緩而五月盛漲時較之上年高要僅差四尺九寸三水僅差二尺六寸南海僅差一尺三寸各圍幸獲安全惟南海之射洲肚窩琴沙巾子四圍高明之陳深水等一圍決沖或數丈或十餘丈皆係低窪小圍傷稼尚屬無多但使每年少決十餘圍卽爲民間保全錢穀百餘萬所動各款除會館捐廠書罰款本係奏明專備圍工之用外借用順直賑捐存款目前順直正有水災應由粵另行籌捐歸還滬紳捐款出於樂施善舉粵官捐款尤係分所應爲均不敢邀請獎敘塘租奏留充公一款本係各官應領之項令其節省輸助扣發辦公其牙捐一項因海防需餉甫經試辦並非向有庫款且防海修圍同一保衞民生之事今以取之於商者

用之於農似於情理尚順各圍均經詳加查核委係實
支實用此係官民合辦且並未動支正項應請免其造
冊報銷仍飭各屬督令各圍總業戶人等各就該圍向
章隨時妥爲保護自行培築日增月益常保無虞其各
圍修過丈尺銀數官款數目一面刊刻徵信錄宣示周
知由廣東布政使高崇基會同善後局司道詳請具奏
前來臣伏查此項大修廣肇兩屬沖要圍堤乃仰體
慈恩浩蕩軫念邊黎故亟於懲前毖後之時勉爲曲突徙薪
之計溯考粵省修圍成案關係重者共三起前督臣阮
元則借款提息專充桑園圍歲修意在先其所急惠而
不費盧坤則賑款散放圍款徵還意在分別常變俾救
急之與循法並行不悖劉坤一專作最沖大圍石工意

在擇要併力成效較鉅三督臣辦法不同而用意精密
實皆爲經久良規此次水患較廣災民過衆必宜先保
今年農收方免眉睫之患勢不能兼顧一二大圍從容
籌修又以民困之餘專勸民捐必致畏難貽誤暫借帑
征亦必觀望不前今昔時勢不同故不得不羅掘大舉
官倡民和合力成之此後遇有修築圍基之事仍應照
按定例借款征還或籌修最要一兩處方爲經久之法
此次工程係屬官民合辦核實支發並未動用正款其
滬紳集捐均係仰體
聖慈救災盡職出於至誠不敢仰邀議敘相應將修築各圍
堤工加倍丈尺石壩工段籌發官款分別清單並繪具
西北兩江水道及此次修築各圍堤恭呈

御覽仰懇
敕部查照免其造冊報銷至各官捐助銀數銜名已於賑撫
堵決案內開單奏陳毋庸重列除咨明戶工二部外理
合恭摺具陳再廣東巡撫係臣兼署毋庸會銜合併陳
明伏乞
皇太后
皇上聖鑒訓示謹
奏
馬頭岡築閘案奏請斥革片　張之洞
再查南海縣屬之珊門大柵大艮官洲等十四圍地處
三水下游每遇盛漲珊門四圍先受其衝加以隄身卑
薄一被沖刷無不立見潰決四圍既決則腹內巿子大

有等十圍亦卽隨之坍塌泛濫之患幾於無歲無之各
村百姓受災已非一日紳士知縣李應鴻等目覩情形
亟圖補救隨於光緒十一年冬間集衆籌議擬將該四
圍隄身加高培厚以禦水勢復於鄰近桑園圍之馬頭
岡地方建築石閘以衞腹內各隄自行捐集經費五萬
兩尚不敷銀四五萬懇撥官款協助等情稟經前署督
糧道蕭韶率同南海縣知縣張琮勘查所議各節實爲
捍災要圖稟請撥款給示興築當經臣批飭善後局籌
發圍工款四萬金妥爲開辦經該縣張琮與桑園圍及
十四圍諸紳熟議作閘三道旣障外水兼疏內水並議
明築成後如夏間內水疏消不暢卽將此閘拆毀乃桑
園圍在籍戶部主事張瑄生戶部郎中潘譽徵等不顧

大局不察形勢輒以馬頭岡建閘有礙該圍出水之道
具呈出頭攔阻卽經臣婉切批諭曉以連鄉接畛誼如
一家桑園圍歲領巨款幸獲有秋十四圍罹災已久今
適有官民合辦之舉機會難逢令其虛衷籌商同紓飢
溺復委前署督糧道李蕊立卽馳往秉公履勘妥籌兩
全之策稟候核辦以存睦誼而成要工旋據勘明桑園
圍北界上桑園圍仙跡圍田廬相連僅隔吉贊橫基及
螺岡等小平山東界大柵圍中隔一河西南界西海其
大勢坐東北向西南其形如箕水皆滙於西海由馬頭
岡出東海者僅吉水竇一小支西樵山七十二峰在桑
園圍東南惟吉水鄉係山北腳下水歸吉水竇餘皆不
由此出是馬頭岡建閘有利於大柵圍無害於桑園圍

明甚況馬頭岡海口狹隘今擬建二閘於水中先由南
岸陸地開建一閘計三閘擴開海口三分之一足障外
水之入並足利內水之出形勢昭彰顯而易見等語周
諮博訪衆論僉同卽桑園圍本圍公正紳士翰林院編
修陳序球致十四圍信函經李應鴻呈明亦極言馬頭
岡建閘於桑園圍有利無害力勸興工乃張琯生潘譽
徵等一味強横希圖力敗善舉竟於該道來勘之先一
日忽有舉人李錫培武生麥玉成糾集無賴多人揚旗
鳴礮將十四圍工廠八所木排二排浮橋二道概行焚
燬搶掠器物礮傷水手工人四名鑿沉石船二隻該道
聞信趕往彈壓當經督飭該縣張琮勘明廠船焚沈驗
明工人周亞春等四名傷痕屬實卽傳各紳責飭仍敢

恃刁支飾不服理勸查馬頭岡石閘既經委員往勘飭
令繪圖稟核自應靜候勘確籌商果使官斷不平於桑
園圍實有妨礙再行到省控訴亦甚不難且時值冬令
春水未生數萬金石閘鉅工亦非旬月所能竣事無論
有無水害目前並無急迫情形何至於運料方始停工
待勘之際遽爾糾眾逞兇若非十四圍忍忿守法立時
已成械鬬之禍似此幸災逞强糾匪滋事暴橫藐法至
此而極若不從嚴懲處不足以儆刁風據署南海縣張
琮詳由廣東按察使王毓藻會同布政使高崇基查明
李錫培係中式同治丁卯科本省舉人詳請奏革前來
臣查李錫培麥玉成不恤鄰災不候官勘抗官糾眾焚
搶傷人實屬悖理藐法除飭查明張琯生潘譽徵有無

主謀抗拒聚匪焚掠情事再行據實嚴行參辦並飭捉
滋事各匪務獲究辦外相應請
旨將舉人李錫培武生麥玉成一併先行斥革以憑歸案審
辦理合附片
奏陳再廣東巡撫係臣兼署毋庸會銜合併陳明伏祈
聖鑒謹
奏光緒十三年二月二十八日奉
硃批李錫培麥玉成均著斥革歸案審辦餘依議欽此

馬頭岡築閘案奏請開復片　張之洞

再已革南海縣舉人李錫培武生麥玉成前因阻築桑
園圍馬頭岡石閘不候官勘輒行糾眾毀廠傷人當經
臣奏請先行斥革歸案審辦奉

旨允准在案迭據南海縣知縣查傳人證研訊確情據該革
舉李錫培等供稱馬頭岡建築石閘桑園圍農民不明
利害以爲此閘築成桑園圍田園廬墓均受其害鄉愚
無知一時情急聚衆闖入工廠該革舉等聞信趕赴衆
勢洶洶喝阻不及以致毀廠傷人事起倉卒實無主謀
糾匪逞兇抗拒等情現在工人周亞春等四人傷痕俱
已平復工廠所失各物均照價賠償該縣等復經查詢
十四圍紳民俱言當日衅起一時在場均係桑園圍鄉
間愚民並無匪徒乘間滋擾該革舉等並無糾衆逞兇
情事所傷工人傷痕實已平復現在十四圍各圍基均
已一律加高培厚石閘現奉飭停工待勘十四圍紳士
知縣李應鴻等均願具結領價歸款彼此和息該革舉

等亦深知愧悔近日甚爲安分守法應請將該革舉李
錫培武生麥玉成前革衣頂
奏請開復以資觀感在籍戶部主事張琯生戶部郎中潘
譽徵等並查無主謀糾衆焚搶情事應請一併免議由
藩臬兩司核明詳請具
奏前來臣查該革舉李錫培等於關繫鄰封河道水患之
舉不候官勘一味橫强出頭攔阻致釀毁廠傷人之事
原屬咎有應得惟旣查無糾匪搶劫等事復願將工廠
失物照價認賠與鄉鄰益敦睦誼尚屬深知愧悔相應
請
旨准將已革舉人李錫培武生麥玉成衣頂一併開復以資
觀感在籍戶部主事張琯生戶部郎中潘譽徵等旣查

無主謀抗拒情事應請一併免其置議除咨部外謹附片具陳再廣東巡撫係臣兼署毋庸會銜合併陳明伏祈
聖鑒謹
奏光緒十五年十月十六日奉
硃批著照所請該部知道欽此

桑園圍志卷一終

桑園圍志卷二

圖說

繪圖爲地志切要之務故名曰圖經況言水利隄防無圖以指畫險易不特賢宦蒞茲土者留心民瘼譚之茫然卽士民生長圍中未身履其地尙多揣臆故自元王氏喜撰治河圖略一卷首列六圖圖末各系以說後之江海河防諸書咸倣之桑園圍甲寅丁丑志但有總圖而無分圖且第注其地名界至而頂衝首險次衝次險基段概未之詳癸巳志有總圖以綜全局其有基段之十一堡各分繪一圖皆注說以析其長短險易庶展卷了然於歲修搶塞工程培土負薪楗石釘樁皆動中要害矣顧圖說既逐段中畫疆理分明基段一門可不復

立茲倣海塘學要之例於圖繪之前將各堡所管基段一一詳載其丈尺之數悉本甲寅舊志蓋奉憲勘定不可變亂也至後日增築之基則因事類見不具載焉志

圖說

先登堡

馬蹄圍基自三水飛鵝山右翼嘴起至陳軍涌竇面止長八十九丈五尺緣遞年李周各姓歲修互相推諉值大修時不分畛域將周姓基址用灰沙踮練一體加高培厚奉方伯陳公大文檄行廣州府朱公棟轉飭南海縣李公橒三水縣王公淦會勘明確豎立石界内北頭四十四丈七尺五寸係三水鳳窩鄉周姓管業南頭四十四丈七尺五寸係南海鵝埠石鄉管

業取具兩鄉遵依繪圖詳覆飭遵以後歲修照界防
守
鵝埠石基自陳軍涌起至爐岡頭五嶽廟止長三百零
三丈
茅岡區國器基自爐岡頭起至觀音山太尉廟止長一
百五十六丈
茅岡蘇萬春蘇節二戶基自觀音山起至圳口基止長
二十六丈五尺
圳口李積發黃世昌等六戶基自茅岡基界起至稔岡
蘇梁基界止長一百四十二丈
稔岡蘇芝望梁裔昌等五戶基自圳口黃李基界起至
横岡基界止長二十七丈五尺

横岡蘇志大基自稔岡基界起至鳳巢屈岡腳止長三十丈零五尺

鳳巢李大有基自屈岡起至鄧林基界止長一百八十四丈五尺

鄧林李大成基自鳳巢基外起至龍坑基止長七十四丈九尺

龍坑梁觀鳳李鄒宗李棟蘇芝望四戸基自鄧林基界起至李村三角塘止長一百九十六丈二尺

海舟堡

李村李繼芳李復興李高梁稅祐黎余石七戸基自先登堡龍坑基界起至盤古廟止長三百八十六丈一尺

又自盤古廟起至上墟文昌廟止長一百七十二丈四

尺

麥村梁萬同李遇春簡其能麥秀陽各戸基自上墟文昌廟起至龍潭里止長二百二十四丈五尺

海舟田心三丫基十二戸經管自龍潭里門樓起至南村禾乂基止長五百一十八丈

鎮涌堡

南村鄉禾乂基自三丫基起至石龍村止長二百八十丈

此段基最爲險要基外落石壩基内經方伯陳公大文面諭用土塡築灣曲以資培護

石龍村基自禾乂基界起至鎮涌鄉基界止長三百八十七丈

鎮涌鄉基自石龍村分界起至河清鄉基界止長三百
四十五丈

河清堡

潘永思戶基自鎮涌分界起至潘隆興基止長五百一
十丈

潘隆興戶基長六十二丈七尺

又自花社起至九江基界止長四百七十三丈另外圍
自天后廟起至舍人廟止長三百七十七丈五尺

九江堡

九江堡基自河清鄉基界起至金順侯門樓止長六百
四十七丈五尺

又自金順侯門樓起至長爲合止長一百七十九丈

又自長爲合門樓起至螺山腳止長五百丈零二尺

又自螺山腳起至三角田與順德甘竹分界止長一千五百七十九丈

又外圍上自西方大洛口牛路起至東方破牌角止長一千七百一十八丈四尺又蚌山羊趾圍基長五十三丈二尺共長一千六百七十一丈六尺

附丁丑十一月二十四日總理羅思瑾等呈稱查九江沙頭基址多被民房霸佔幷種桑株以致基僅留三四尺不等今一概照舊飭令底闊五丈面闊一丈勢必毀拆民房鋤伐桑株人心未免爭執況所佔基地相沿已久業戶屢爲更易事有窒礙難行瑾等悉心籌議令將基面培築高闊其桑地低薄者責業戶

自行培厚該地仍給管理似此民不失業兩得其平
將來應繳之銀更難藉詞推卸

甘竹堡

自九江基起至甘竹灘止長二百六十丈

北邊基

自仙萊鄉廟後岡起至吉贊五顯廟止長一百五十二丈

橫基自吉贊岡腳起至東邊杜滘基頭止長三百一十八丈

東邊雲津百滘二堡基

自杜滘與橫基頭分界起至簡村分界止長一千一百九十三丈 癸巳志載百滘堡二百零二丈五尺 按百雲津堡一千一百四十二丈七尺

滘雲津二堡基段交錯且有簡村堡及外圍基分撓雜其中頗難申畫甲寅志亦第略舉大數載之自道光九年伍紳捐修奉憲傳集業戸履勘分晰丈尺各業戸具結領修今據縣檔百滘堡内各姓共管基九百零八丈雲津堡内各姓共管基九百六十五丈七尺四寸另百滘潘荔二守愚祖雲津潘炳垣祖鋪面基共三十七丈八尺九寸另雲津百滘公基連賨面共三十四丈八尺又三鄉社學基四丈八尺又坐落雲滘兩堡之簡村堡李洪臯基二十六丈

簡村堡

自雲津堡吳聰戸基起至西樵山腳止長五百六十五丈五尺

龍津堡

自江浦司前岡邊起至五鄉舊基止新築基一百六十丈

又自五鄉舊基起至黃旗路沙頭交界止長四百六十三丈

沙頭堡

自龍津堡黃旗路起至梅屋閘門止長七百一十九丈九尺

又自梅屋閘門起至村尾拱陽門止長五百零一丈又拱陽門起至順德龍江分界止連圍築新基六百六十五丈又圍築決口長一百一十二丈

龍江堡

自沙頭交界起至河澎尾四百八十五丈

金甌堡向無經管基段

大桐堡今無經管基段

龍山堡今無經管基段

按大桐龍山二堡據九江鄉志向有基段自甲寅清丈後乃歸併於九江其隄圍論曰謹案縣志桑園圍本堡大圍自河清堡基界起至三角田（即舊倒流港口）甘竹堡基界止共長二千九百零五丈七尺而黎志自豐滘（一作楓滘在上西方先鋒約）尾起上至舍人廟（在河清堡基界内）屬大桐堡分自豐滘下至倒流計二千八百九十二丈五尺上基由豐滘抵蚌岡計一千八百二十五丈九尺屬本堡三十四圖分下基由蚌岡抵牐外小海基頭

計三百六十五丈由基頭抵大洋灣（在東方太和社海）計一百七十丈俱屬本堡三十五圖分自大洋灣至倒流則屬龍山堡分與縣志互異攷桑園圍志載西基上自鵝埠石起下至甘竹灘止東基上自仙萊鄉起下至龍江河澎尾止中包先登海舟鎮涌河清九江甘竹大桐金甌簡村雲津百滘沙頭龍江龍山十四堡自宋徽宗朝張公朝棟何公執中興築越二年隄成未幾上流大路峽基潰水勢建瓴下我圍中無閒堵仍復淹浸張公乃相地勢最狹處西自吉贊岡邊起東屬於晾罟塹築橫基三百餘丈永歸闔圍公修其東西基即分別堡界各堡各界隨時葺理先登海舟鎮涌河清九江甘竹六堡分管西基雲津百滘簡村

沙頭龍江五堡分管東基金甌大桐龍山三堡雖處
圍腹竝無基實而地與各堡毗連亦各以附近基段
分屬故當時本堡豐滘以上基段屬大桐堡大洋灣
以下基段屬龍山堡然兩堡究非貼附基所照管難
周且閲時既久事異勢殊興修每難援往例是以乾
隆甲寅清丈以後本堡上下基段全歸本堡經管大
桐龍山兩堡不復有所分屬但遇修築則照各堡例
起科今昔章程彰彰可攷蓋黎志舉歲修分屬而言
所以重同舟而期共濟縣志據通修清丈而言所以
正經界而專責成詞若相左義實相成也至外圍縣
志未及逐段分注地名界至第載共長一千七百一
十八丈似未明晰今據桑園圍志本堡内外圍所分

各基段自乾隆已亥起歷年增修事款及通圍大例有關本堡基段者參以采訪所得略著於篇其大圍内子圍或前分後合或昔有今無或增築或剏建該基長短所包村莊里社田畝廬舍並詳載之俾後之覽者悉其梗概焉

又按圍之里數遠近隄之丈尺長短癸巳志序謂地跨數百里阮公摺則云周四百餘里盧公因之而阮公石隄工竣摺又云周環百里有餘海神廟碑記又云桑園圍內數十里如一小邑陳温何李諸記均作百餘里當得其實癸巳志序載內外基一萬四千餘丈或作九千餘丈今悉以嘉慶甲寅清丈爲準至彼此參差不復追改而附記於此

桑園圍志　卷二　圖說

桑園圍舊圖

桑園圍基全圖

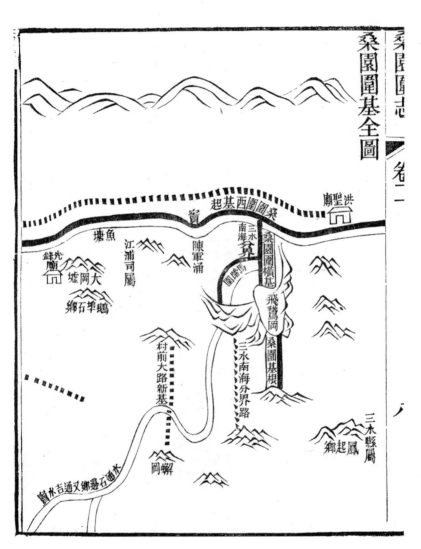

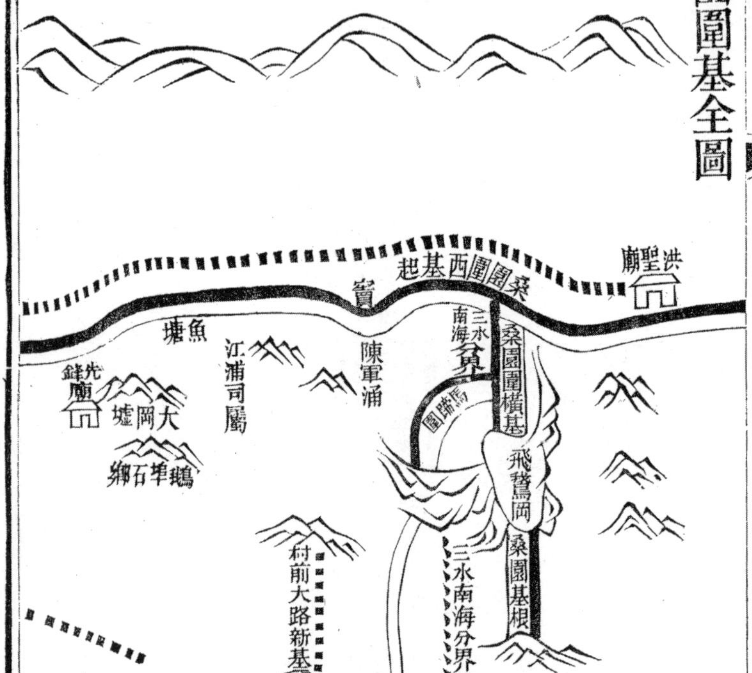

洪聖廟
桑園圍西基起
竇
魚塘
江浦司屬
陳軍涌
三水南海分界
桑園圍橫基
馬蹄圍
先鋒廟
大岡墟
鵝埠石鄉
飛鵞岡
桑園基根
村前大路新基
三水南海分界路
三水縣屬
鳳起鄉
獅岡
水通石邊鄉又通吉水竇

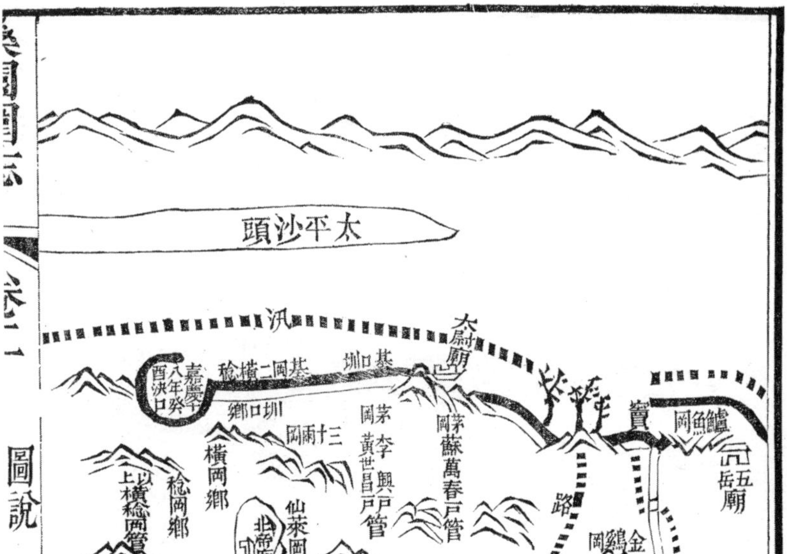
太平沙頭
汛
大尉廟
嘉慶十八年癸酉決口
稔横二岡基
圳口基
圳口鄉
三十兩岡
茅岡
李興戶管
黃世昌戶管
茅岡
蘇萬春戶管
竇
鱸魚岡
五岳廟
路
金鷄岡
茅岡鄉
百滘堡分界
稔岡鄉
横岡鄉
以上横稔兩管
仙萊岡
北帝廟
百滘鄉
五顯廟
桑園圍東基根
官涌
官涌
東基吉水竇
水通丹灶
水通銀河橋
卷二
圖說
七

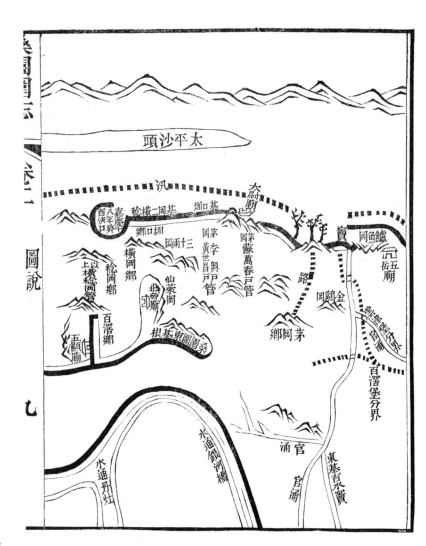

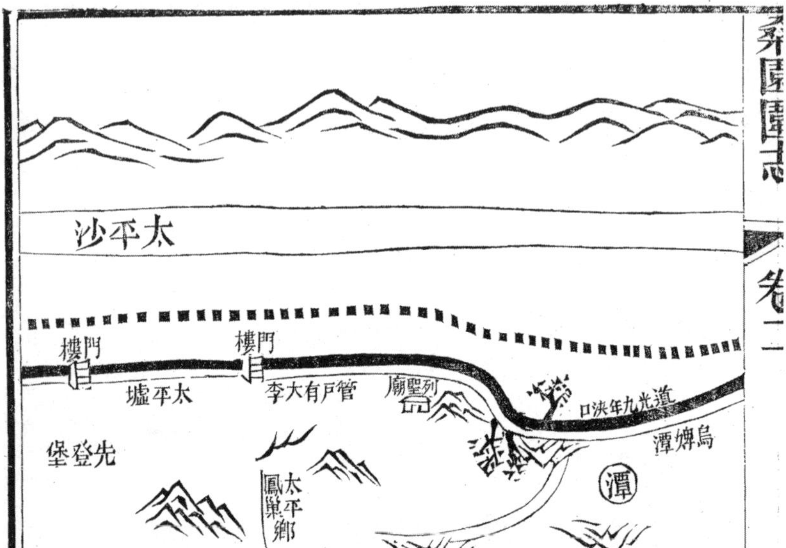
桑園圍志
卷二
太平沙
門樓
門樓
太平墟
李大有戶管
列聖廟
道光九年決口
烏埤潭
先登堡
太平鳳巢鄉
潭
鳳巢鄉
吉贊鄉
洪聖廟
吉贊橫基三百一十八丈
桑園圍東基
以上張佐仁經管

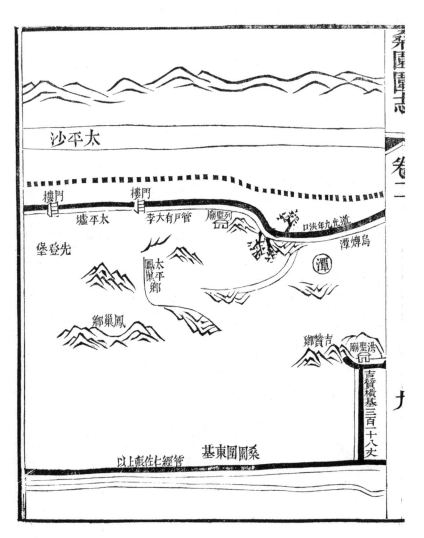

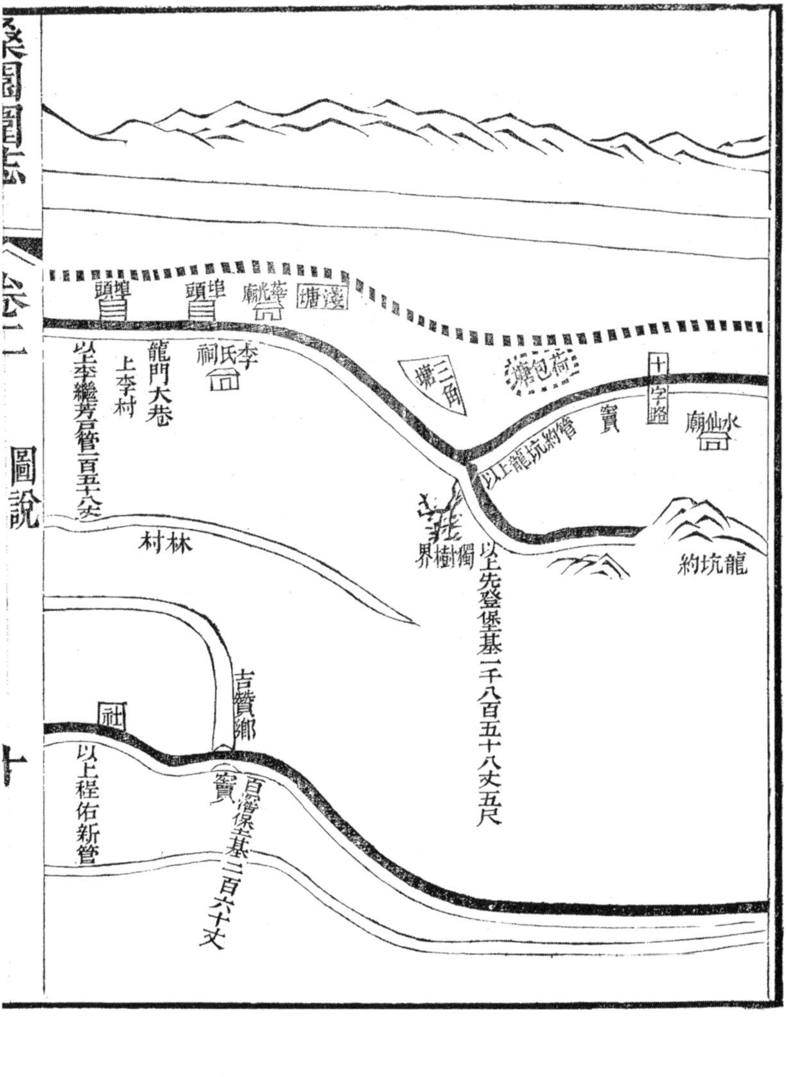
桑園圍志
卷二
圖說
十
埠頭
埠頭
華光廟
淺塘
李氏祠
三角塘
荷包塘
十字路
水仙廟
竇
以上龍坑約管
龍坑約
獨樹界
以上先登堡基一千八百五十八丈五尺
龍門大巷
上李村
以上李繼芳管一百五十六丈
林村
吉贊鄉
社
竇
以上程佑新管
百滘堡基三百六十丈

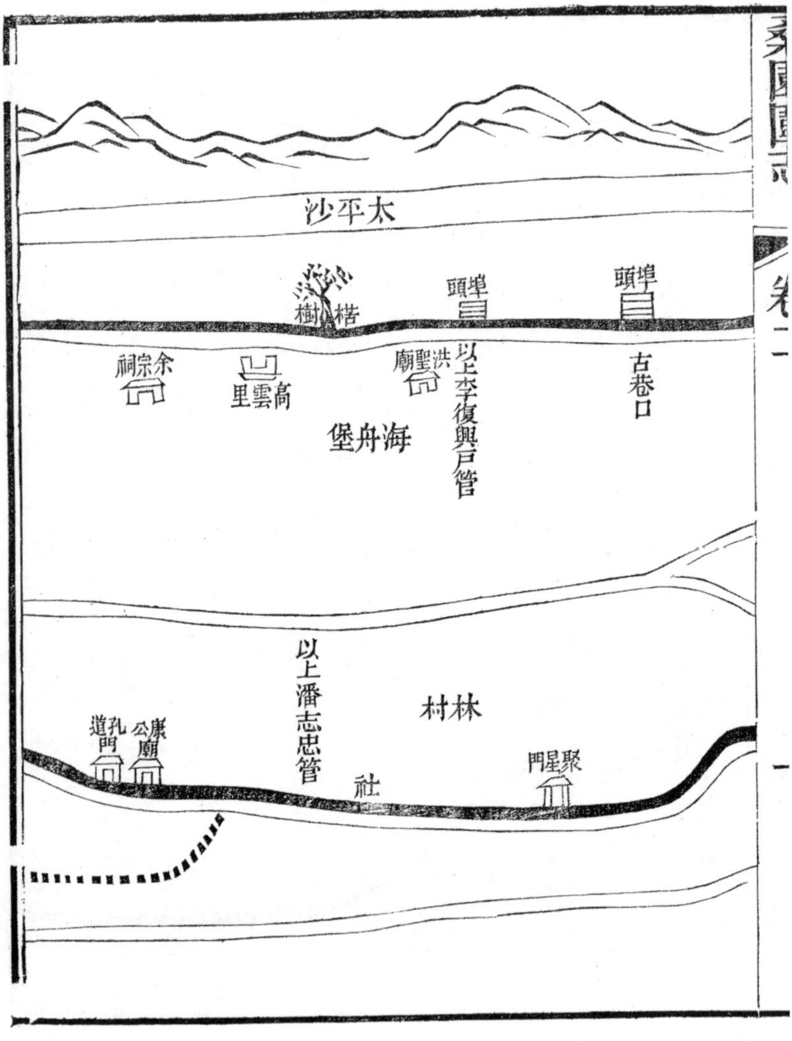
太平沙
楛樹
埠頭
埠頭
古巷口
以上李復興戶管
洪聖廟
高雲里
余宗祠
海舟堡
以上潘志忠管
林村
康公廟
孔道門
社
聚星門

桑園圍志　卷二　圖說　十二

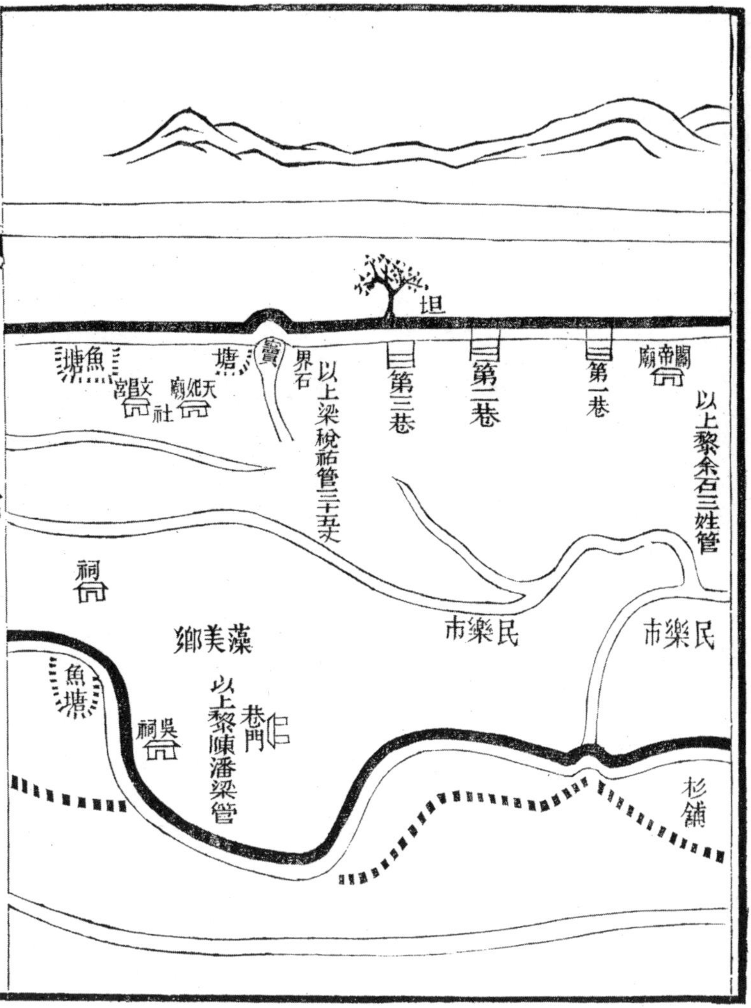
坦
魚塘
塘
竇
界石
以上梁稅祏管三十五丈
第三巷
第二巷
第一巷
關帝廟
以上黎余石三姓管
文昌宮
社
天妃廟
祠
民樂市
民樂市
藻美鄉
魚塘
吳祠
以上黎陳潘梁管
巷門
杉鋪

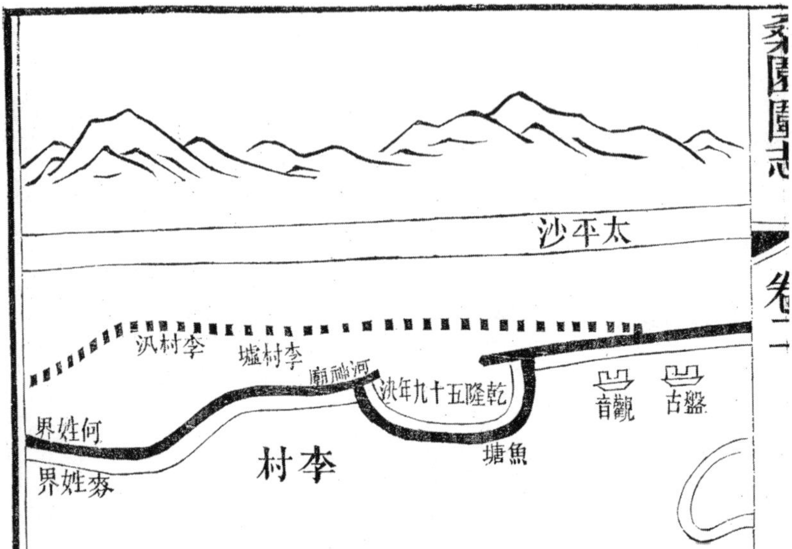
太平沙
李村汎
李村墟
河神廟
乾隆五十九年決
觀音
盤古
何姓界
麥姓界
李村
魚塘
雲津堡
簡村堡
界
土地廟
吳墳
大路
以上吳聰戶管
以上簡村堡基五百六十五丈五尺
雲津堡基一千一百四十二丈七尺

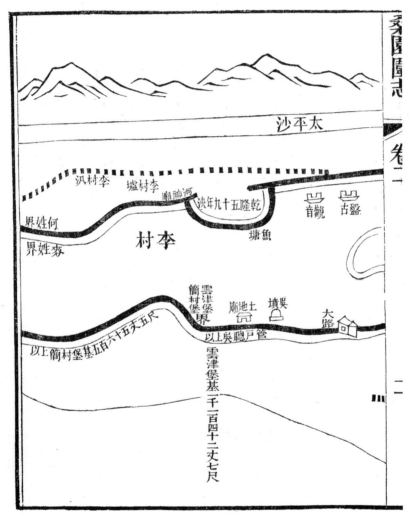

卷二

圖說

七三

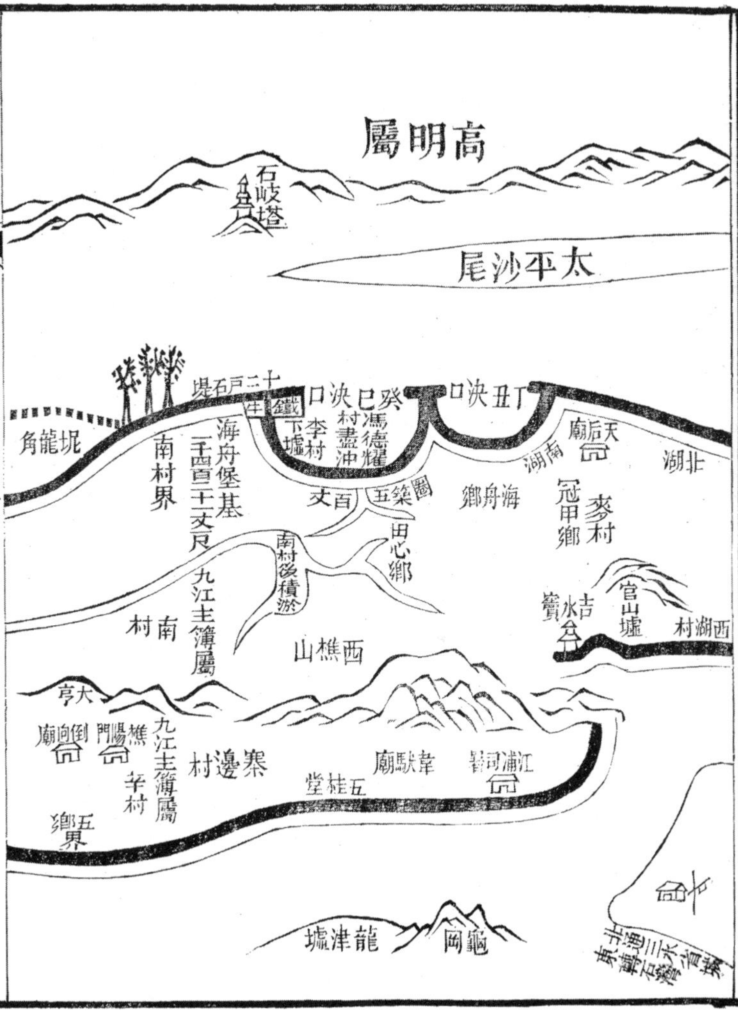
高明屬
石岐塔
太平沙尾
十二戶石堤
鐵牛
癸巳決口
丁丑決口
馮德耀村盡沖
李村下墟
海舟堡基
一千四百二十丈尺
南村界
坭龍角
天后廟
南湖
北湖
圍築五百丈
海舟鄉
麥村
冠甲鄉
田心鄉
南村後積淤
九江主簿屬
南村
西樵山
吉水竇
官山墟
西湖村
大亨
倒向廟
樵陽門
九江主簿屬
寨邊村
辛村
五界鄉
五桂堂
韋馱廟
江浦司署
龍津墟
龜岡

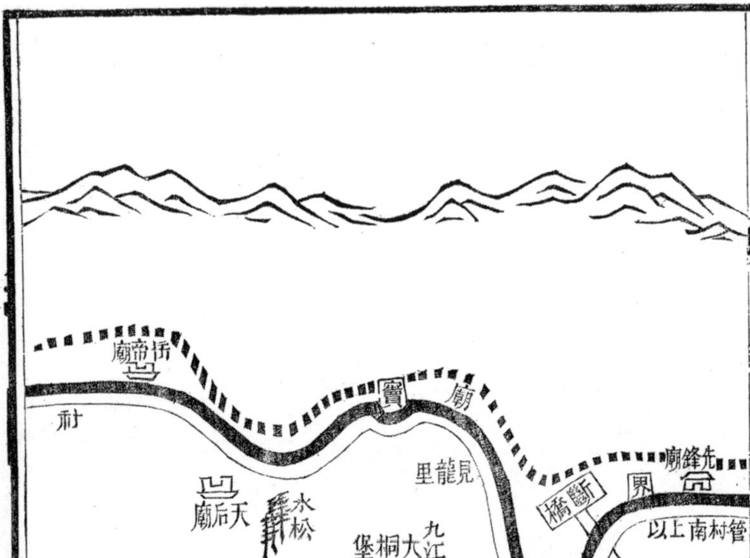
廟
村
竇
見龍里
天后廟
水松
大桐堡
九江主簿屬
硯岡
斷橋
界
先鋒廟
以上南村管
沙頭堡九江屬
龍津堡
沙頭堡
陳步鄉
江浦司屬
浦南鄉
韋駄廟
界
通堡
水步
華光廟
魚塘

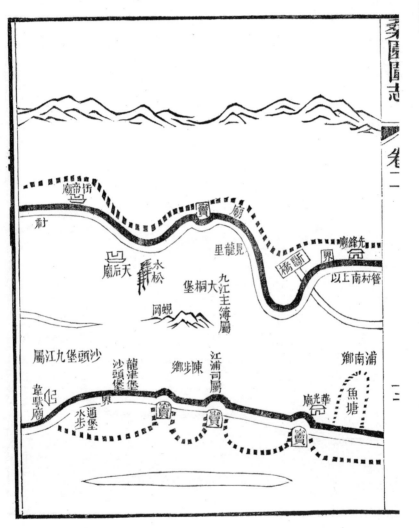

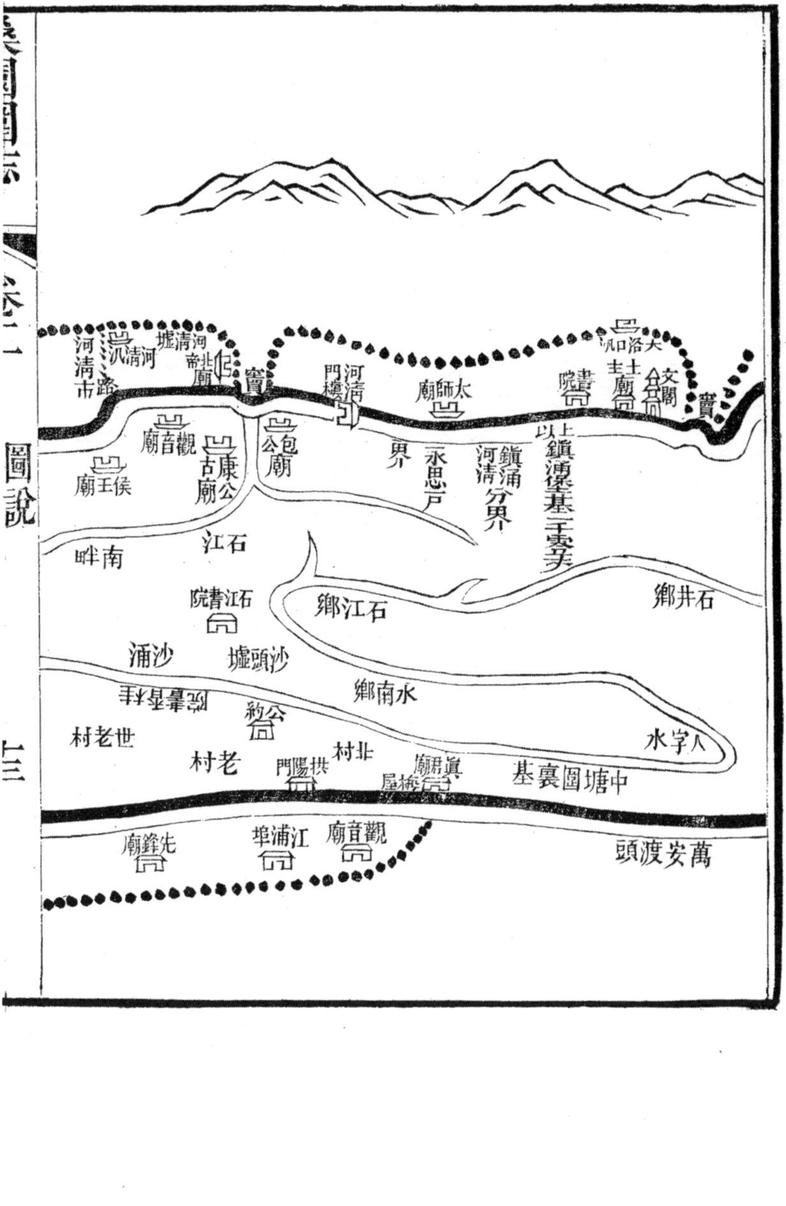
圖說
三
河清市
清河汎
河清墟
北帝廟
路
河清門樓
太師廟
書院
大洛口汎
土主廟
文閣
觀音廟
侯王廟
康公古廟
包公廟
界
鎮涌河清分界
南畔
石江
石江書院
石江鄉
石井鄉
沙涌
沙頭墟
水南鄉
公約
世老村
老村
北村
拱陽門
真君廟
人字水
中塘圍裏基
先鋒廟
江浦埠
觀音廟
萬安渡頭

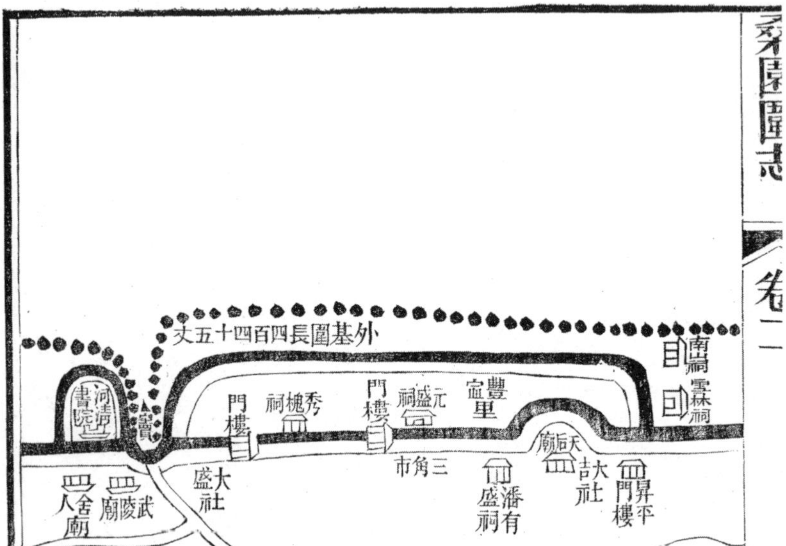
桑園圍志
卷二
十三
外基圍長四百四十五丈
雲林祠
豐寧里
元盛祠
門樓
秀槐祠
門樓
竇
三角市
天后廟
大社
昇平門樓
潘有盛祠
大社
武陵廟
舍人廟
兩鄉文閣
南畔
通堡文閣
南海順德界
以上順德龍江經管基長四百八十五丈
河彭海

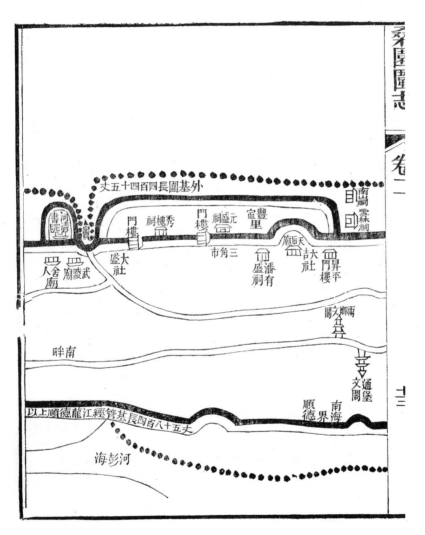

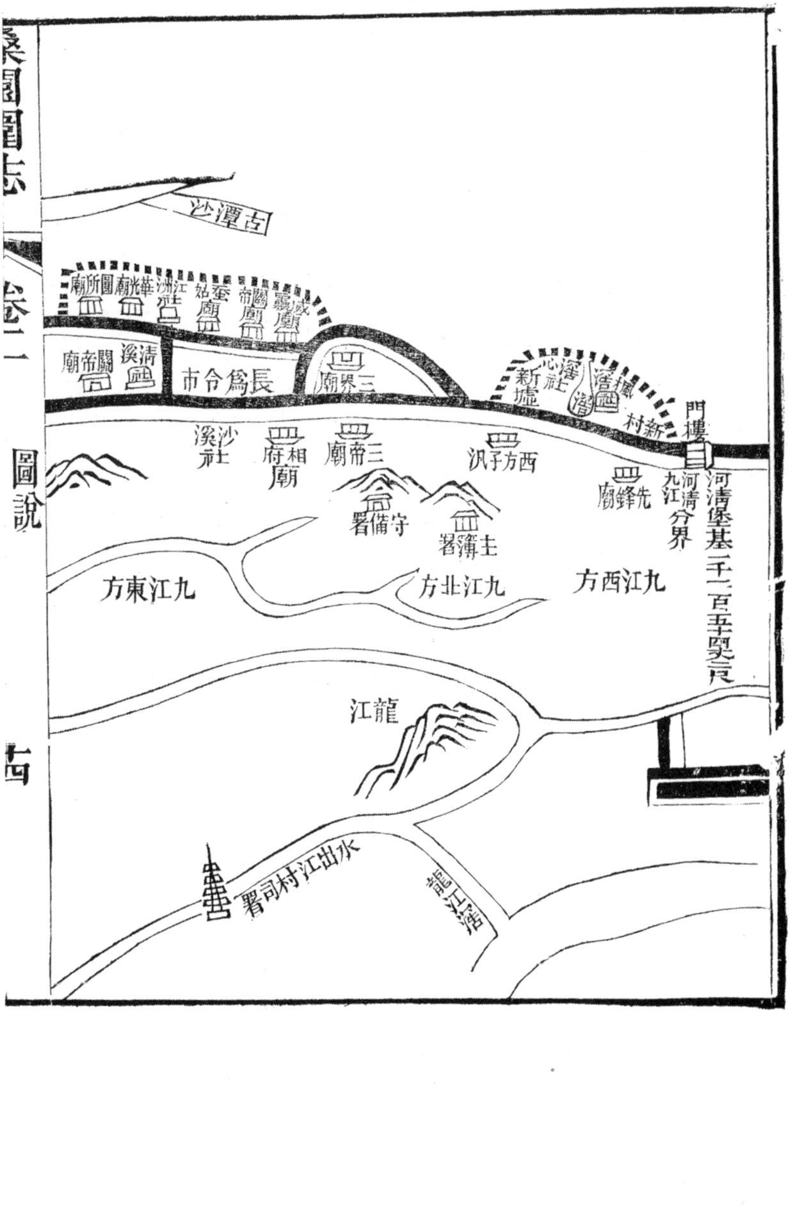
桑園圍志
卷二
圖說
十四
古潭沙
華光廟
蠶姑廟
關帝廟
清溪
關帝廟
三界廟
沙溪社
相府廟
三帝廟
守備署
主簿署
西方子汛
先鋒廟
新墟
新村
樓門
河清
九江
分界
九江東方
九江北方
九江西方
龍江

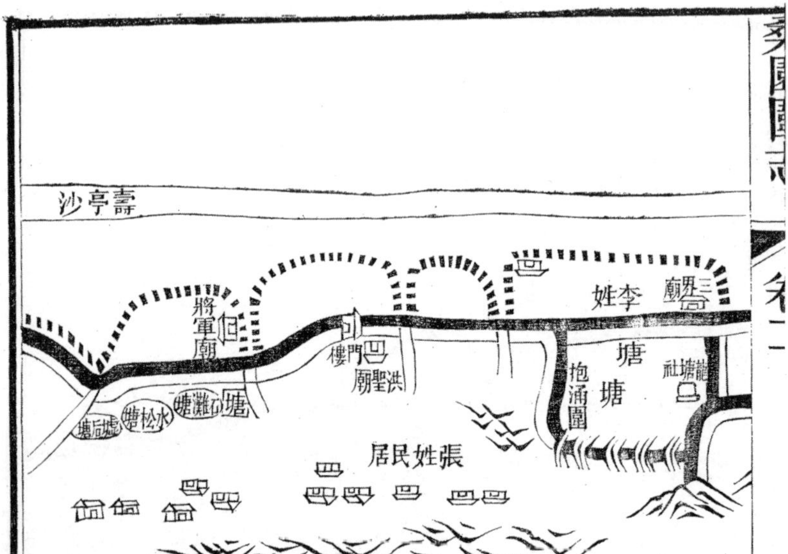
壽亭沙
將軍廟
三界廟
李姓
門樓
洪聖廟
塘
塘
抱涌圍
龍塘社
塘
灘石塘
水松塘
墟后塘
張姓民居
九江大穀市
大河洲
天湖塘
紫金
排涌
龍山

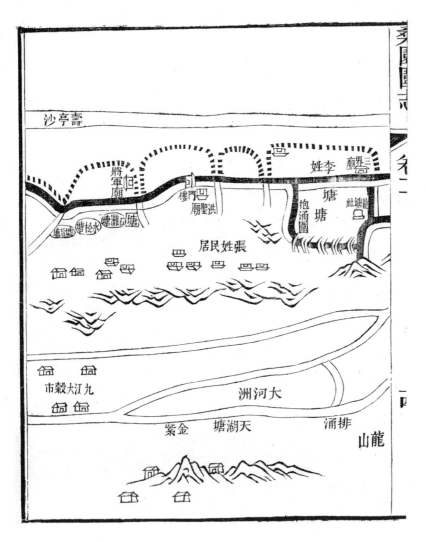

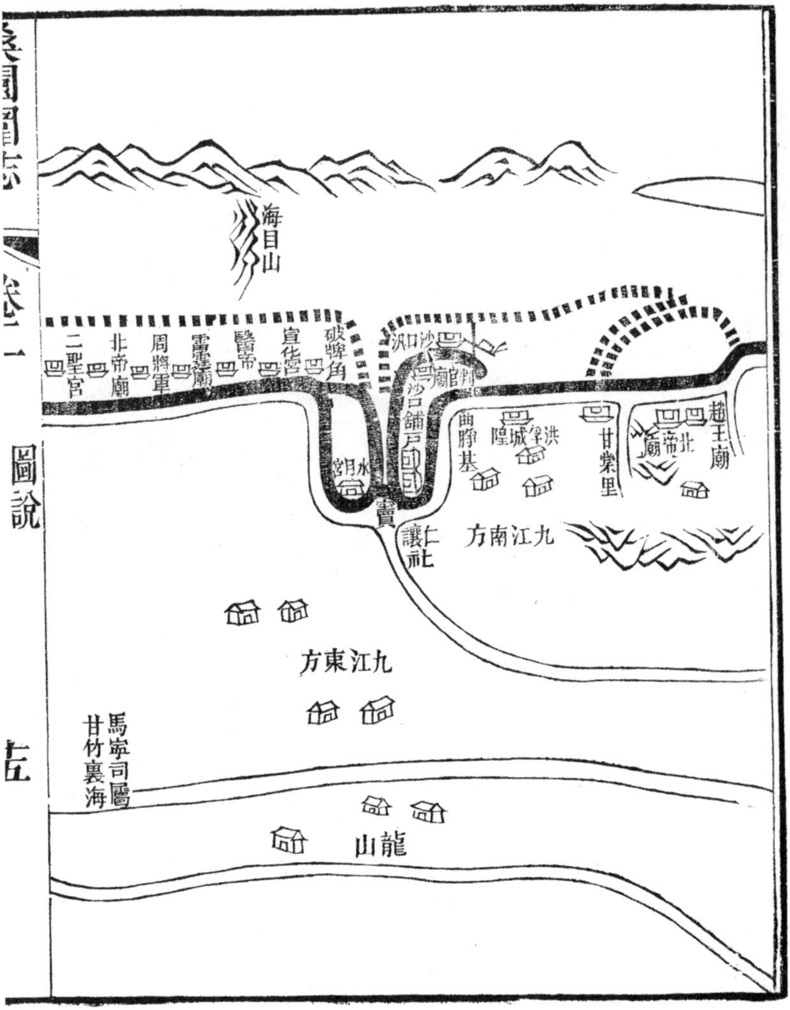
海目山
二聖宮
北帝廟
周將軍
霹靂廟
醫帝
宣化宮
破膊角
沙口汛
判官廟
沙口鋪戶
水月宮
實
仁讓社
淵靜基
洪聖城隍
甘棠里
北帝廟
越王廟
九江南方
九江東方
甘竹裏海
馬寧司屬
龍山
圖說
左

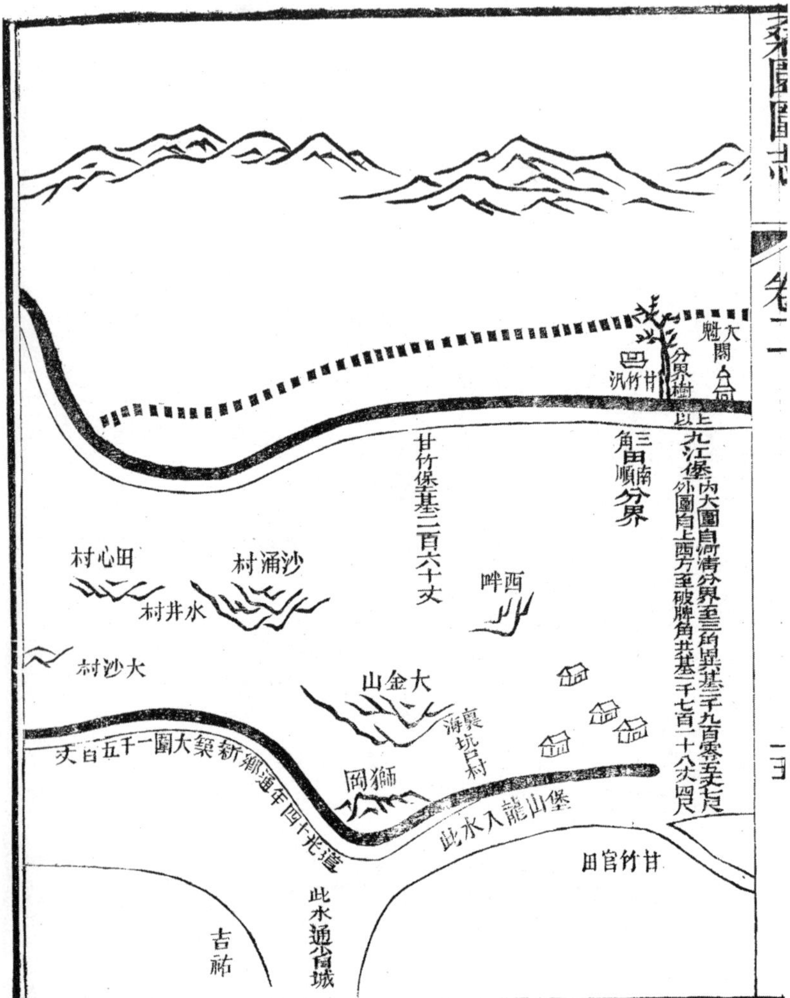

大闕魁
分界樹
甘竹汛
以上
三角田南順分界
九江堡內大圍自河淸分界至三丫角共基二千九百零五丈七尺
外圍自上西方至破牌角共基一千七百一十八丈四尺
甘竹堡基二百六十丈
田心村
沙涌村
水井村
西畔
大沙村
大金山
襄海坑口村
道光十四年通鄉新築大圍一千五百丈
獅岡
此水入龍山堡
甘竹官田
此水通省城
吉祐

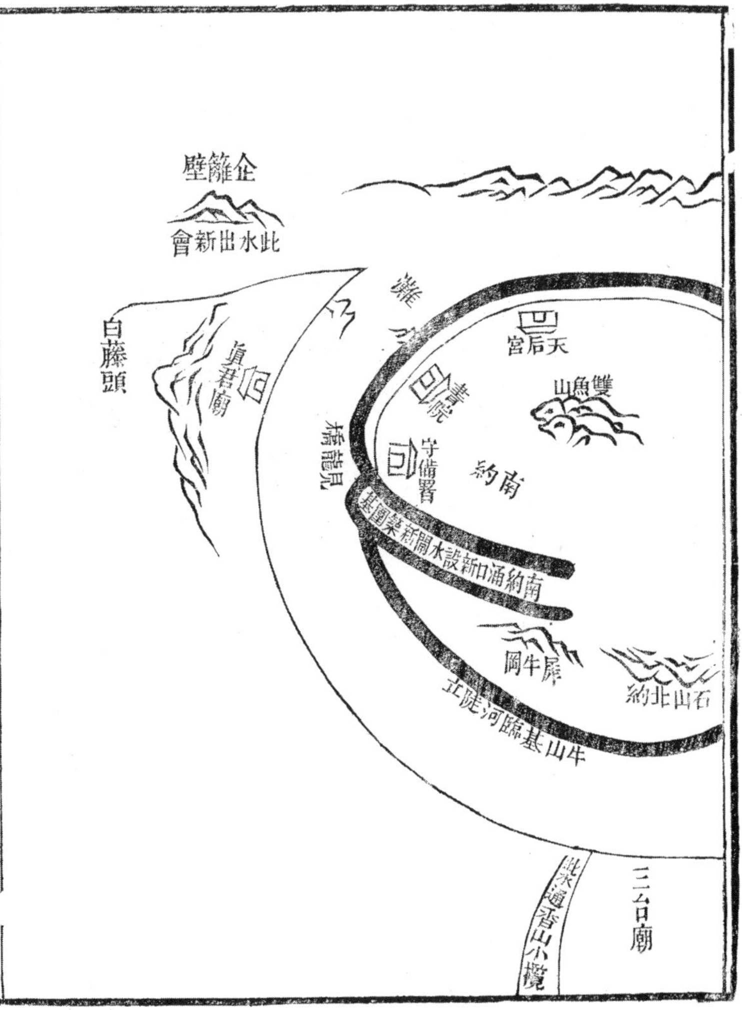
企籬壁
此水出新會
白藤頭
眞君廟
灘
天后宮
書院
雙魚山
守備署
南約
見龍橋
南約涌口新設水閘新築圍基
屏牛岡
石山北約
牛山基臨河陡立
此水通香山小欖
三台廟

桑園圍周百數十里居其中者十四堡西圍自三水飛鵝翼起至甘竹牛山交界止東圍自吉贊晾罟墩起至龍江河澎圍尾止雖東西各當一面然一有沖決則全圍皆受其害是東西兩圍實合而爲一也圍內綺交綦布百族安集民惟潦漲是懼查全隄以西圍之三丫禾义大洛口等基爲極險而東圍之韋馱廟眞君廟次之中間舊有倒流港爲九江兩龍下流之患經陳東山先生塡塞自是但有外侮而無內憂當五六月西北兩江潦水漲發怒濤湍激大爲隄害若不合力并心時加整理嗷嗷萬姓靡有甯居矣丁丑志

桑園圍自乾隆甲寅來歷嘉慶癸酉丁丑道光己丑癸巳甲午沖決者凡六決後修築必加高培厚然終不能

謹衣袽揆其所自歲修未盡人得而知之而西基江心太平古潭龕貝三沙突起先登海舟鎮涌九江四堡河淸外坦積淤曲障江滸東基江心羅村沙爲沙頭圍基不利與太平等沙埒以桑園圍居西北江之下游地綿百餘里圍基萬餘丈圍内居民恃爲保障而東西江心浮沙淤坦激水射基無有窮期苟有於沙中開竇戸樹椿橛築石壩歲修雖勤恐終不可恃矣癸巳志

桑園圍志　卷二　十

古積横基八分圖

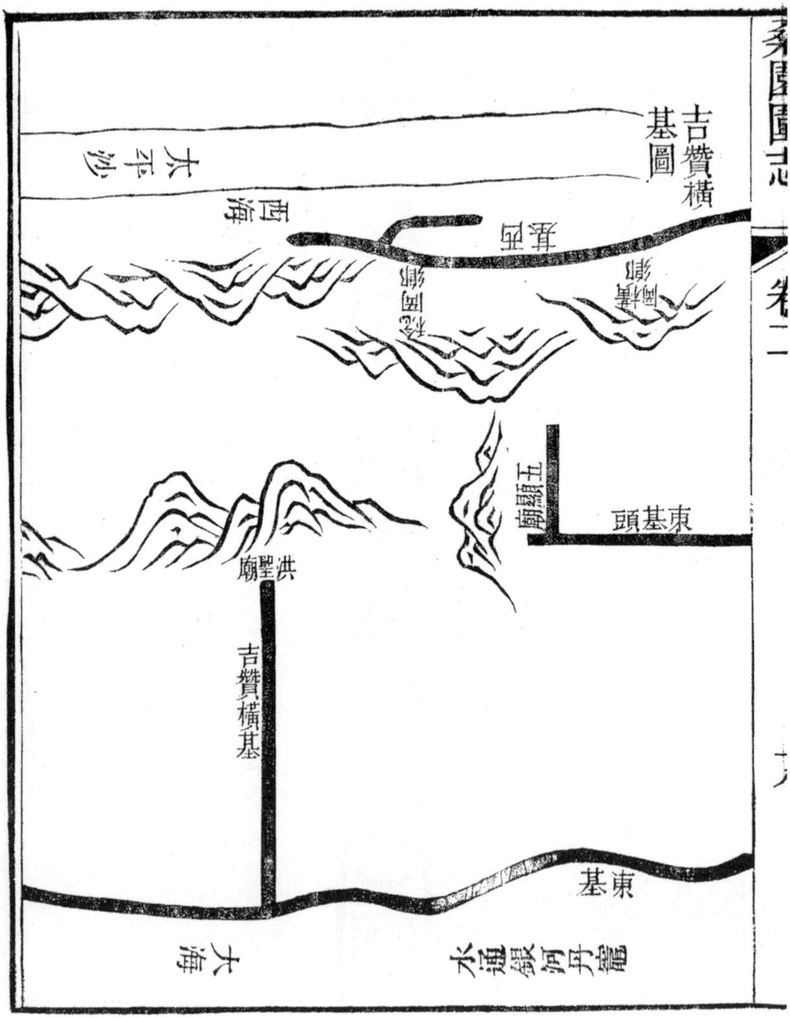

桑園圍志 卷二
吉贊橫基圖
大平沙
西海
西基
王爺廟
東基頭
洪聖廟
吉贊橫基
東基
大海

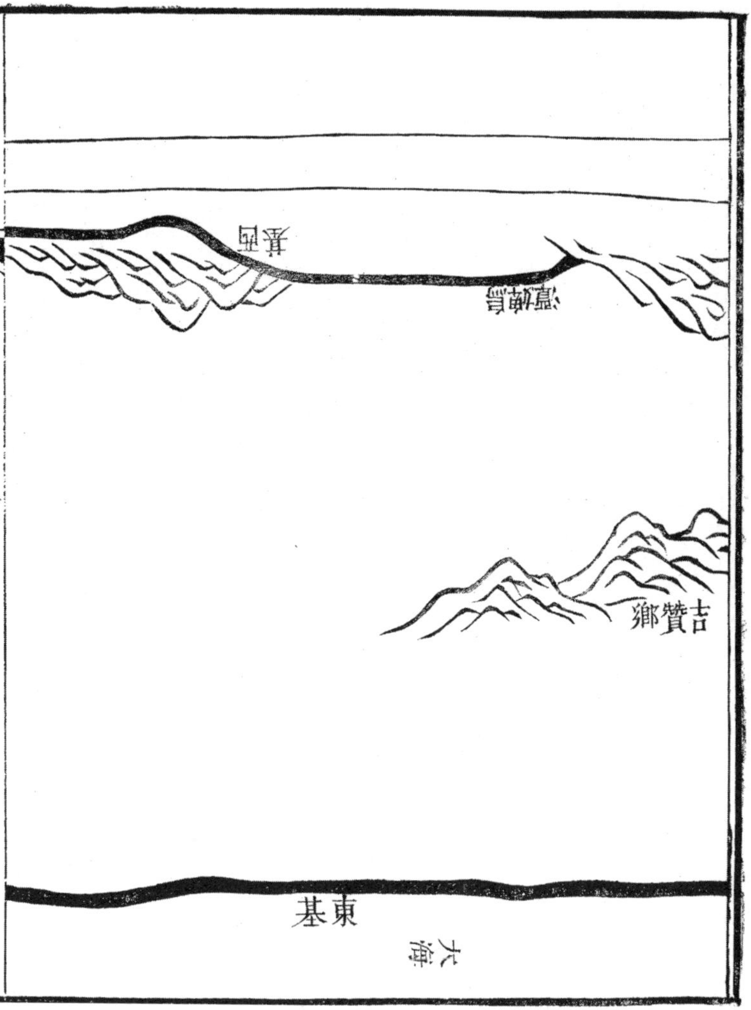
西貢
吉贊鄉
東基
大海

吉贊橫基爲通圍上游公業比鄰三水縣屬圍基每有衝決潦水從此灌頂而入前人仿河工格隄之法築此基其意甚深且遠但全基三百一十八丈俱在平陸潦水一侵融卸可虞庚辰捐修曾有全築石隄之議而南頭六十八丈北頭三十丈古墳纍纍議格不盡行惟中段二百二十丈外砌石坡然石入則傾欹縫裂不如於基中開隧道用三合土舂灰牆之爲固基東深潭三基西藕塘四多塡一尺受一尺之益墳冢舊葬者聽新築者禁如此庶保無虞否則上游潦至其患潰入西基沖決急潦東駛其患潰出事已前徵矣（癸巳志）

附江浦司各堡里民呈稱竊惟桑園一圍吉贊橫基歷來各堡里民合同經理未有分界另管凡有崩決

合力修築去年二月内西潦沖陷奉行修葺亦係論
堡論糧均派經報竣工在案今奉攝理府憲金批著
令暨界分管無非欲有專責易於提防獨是各堡里
民住居有相距基所七八十里有相距三四十里近
者朝往暮歸尚能照看遠者盡日程途鞭長莫及必
須人看守方保無虞但荒郊蔓草無處棲宿此暨碑
分管似有未便況西潦漲發無期決崩基址難料假
使崩決此堡基分遠者弗能奔救近者亦謂各有專
司勢必秦越無關且以一堡之人力長江巨浪萬萬
難持雖有事後責成經管復何異江心補船此分管
之勢實有難爲今集衆再三商議求其久遠無弊計
出萬全者莫若任在吉贊一村夫吉贊枕在基所出

入耕作皆由此道若西江潦漲基有危險該村登即鳴鑼附近鄉村遞相接傳奔報各堡之人身家性命所關未有不奔馳恐後者吉贊一鄉田園廬舍亦在圍内當日修葺横基衆人念係小修未有派及該村今日令其傳鑼遞報揆之情理甚屬妥協即去年八月間西潦復發基及危險幸藉該村鳴鑼相傳晚稻始獲豐收即其明效倘風雨淋漓基未畫一俟冬天再加修補另具結報再查横基東頭有横水小渡一隻向在杜滘村前開擺裝載耕農器具迨後權移横基河下每逢一四七墟期往來客商以及佛山張槎下風岸等處販買牛隻每墟牛隻多則百餘少則數十日踏月踐甚易崩頽如康熙戊午年崩決横基皆

由牛隻踐踏低陷成坑致遭禍患伏乞一併轉詳飭
令渡回原額牛由上路通行蒙批准如詳在案
附吉贊鄉椎卸基分稟　具稟人潘卓全潘猷建潘
恭建潘銓璧潘卓富潘光建莫爵廷抱告潘耀光稟
爲架捏基分乞拘察究事竊桑園圍凥名仙萊岡基
共長一百五十二丈向係區大器基分有伊投報詞
炳據與蟻祖無干上年該基被潦沖決數次詎區大
器業戸區信玉等突稱桑園圍新志開載仙萊岡基
一百零五丈係伊區大器管餘基四十七丈捏蟻祖
潘藻溪祖等管幷要潘藻溪莫雍睦潘觀仲各招二
成銀二十兩蟻等駭異即查新舊志基圍核對舊志
並無蟻祖名字新志從何注捏想修新志時區大器

等以蟻祖後岡枕近隄基混稱蟻祖名注入預爲揑
架地步不思此基道光九年沖決經區大器請領伍
紳捐項自行修復新舊基一百五十二丈報竣呈明
經附近並無基分之百滘堡捐足辦竣蟻祖係百滘
堡圖戶尚何有四十七丈之遠架揑顯然經投通圍
處斷信等弗恤天理奚在只得粘抄匍叩台堦伏乞
差拘區信玉等到案究將該基撥還區大器經管俾
免架揑

批　爾等既係百滘堡圖戶並無經管仙萊岡基有
舊志成案可據何以區大器改易新志候飭查明舊
志成案據實稟奪粘單附　道光二十五年五月初八日

具稟桑園圍紳士馮日初何子彬明倫潘漸逵李應

揚會釗陳韶洸文煥黃亨潘夔生關景泰耆老潘聯
拜張信敷抱稟馮陞爲遵諭稟覆乞恩通詳立案以
免推卸事緣奉鈞諭内開仙萊岡鄉與吉贊鄉分管
基段立卽秉公確查該基上年破決處所究竟應歸
何鄉管理據實稟覆等因舉人等遵卽傳集闔圍紳
耆查照新舊志書盧公察議僉稱圍基段落均係因
業派管其士名仙萊岡基共長一百五十二丈除一
百零五丈係雲津堡區大器經管外四十七丈係百
滘堡潘藻溪祖莫雍睦潘觀仲三戶經管歷無翻異
自道光九年具領伍紳捐修基費及去年該基破決
具領義士築水基銀兩俱係潘藻溪祖等三戶出名
承領有單可秉據是潘藻溪祖與區大器戶各有經

管基段無容互推詎潘卓全等妄稱伊祖並無基分以道光十年區大器報竣呈詞經附近無基分之百滘堡捐足辦竣一語爲據不思道光九年係區大器經管之基被沖而以附近之百滘堡幫築自應分別聲明上年係潘藻溪祖等經管之基被決自應係潘藻溪祖等招墊何得借詞混推至稱新志係從中注揑不思新修之志當經通稟大憲按照舊志公同商確逐一詳修一有更移各堡定必不服豈止潘藻溪祖等一段嘵嘵抗爭今潘卓全希圖借仙萊岡基爲名盡推與仙萊鄉區大器戶併管不知基因業派歷有定程其仙萊岡基共長一百五十二丈區大器戶應照管一百零五丈潘藻溪祖等例應照管四十七

丈斷難翻異兹奉前因理合據實稟覆乞恩通詳立
案以免推卸並懇拘追潘卓全等應招墊二一成銀六
十兩刻日繳出以資石工實爲公便

桑園圍志　卷二　三

老營堡基分圖

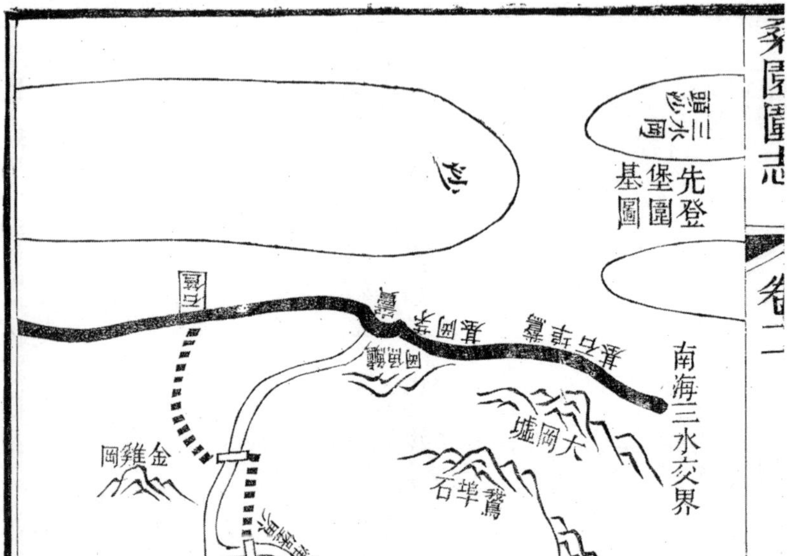
先登堡圍基圖
南海三水交界
大岡墟
金雞岡
官涌
簡村堡界

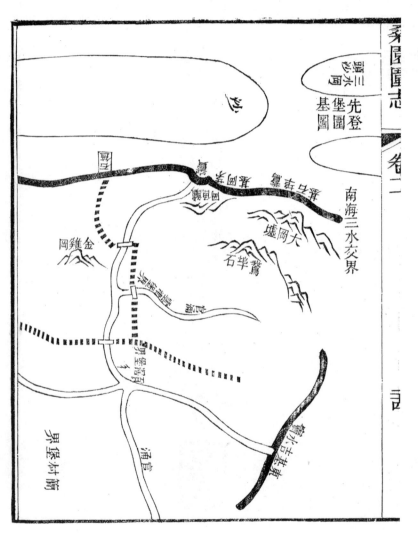

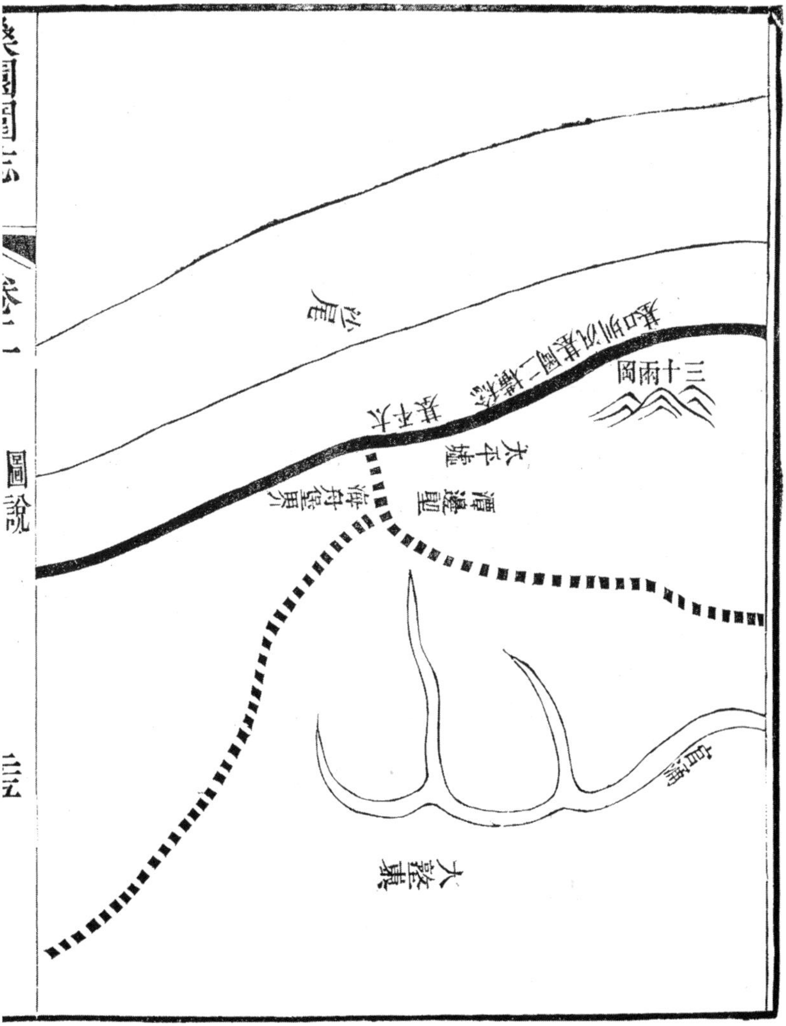
太平墟
潭邊墅
大淦東

先登堡圍基内倚山阜即有漫溢可保不至蔓延惟茅
岡圳口二段受太平沙頭水激射圳口汛稔岡横岡太
平墟各段基身壁立水勢溜急護脚蠻石殺水石壩宜
因舊蹟歲加培砌癸巳志

村莊七曰鵝埠石　曰茅岡　曰稔岡　曰圳口　曰
横岡　曰太平　曰新羅

嘉慶元年南海縣李公橝勘定李周兩姓幫修基段示

爲功虧一簣非勘不明等事嘉慶元年四月十三日奉

本府朱信牌嘉慶元年四月初九日奉布政使司陳憲

牌嘉慶元年三月二十五日奉兵部尚書兼署兩廣總

督部堂朱批本司呈詳查得南海縣生員李定卓與三

水縣民周加宜互推修築馬蹄圍基一案緣南海縣桑

園圍西基與三邑馬蹄圍西基上下接連濱臨大河俱

屬要工南邑桑園圍内北首向有水涌一道向設竇門

出水三邑馬蹄圍内北首亦有水涌一道涌口竇門因

經淤塞尚未疏通南邑桑園圍内之田皆屬南邑民人

稅業遇修桑園圍悉係南邑民人按稅科修其三邑馬

蹄圍内之田因係南三兩縣民人各有其半遇修馬蹄

圍即藉雍正元年魚苗埠詳奉前撫憲定有南三兩縣
分縣界石年久無存各指原豎界石處所不符混行推
修以致乾隆三十一年南邑民人李標等與三邑民人
周萬貞周廷可等在縣訐訟不休乾隆五十九年各基
沖決奉行飭修李定卓周登仁等又以界址互推并因
三邑小土名豬母圍基被沖水泛難消周登仁等一時
情急將南邑桑園圍北首閘基土名飛鵝山腰掘破注
入桑園圍内李定卓等不依一併在縣具控續又據本
司倉科書辦李琪琳具稟隨經批行勘訊去後嗣據南
海縣李令會同署三水縣王令前往勘訊詳覆查得馬
踏圍互推修築處所桑園圍北首閘基土名飛鵝山腰
雖經總局司事代爲一律修築完固第西潦時發後患

須防嗣後必須要定章程庶絕訟根而杜推諉除土名
飛鵝山腰係桑園圍猪母兩圍彼此接連之間基應久
遠禁其挖掘馬蹄圍西基北首之出水涌亦應遵照雍
正九年周李二姓互推斷案仍令照舊疏通外其馬蹄
圍互推修築之西基并北首之横基均係敵潦要基當
飭弓手眼同兩造自桑園圍西基北首土名朕軍涌即
陳軍涌竇口起量至馬蹄圍北首横基岡脚即飛鵝山
右翼止計共一百七十九弓折長八十九丈五尺查該
圍内税業計共八十一畝零内南邑生員李定卓等税
業三十四畝四分零三邑民人周登仁等税業四十七
畝零多寡不甚懸殊則圍基似應各半分修中立界石
久遠遵守周登仁等混掘桑園圍間基土名飛鵝山腰

係因西潦漲發水泛難消一時情急所致旣經桑園圍總局司事代修築完固從寬免議等因詳覆旋又據三水縣民人周加宜等以䀀軍涌陳軍涌出水涌名目未符幷將南三兩邑壤土交錯内三邑鳳起鄉上自同邑岡頭村岑逕竇起下至䀀軍涌上勒石碑摹粘連赴司呈控又據本司倉科書辦李琪琳具稟陳䀀陣三字土音相同是以陳軍涌人皆呼爲䀀軍涌又陣軍涌等情復經飭行南海縣會同三水縣查議另詳去後迨據南海縣知縣李橒稟稱本案前係會同署三水縣韶州府經歷王志槐勘詳茲王經歷業已卸事旋省三水縣新任羅令恐未深悉前情除各人證移會羅令傳喚外稟懇檄飭前署三水縣王經歷會同覆勘具詳等由到司

隨經批飭遵辦去後茲據會同覆加確勘詳覆據周加宜等粘抄縣碑因爭魚苗埠步於雍正元年詳奉前撫憲年飭行勒石但查碑內僅註鳳起埠上自岑逕竇起下至朕軍涌止幷未聲明若干丈尺乃周加宜等稱該基共長五百二十丈已屬無稽且界石無存亦難保無移甲作乙情弊復查陳軍涌竇于雍正十二年動項准修案內亦未聲明陳軍涌字樣今據李定卓等稱陳朕二字土音同人多辨别不清呼陳軍涌爲朕軍涌亦難足憑又康熙年間因水沖決馬蹄圍內閘基致閘基旁之出水涌竇淤塞雍正九年周國器等欲于南三兩圍交界之紅岡脚閘基設立子竇水從桑園圍出詳奉督憲鄂批行不准飭令閘基內有田產者按畝出夫修築

并合周國器等將馬蹄圍出水涌竇照舊疏通等因並無指有疏通出水涌即朕軍涌字樣是周加宜等現稱馬蹄圍内之出水涌即朕軍涌亦屬風影之詞再周加宜等呈稱本案奉前糧道倪批行業經前縣魯令移請水利縣丞鍾會同三水縣周令勘詳完結等語兹經卷查前雖會勘但因李標等臨勘外出隨經李標等呈稱未經到勘且稅少基多飭令開列稅册到縣未經詳覆各在案是兩造所爭之陳軍涌即朕軍涌均屬無稽殊難懸定惟查本案關鍵原在按稅修基不在各涌名目職等覆勘均仍如前應請仍照前詳自桑園圍西基北首土名陳軍涌竇口起至馬蹄圍北首横基飛鵝山岡脚止共計一百七十九弓折長八十九丈五尺該圍稅

業計共八十一畝零內李定卓等稅業三十四畝四分
零周登仁等稅業四十七畝零稅業多寡不甚懸殊應
行各半各修中立石碑為界並請勒石豎立河神廟內
載明李定卓等管修南首基四十四丈七尺五寸自出
工費六分周登仁等幫補四分周登仁等管修北首基
四十四丈七尺五寸自出工費六分李定卓等幫補四
分俾各久遠遵守以免再有諉延致悞基工其周加宜
等續控各涌名目似非緊要應聽周加宜等以馬蹄圍
內之出水涌為朕軍涌以息爭端其現在准為朕軍之
出水涌坐落周加宜等應修基工界內久經淤塞一經
水漲宣洩無由應令周加宜等即日自行出費趕緊疏
通與李定卓等無涉陳軍涌坐落李定卓等應管基工

界内如有修理疏通之處亦係李定卓等自捐工費與周加宜等無干至周加宜等前掘桑園圍北首土名飛鵝岡腰閘基因係西潦漲發水泛之難消一時情急所致此後仍遠禁止不許再行混掘所有周加宜等從前混掘之咎與桑園圍總局司事代修互推馬蹄圍處所及飛鵝山腰閘基銀兩出自桑園圍公項均請俯照前詳免其究追兩造均已允服取各遵依繳送一干人等釋寀等由詳覆前來本司復查南海縣生員李定卓與三水縣民周登仁等互推馬蹄圍基處所既據南海縣李令會同前署三水縣王經歷覆加勘明斷令將各基工兩造各半分修中立幫修基工石界及勒石豎立河神廟内並准周加宜等以馬蹄圍内出水涌爲朕軍涌以

息爭端已屬妥協但繳到三邑鳳起鄉周加宜等遵依
未有聲明覆勘指出土名古蹟朕軍涌任周加宜等開
復竇穴出水竪明古蹟朕軍涌石碑字樣詳内未據聲
明查雍正元年奉前撫憲年飭將三水縣接壤地方勒
石碑摹内有聲明三邑鳳起埠上自岑逕竇起下至朕
軍涌止字樣朕軍涌是係兩縣交隅處所茲據該縣覆
勘指出古蹟出水涌卽朕軍涌任周加宜等開復竇穴
出水竪明古蹟朕軍涌碑石等語亦應飭令周加宜等
于馬蹄圍北首竪明古蹟朕軍涌碑石書明係南三兩
縣交界字樣以免將來遇有地方工程藉詞推諉合將
兩縣勘斷馬蹄圍基緣由通詳憲臺察核批示立案俟
奉批回飭行遵照緣由奉批如詳轉飭遵照仍候撫部

院衙門批示繳奉此又奉兵部尚書暫留廣東巡撫部
堂朱批同前詳奉批如詳立案仍飭南海三水二縣一
體遵照並候督部堂衙門批示繳等因奉此合就飭行
備牌仰府照依奉批詳內事理即便速飭南海三水二
縣遵照將馬蹄圍基中立周李二姓幫修基工勒石竪
立河神廟內并令周加宜等于馬蹄圍北首竪明古蹟
朕軍涌碑石書明係南三兩縣交隅字樣俾其永遠遵
守以免將來遇有地方工程藉詞推諉取具竪立界石
日期通報察核毋違等因又奉督糧道吳批同前詳仰
廣州府確核飭遵辦理仍候藩司批示錄報繳等因各
到府奉此合行飭遵備牌仰縣照依奉批詳內事理即
便遵照將馬蹄圍基中立周李二姓幫修基工勒石竪

立河神廟内幷令周加宜等于馬蹄圍北首竪明古蹟
朕軍涌碑石書明係南三兩縣交隅字樣俾其永遠遵
守以免將來遇有地方工程藉詞推諉取具竪立界石
日期逓報察核毋得遲違等因奉此除移三水縣飭令
周加宜等在於馬蹄圍北首竪明古蹟朕軍碑石書明
係南三兩縣交隅字樣立界外合就給示勒石爲此示
諭南海縣生員李定卓等三水縣民周加宜等知悉即
便遵照憲行將馬蹄圍基中立周李二姓幇修基工勒
石竪立河神廟内李定卓等管修南首基四十四丈七
尺五寸自出工費六分周登仁等幇補四分周登仁等
修北首基四十四丈七尺五寸自出工費六分李定卓
等幇修四分俾各久遠遵守毋使再有諉延致悞基工

各宜凜遵毋違特示

津角陸基分圖

圖說

海舟堡圍基圖

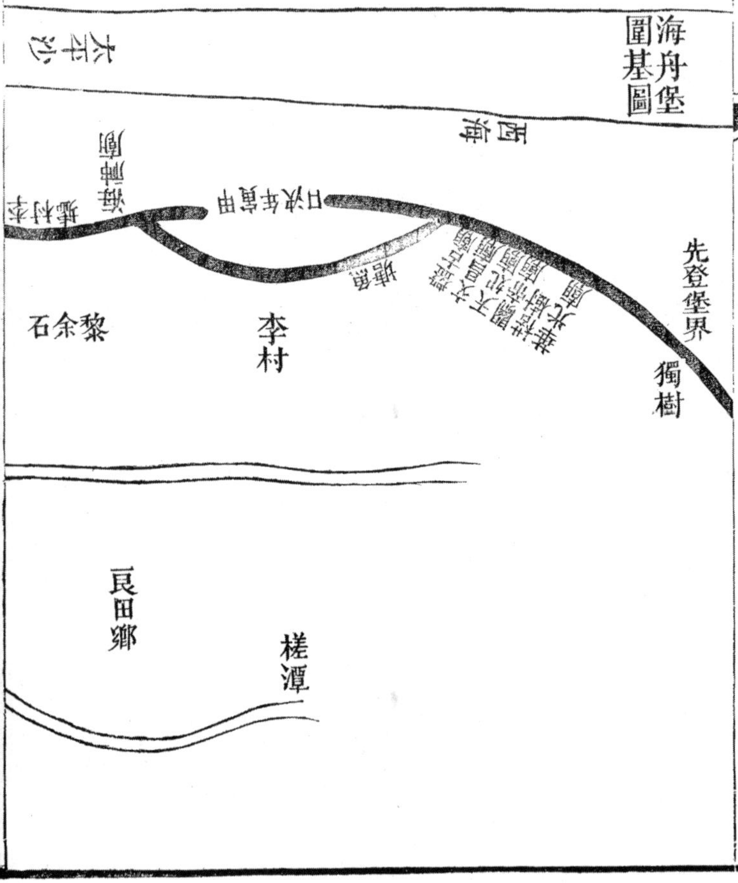

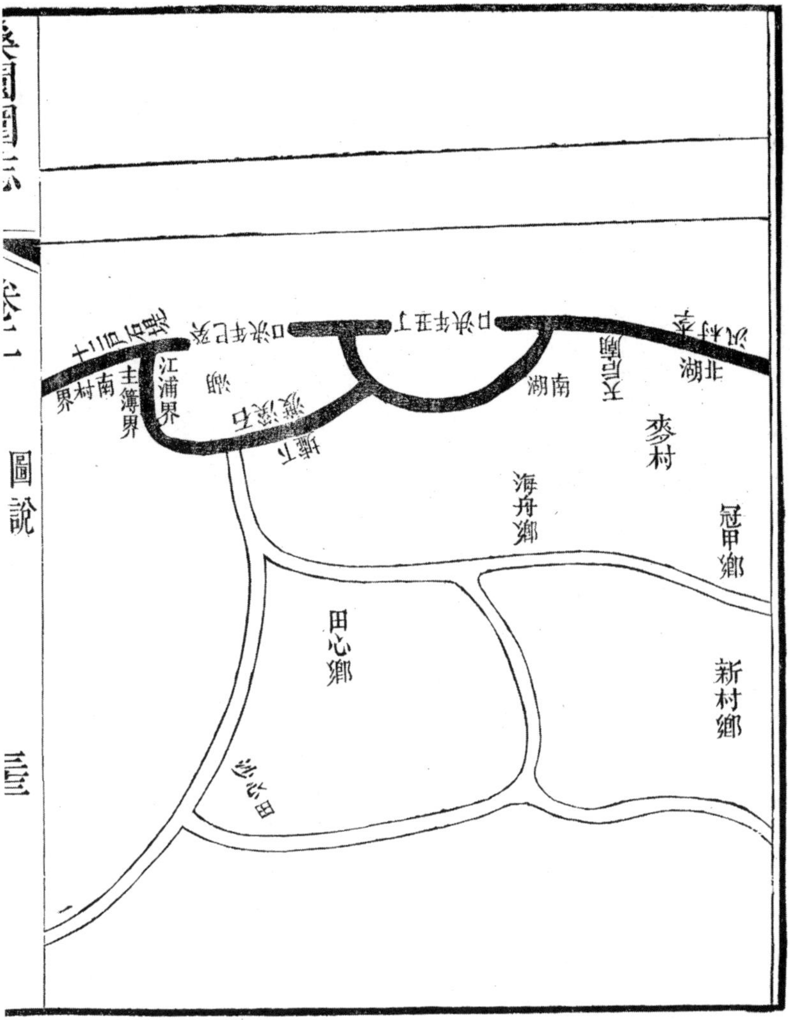
圖説
北湖
天后廟
南湖
麥村
海舟鄉
冠甲鄉
新村鄉
田心鄉
田心沙
石滘涌
江浦界
主簿界
南村界
丁丑年決口
己巳年決口
湖

海舟堡圍基受太平沙水激射最烈甲寅黎余石一段舊決口丁丑癸巳十二戸三了基二段舊決口圈築入裏與水讓地基身高厚似可無虞惟天后廟前丁丑決口下毗連鎮涌堡禾乂基界上三處基段頂衝最險內塡塞北湖外築三大石壩以殺水勢可保鞏固然殺水石壩非長三十丈高與基並不能與太平沙角力照式乘井估値每壩約需銀五六七八萬兩不等誠非可猝辦（癸巳志）

村莊九曰李村　曰麥村　曰海舟　曰田心　曰新涌尾　曰槎潭　曰沙尾　曰良田　曰新村

鎮海衛基分圖

圖說

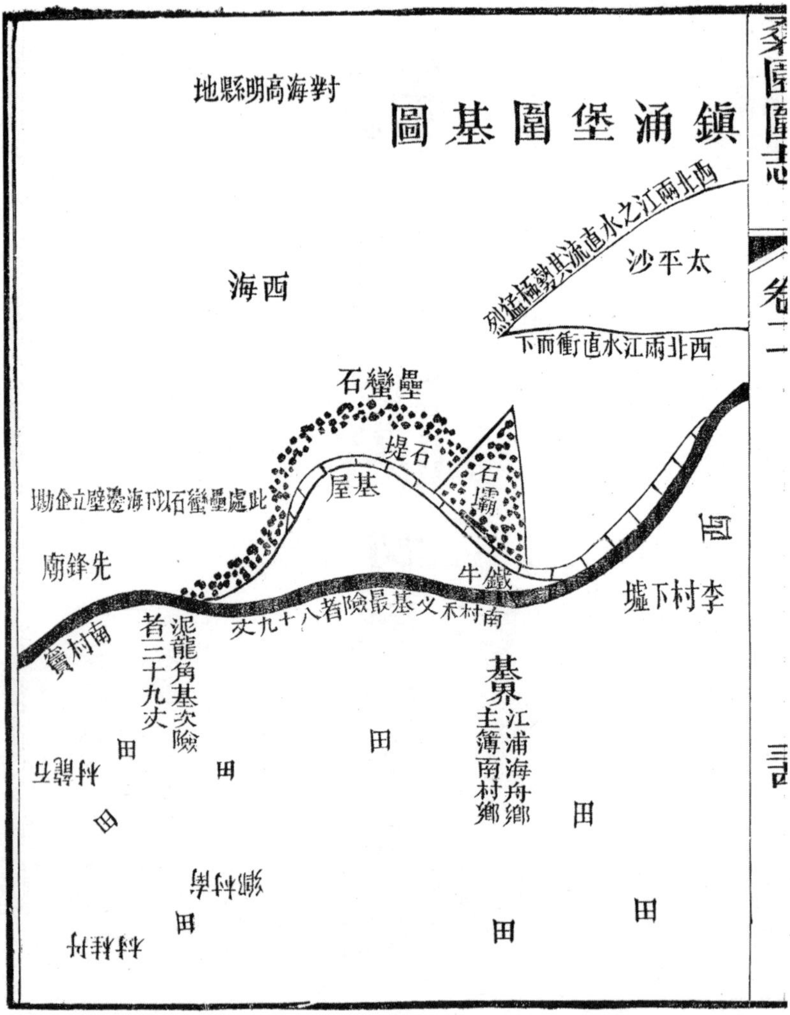
桑園圍志
卷二
鎮涌堡圍基圖
對海高明縣地
西海
太平沙
西北兩江之水直流其勢極猛烈
西北兩江水直衝而下
壘巒石
石堤
基屋
石壩
此處壘巒石以下海邊壁立企勘
先鋒廟
鐵牛
李村下墟
南村禾乂基最險者八十九丈
南村賓
泥龍角基次險者三十九丈
基界
江浦海舟鄉
主簿南村鄉
田
石龍村
丹桂村

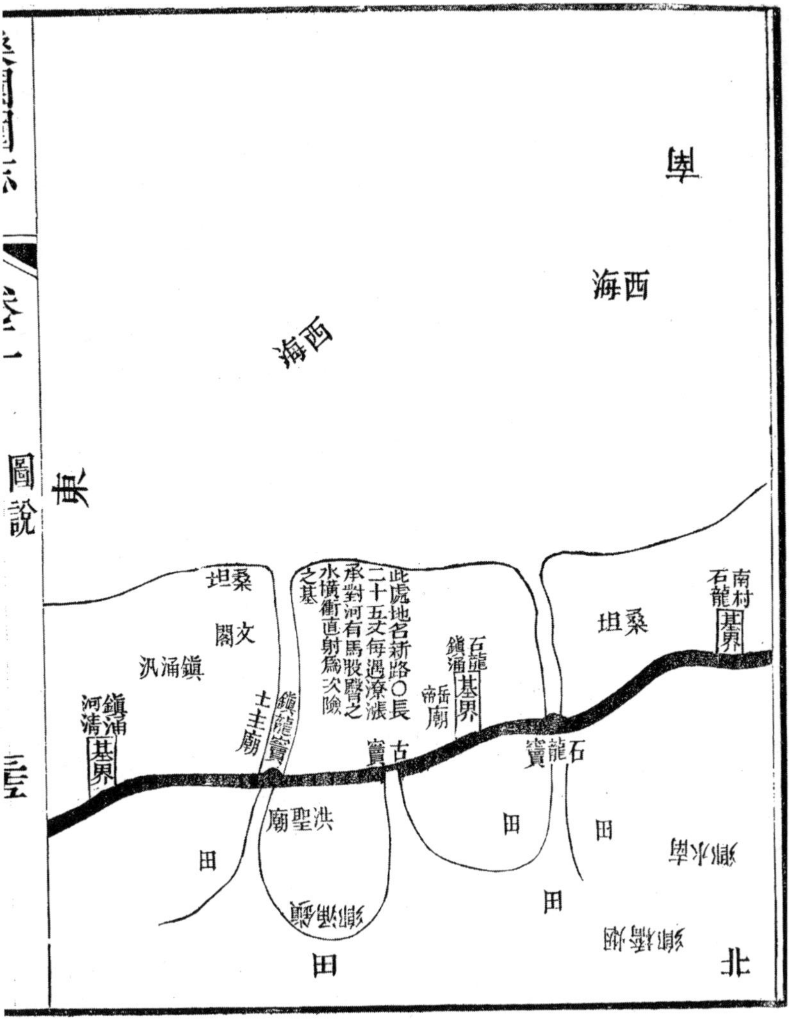
南
西海
西海
東
北
圖說
此處地名新路○長二十五丈每遇潦漲承對河有馬鞍臂之水橫衝直射爲次險之基
桑坦
文閣
鎮涌汎
鎮涌河清基界
土主廟
鎮龍竇
古竇
岳帝廟
石龍鎮涌基界
桑坦
南村石龍基界
石龍竇
洪聖廟
田

鎮涌堡圍基由禾义基交界下至南村基坦脣逼窄雖有泥龍角培築肥厚以禦江流而太平沙尾急溜衝擊石壩歲修不可緩視而河清分界以上直至洪聖廟外坦雖闊而裏面陡絕倘有崩決由裏面救護又不如由外面圍築之爲直捷也癸巳志

村莊七曰南村　曰石頭村　曰南村沙　曰沙田　曰鎮涌　曰烟橋　曰河清

按古石頭村卽今石龍村南海縣志兩載失攷石龍村東烟橋西有絲線圍村不入鎮涌堡附識於此

河清堡基分圖

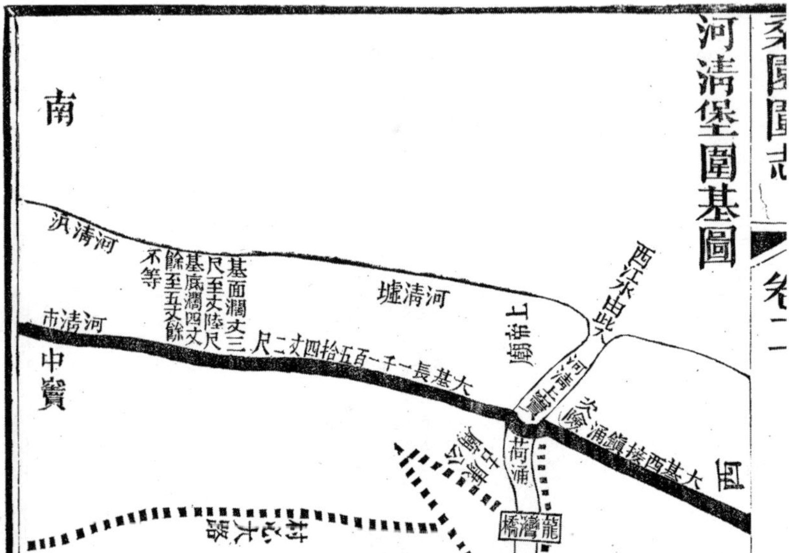
桑園圍志 卷二
河清堡圍基圖
南
北
西
汎清河
河清墟
市清河
中賓
基面濶丈三尺至丈陸尺
基底濶四丈餘至五丈餘不等
大基長一千一百五拾四丈二尺
西江水由此入
河清上竇
大基接西樵鎮涌
荷涌
村心大路
龍灣橋
三鳳橋
路往南水丹桂
南水鄉
丹桂鄉
木橋

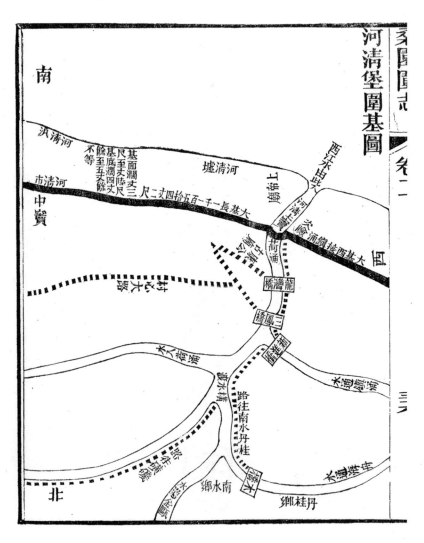

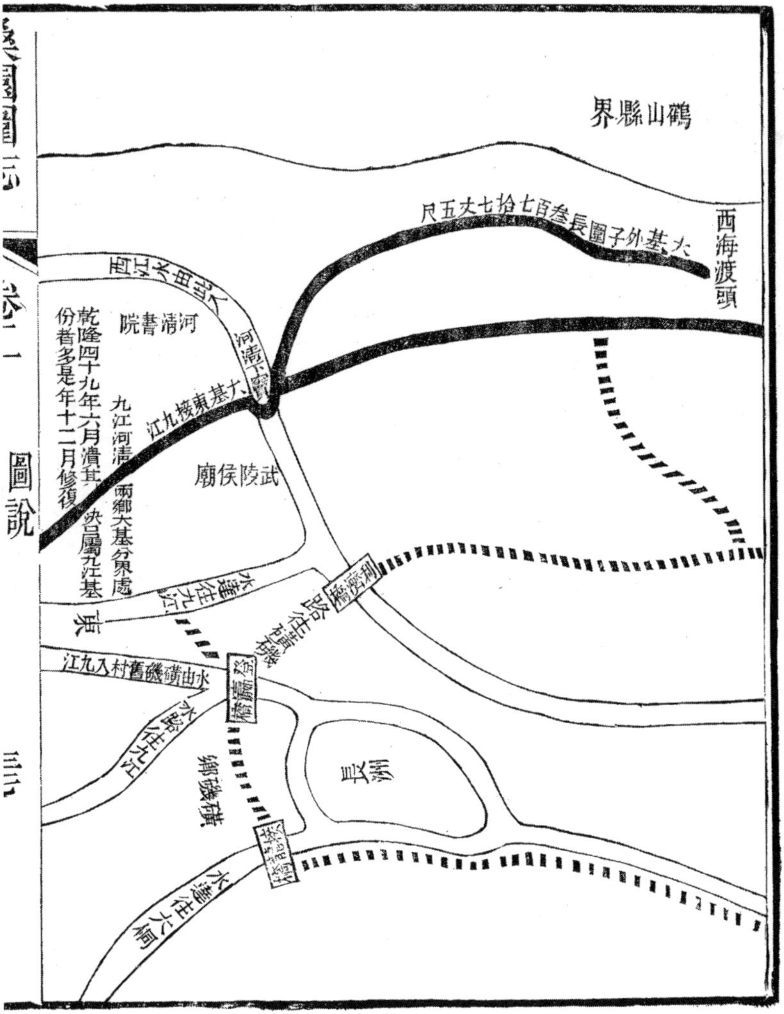
鶴山縣界
西海渡頭
大基外子圍長叁百柒拾七丈五尺
河清書院
大基東接九江
武陵侯廟
乾隆四十九年六月潰其份者多是年十二月修復
水通往大洞
圖說

河清圍基沙坦漫生尚屬平易荒基秋楓樹至九江界
甲辰舊決口四十四弓屬頂衝次險壘石培土當防未
然癸巳志
村莊五曰河清　曰璜璣　曰丹桂　曰南水　曰蘇
族村今爲蘇合墩

九江堡基分圖

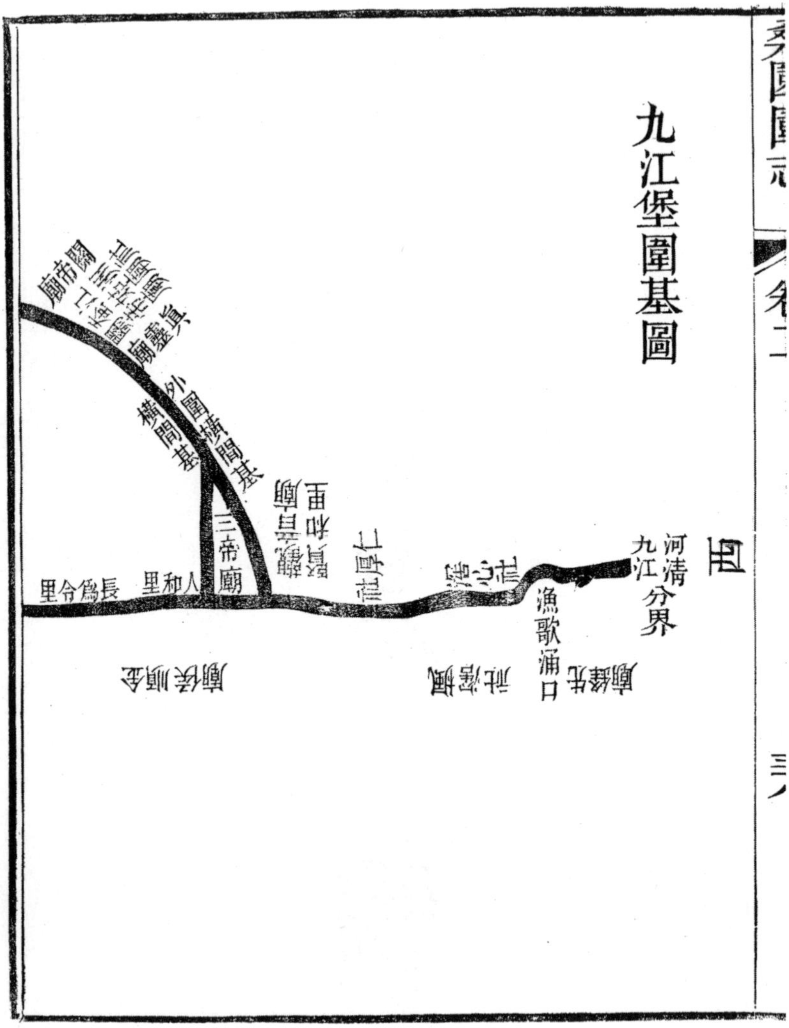
九江堡圍基圖
河清九江分界
漁歌涌口
三帝廟
外圍橫閘基
橫閘基
人和里

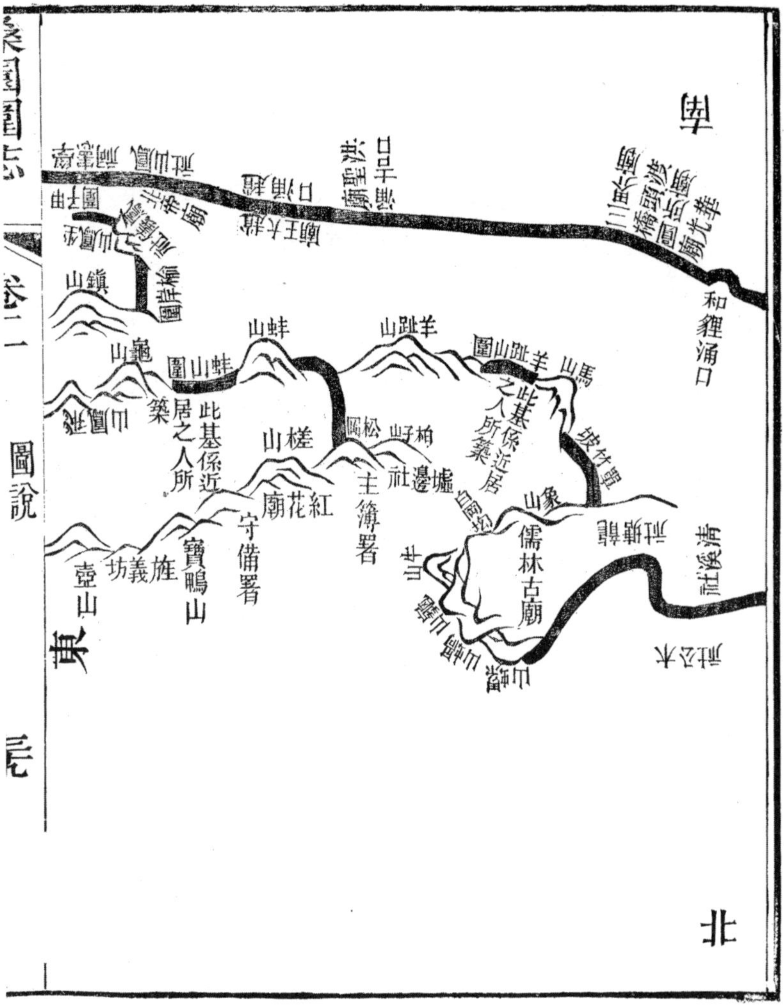
南
北
東
和裡涌口
羊趾山
蚌山
蚌山圍
羊趾山圍
馬山
鎮山
龜山
槎山
柏子山
松岡
象山
此基係近居之人所築
儒林古廟
守備署
主簿署
紅花廟
邊墟社
寶鴨山
旌義坊
壺山
圖說

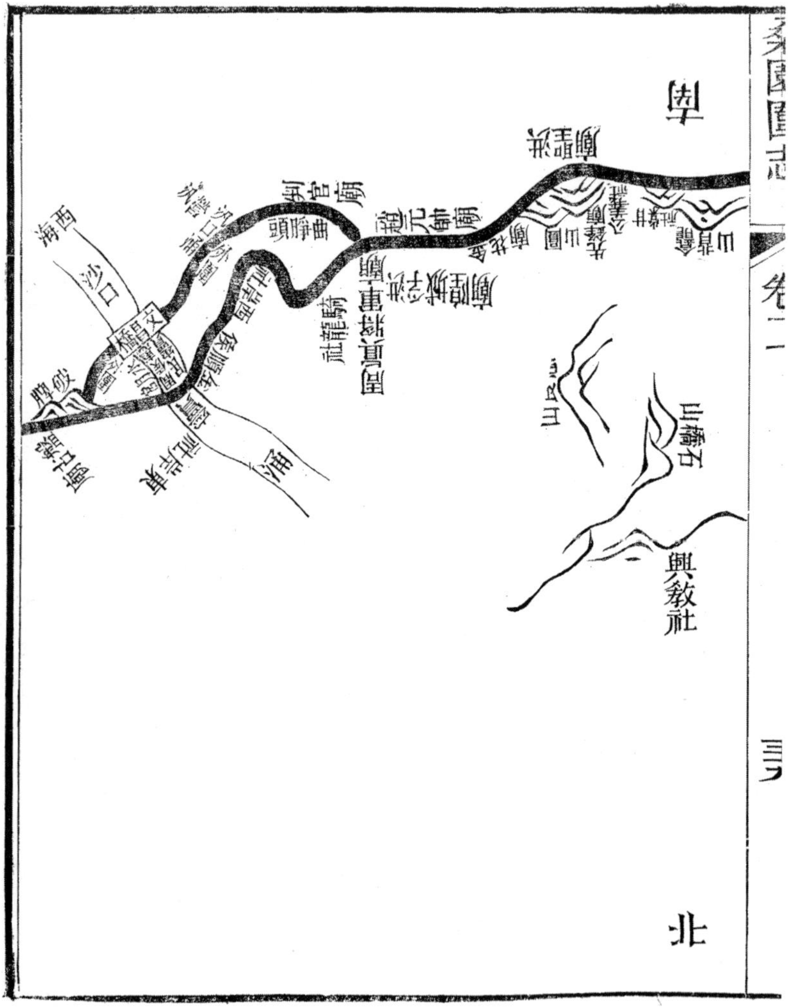
南
北
興教社
石橋山

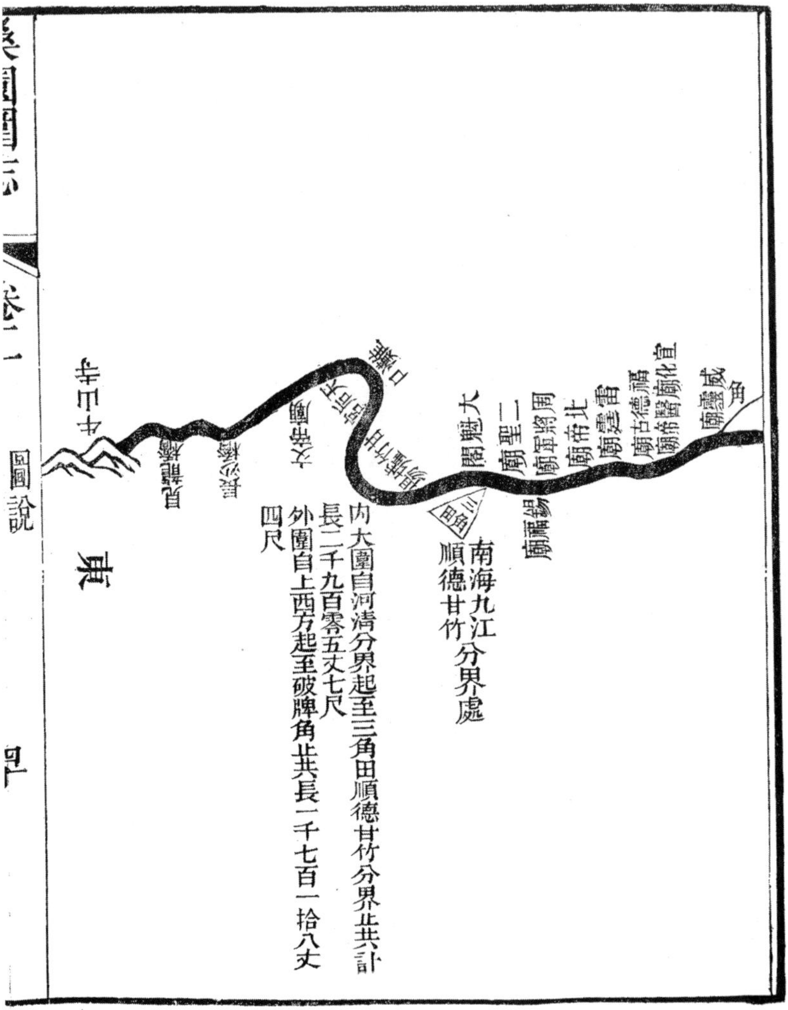
南海九江分界處
順德甘竹
內大圍自河清分界起至三角田順德甘竹分界止共計長二千九百零五丈七尺
外圍自上西方起至破牌角止共長一千七百一拾八丈四尺
東
圖說
三角田
大魁閣
二聖廟
周將軍廟
北帝廟
錫福廟
宣化廟
威靈廟

九江堡圍基處西北江下流自上流太平沙突起江中河淸坦亘連江滸至大洛口古潭龜貝二沙層陡而起兩沙相阻搏擊横流古潭沙頭近更開設簦戶益阻遏有勢以夾流之形成在山之害己卯歲修仲邑侯創築興仁里威靈廟沙溪社圍所廟石壩四道庚辰捐修委員余刺史於新墟下蠶姑廟前横基頭石栈路口創築石壩三道當事之憂可謂塵矣而壩短水深江流石轉纘績紹休端望來哲癸巳志

村莊四十　北方九村曰梅圳　曰李涌　曰大正　曰沙嘴　曰龍涌　曰新涌　曰翘南　曰侯王　曰匯龍

西方十四村曰萬壽　曰樂只　曰太平　曰洪聖

曰西山　曰大稔　曰相府　曰賢和　曰敦睦
曰先鋒　曰上洪聖　曰潭邊　曰上游　曰迴龍
南方十村曰墟邊　曰艮村　曰松岡　曰壺東　曰
壺南　曰沐滘　曰九社　曰趙涌　曰小洛　曰
忠艮
東方七村曰奇山　曰沙滘　曰藤滘　曰大穀　曰
雙涌　曰太和　曰閘邊

桑園圍志　卷二　四

甘竹堡基分圖

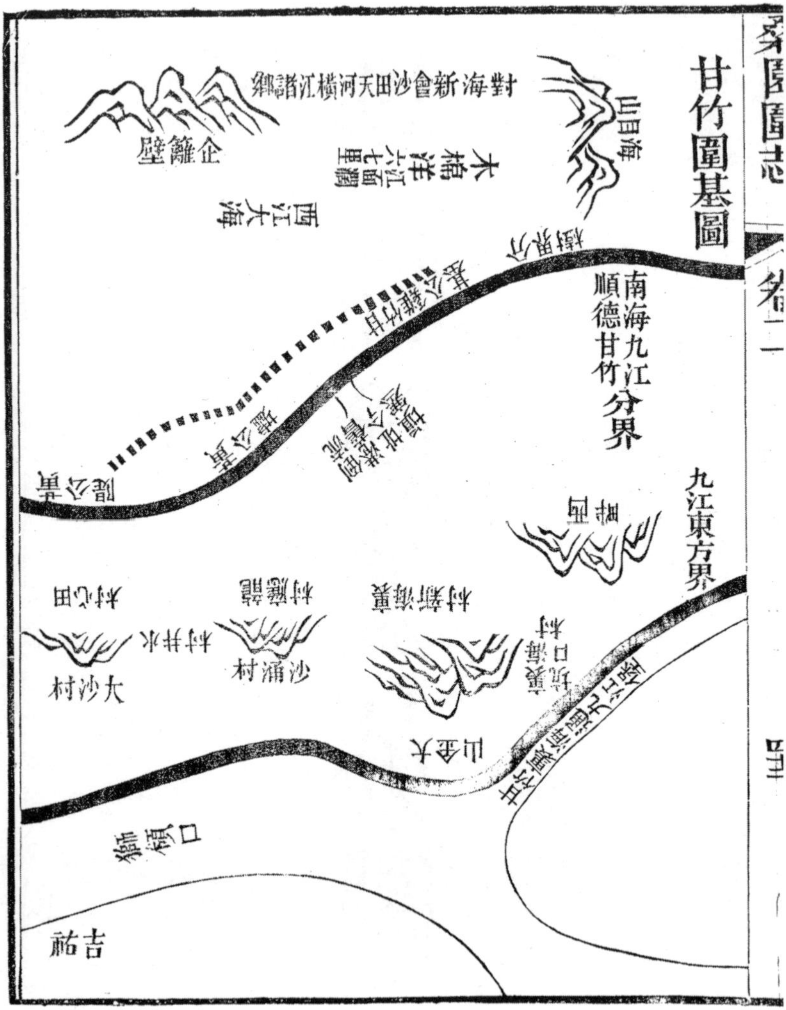
甘竹圍基圖
南海九江順德甘竹分界
九江東方界
西江大海
木棉洋江面六七里闊

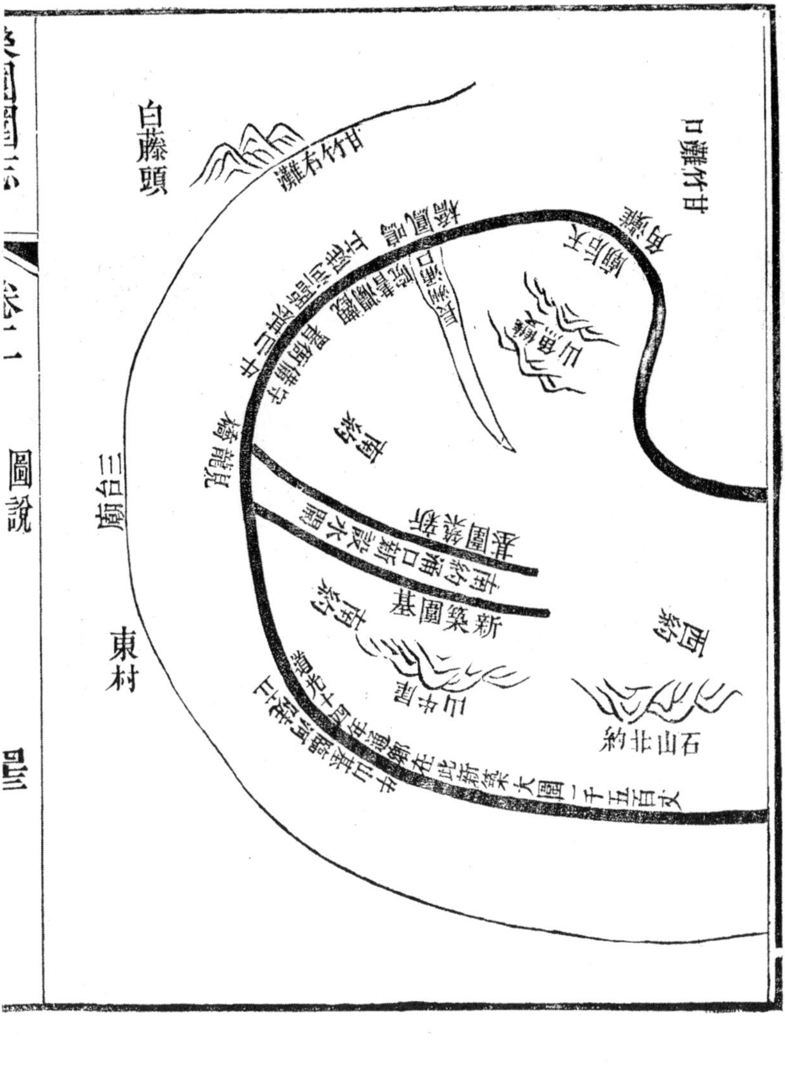
甘竹灘口
甘竹右灘
白藤頭
三台廟
東村
西約
南約
南約
新築圍基
見龍橋
圖說

甘竹堡圍基自灘口上至九江界水皆順流無衝射擊撼之險但基身爲壚場鋪舍阻障加高培厚孔難常有溢面之患自守備署下至犀牛山臨河壁立時防坍陷今於南約創築裏圍基一千五百丈以防大基漫溢亦曲突徙薪之見也癸巳志

村莊一曰甘竹

百澗原津侱基分圖

百滘雲津兩堡圍基圖

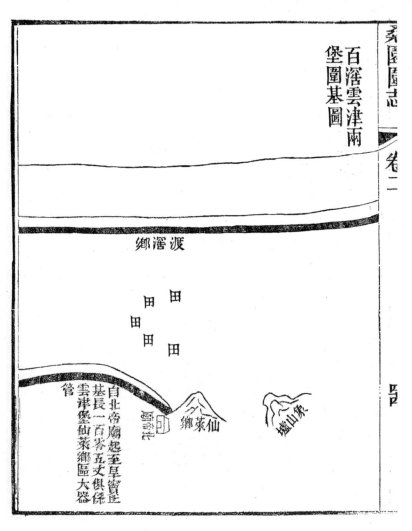

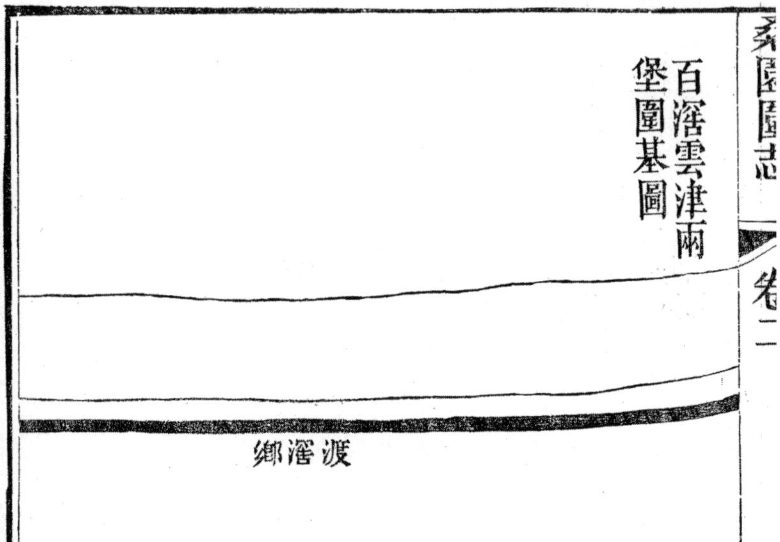

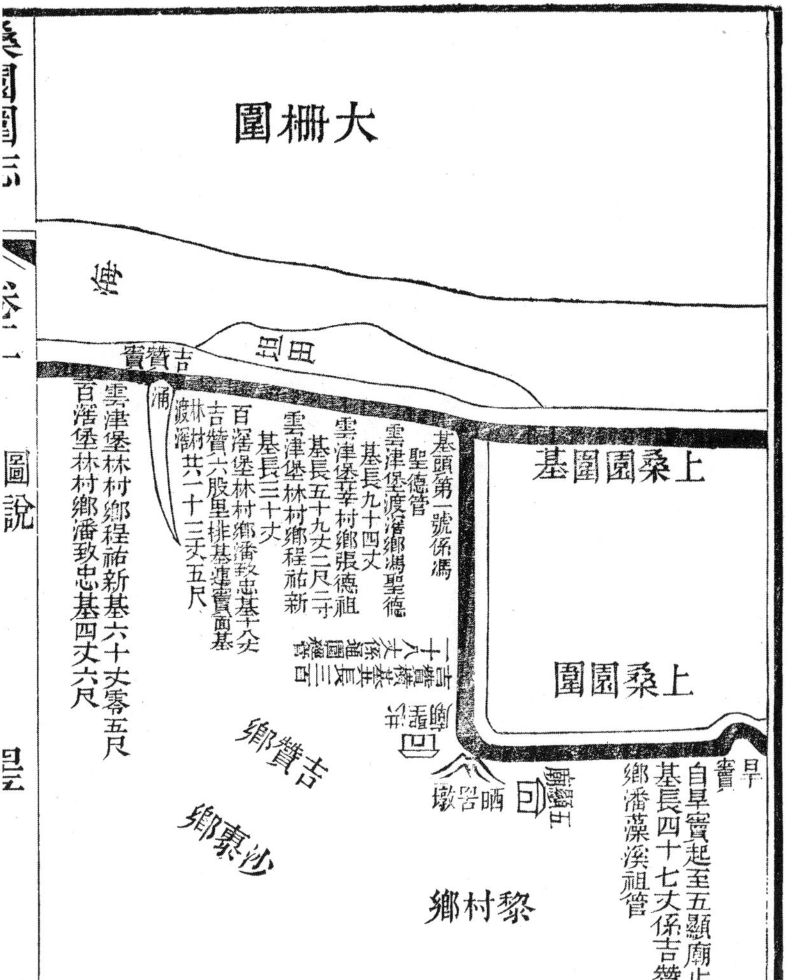
大柵圍
海
田
吉贊竇
涌
上桑園圍基
上桑園圍
基頭第一號係馮聖德管
雲津堡渡滘鄉馮聖德基長九十四丈
雲津堡莘村鄉張德祖基長五十九丈二尺二寸
雲津堡林村鄉程祐新基長三十丈
百滘堡林村鄉潘致忠基十丈
吉贊六股里排基連實面基林村渡滘共二十三丈五尺
雲津堡林村鄉程祐新基六十丈零五尺
百滘堡林村鄉潘致忠基四丈六尺
洪聖廟
吉贊鄉
沙東鄉
五顯廟
旱竇
自旱竇起至五顯廟止基長四十七丈係吉贊鄉潘藻溪祖管
黎村鄉
圖說

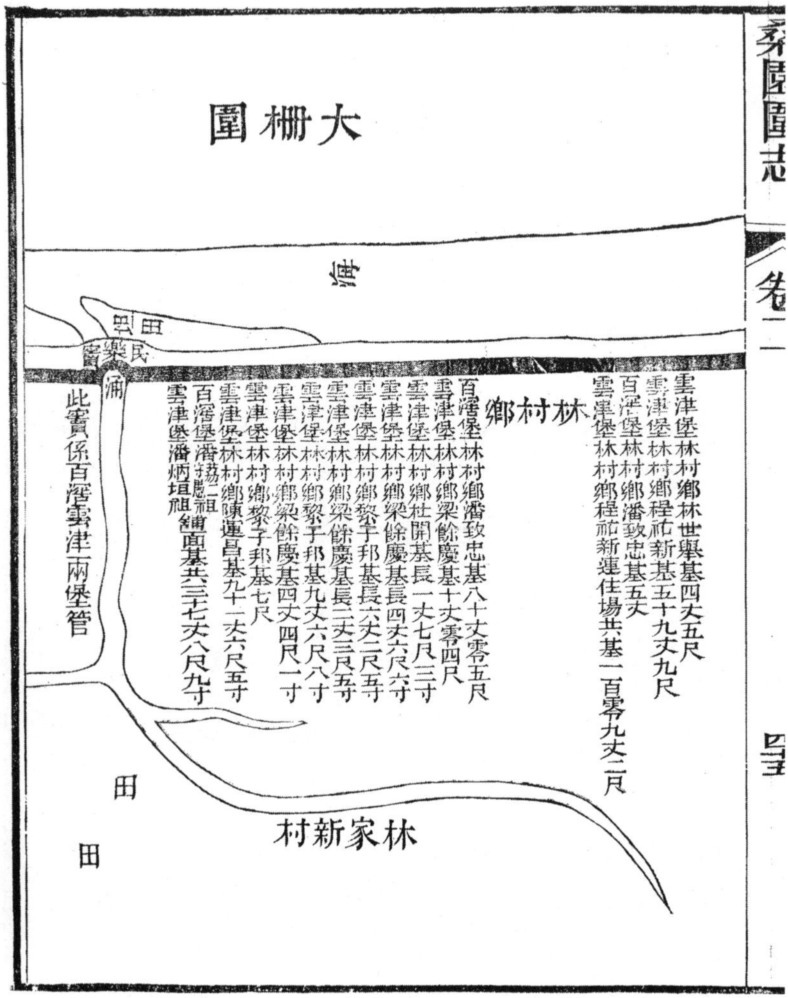
桑園圍志 卷二
大柵圍
海
田
民
民樂竇
涌
此竇係百滘雲津兩堡管
雲津堡林村鄉林世舉基四丈五尺
雲津堡林村鄉程祐新基五十九丈九尺
百滘堡林村鄉潘致忠基五丈
雲津堡林村鄉程祐新運住場共基一百零九丈二尺
林村鄉
百滘堡林村鄉潘致忠基八十丈零五尺
雲津堡林村鄉梁餘慶基十丈零四尺
雲津堡林村鄉杜開基長一丈七尺三寸
雲津堡林村鄉梁餘慶基長四丈六尺六寸
雲津堡林村鄉黎子邦基長六丈二尺五寸
雲津堡林村鄉梁餘慶基長二丈三尺五寸
雲津堡林村鄉黎子邦基九丈六尺八寸
雲津堡林村鄉梁餘慶基四丈四尺一寸
雲津堡林村鄉黎子邦基七尺
雲津堡林村鄉陳運昌基九十一丈六尺五寸
百滘堡潘務慂二祖
雲津堡潘炳垣祖
鍾面基共三十七丈八尺九寸
田
田
林家新村

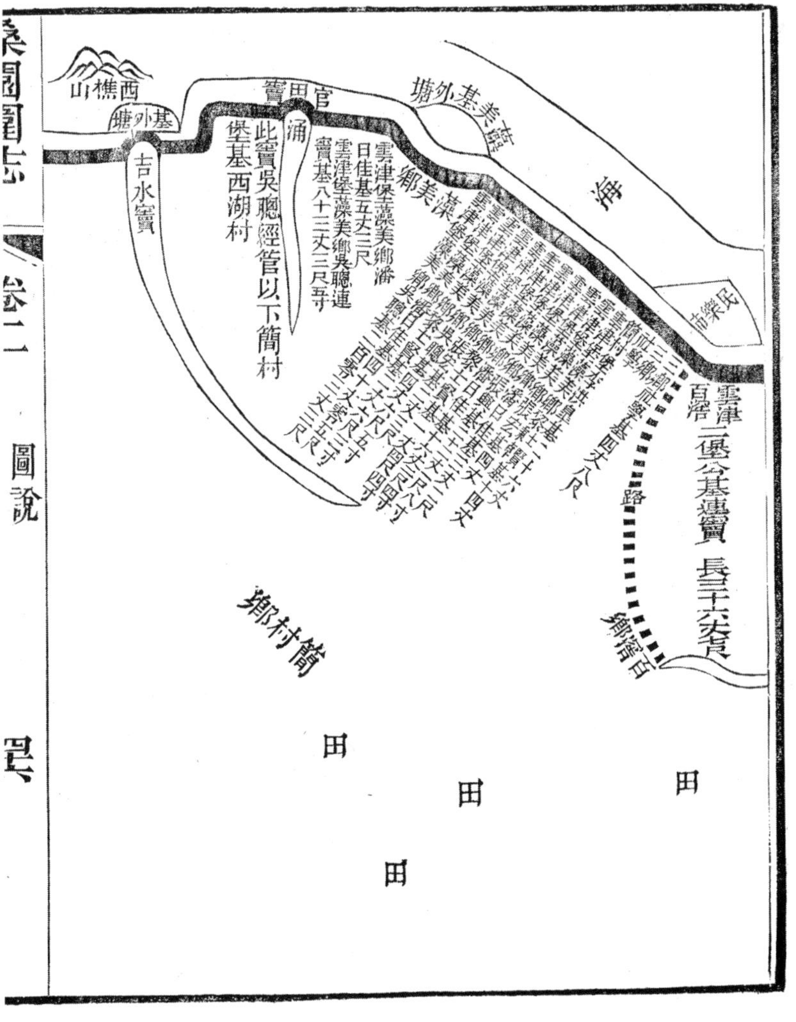
桑園圍志 卷二 圖說
西樵山
基外塘
官田竇
涌
吉水竇
此竇吳聰經管以下簡村堡基西湖村
雲津保藻美鄉潘日佳基五丈三尺
雲津堡藻美鄉吳聰連竇基八十三丈三尺五寸
藻美鄉
藻美基外塘
海
民樂市
路
百滘鄉
簡村鄉
田
田
田
田

雲津百滘兩堡圍基自觕村堡以上江潦有倒灌而無直注防護亦易惟吉贊橫基上仙萊岡一百五十餘丈上游三水梘塘波角鳳果圍潰輒有及溺之憂自莊邊竇下至高田竇基段內外臨塘者十一外臨河者八而臨塘陡險葫蘆塘一段爲最臨河之險壘石護腳歲修未易息肩臨塘之險塡水爲地一勞永逸矣癸巳志

百滘堡村莊四曰沙東　曰黎村　曰吉贊　曰莊邊

雲津堡村莊九曰林村　曰藻尾　曰仙萊岡　曰會邊　曰石邊　曰西岸　曰竹園　曰黃牛岡　曰多墩

按圖內載莘村鄉張德祖基段帶有魚塘一口桑基若干畝本莊邊鄉羅馮兩姓管業緣莊邊基決鄉人

他徙遂將基塘賣與大栅圍張德祖而基卽隨之凡
有修築其費概歸張氏嗣張氏式微輾轉售賣久將
不可究詰且此段工程由外圍修治倘草率從事貽
誤匪輕光緒七年二月十三日諸紳士集海神廟擬
提羨餘銀二百兩向羅五桂堂買受基塘計其租息
足敷修費張德祖基一段撥歸通圍公修

簡村堡基分圖

簡村堡圍基圖

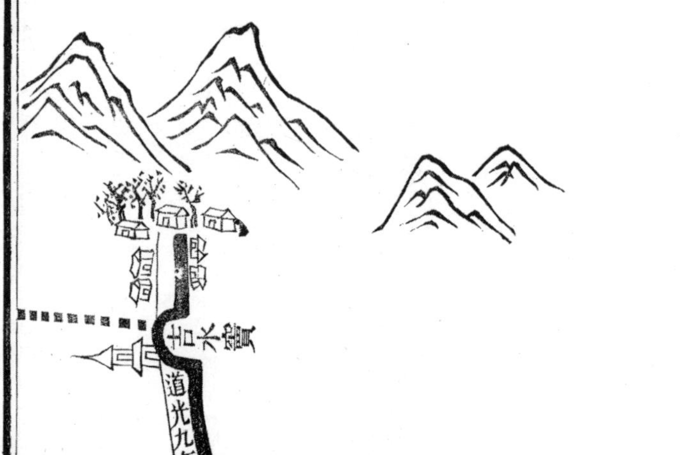
道光九年決十八丈
簡村堡基分五百餘丈上接雲津堡基分

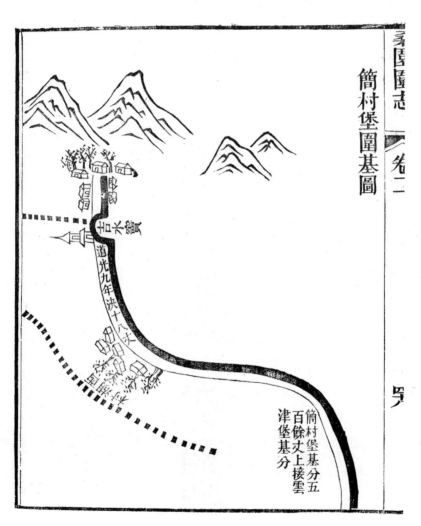

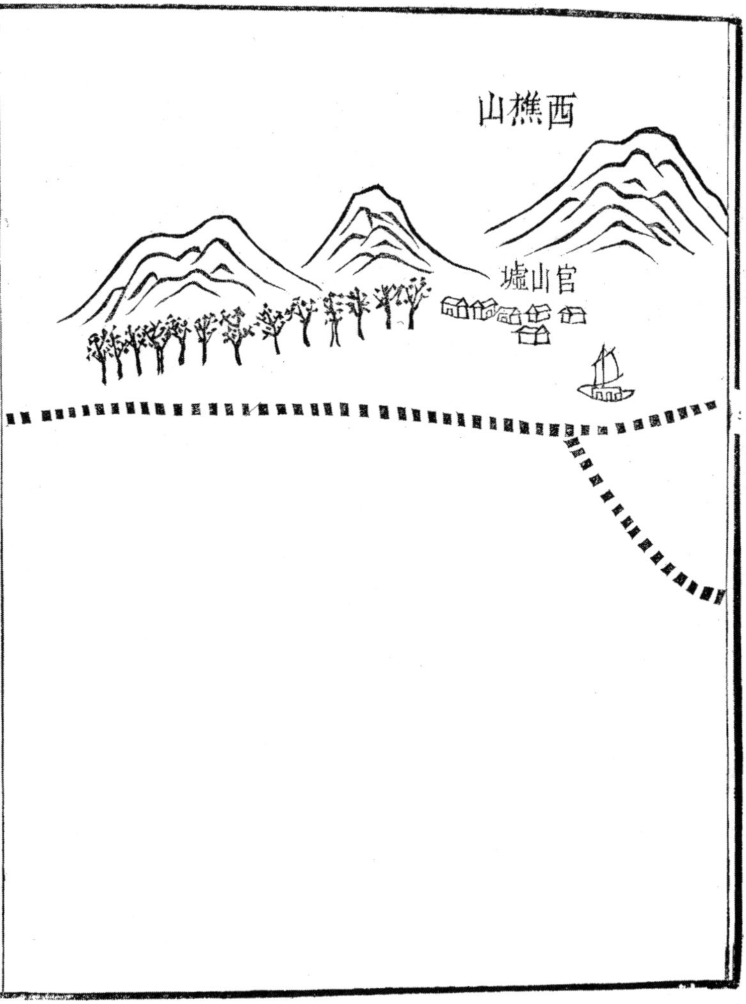
西樵山
官山墟

簡村堡圍基南阻西樵山吉水實在基彎盡處盛潦猝
至狂風驟作可藉岡阜殺風潦之勢惟墟亭一段低矮
單薄漫溢時虞外基三丫海口與水相敵敵水非壘石
不能矮薄但培土立可使之高厚
村莊十二曰吉水　曰裹頭　曰龍裹　曰簡村　曰
耕涌　曰莫家寨　曰倫家寨　曰凰岡　曰绿洲
曰高洲　曰西湖　曰何樓據南海縣志增

沙頭堡基分圖

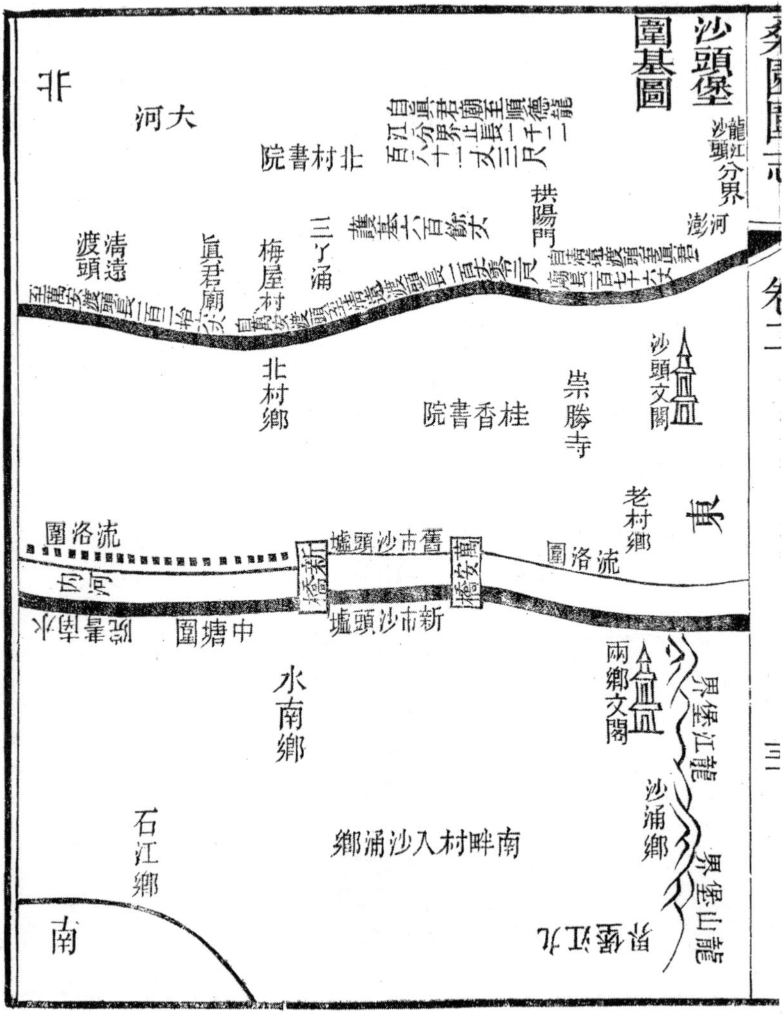
桑園圍志 卷二
沙頭堡圍基圖
北
大河
北村書院
龍江沙頭分界
河澎
拱陽門
護基六百餘丈
三丫涌
梅屋村
眞君廟
清遠渡頭
北村鄉
桂香書院
崇勝寺
沙頭文閣
東
老村鄉
流洛圍
舊市沙頭墟
新橋
萬安橋
內河
新市沙頭墟
中塘圍
水南鄉
兩鄉文閣
龍江堡界
沙涌鄉
龍山堡界
南畔村入沙涌鄉
石江鄉
北江堡界
南

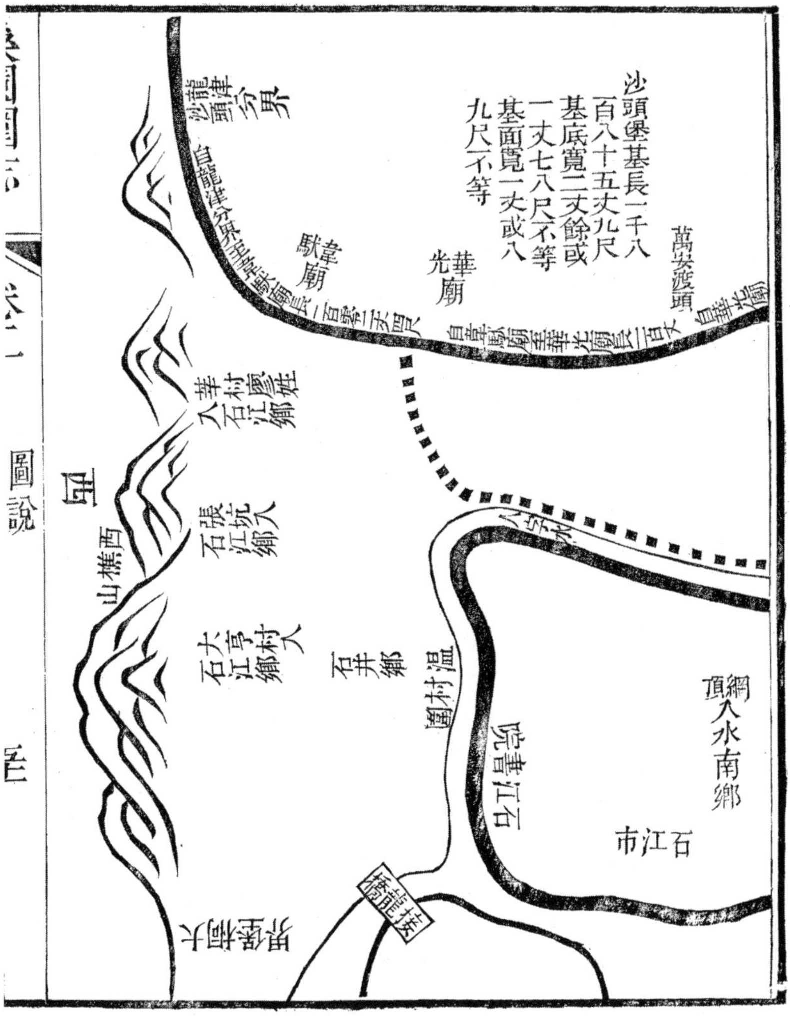
沙頭堡基長一千八百八十五丈九尺基底寬二丈餘或一丈七八尺不等基面寬一丈或八九尺不等
萬安渡頭
華光廟
韋馱廟
西樵山
石井鄉
溫村閘
石江市
接龍橋
圖說

沙頭堡圍基爲東基極險要區西北兩江之水由思賢滘直下港汊紛注紆徐曲折過佛山沙口紫洞吉利龍津至沙頭界羅村沙突起江中亘長幾與基並激水橫射嵗修稍緩坍卸立見由省城渡舊步頭至眞君廟上五壩遞築防護亦已周備然沙之勢乘淤日增壩之石隨流日轉保障時切履冰而韋馱廟眞君廟上下相距中間第二壩第三壩第四壩各段外無坦內臨藕塘涌滘填塞壘護克勤庶無陡陷之虞癸巳志

同治六年冬因北村裏患基最多惟外涌內塘礙難加高培闊故自三丫涌起至拱陽門外止於外坦增築護基六百餘丈舊基仍不廢庶內外兩基交資捍禦

村莊六曰水南　曰石井　曰老村　曰沙涌　曰石

江　曰北村

按南海縣志尚有大坑樟坑新村竹林樵陽蘿客南
村七鄉

龍江堡基分圖

龍江堡圍基圖

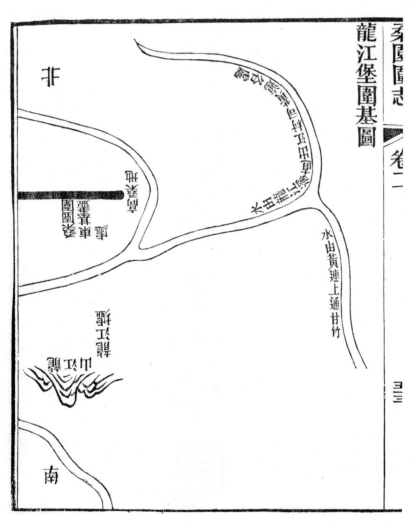

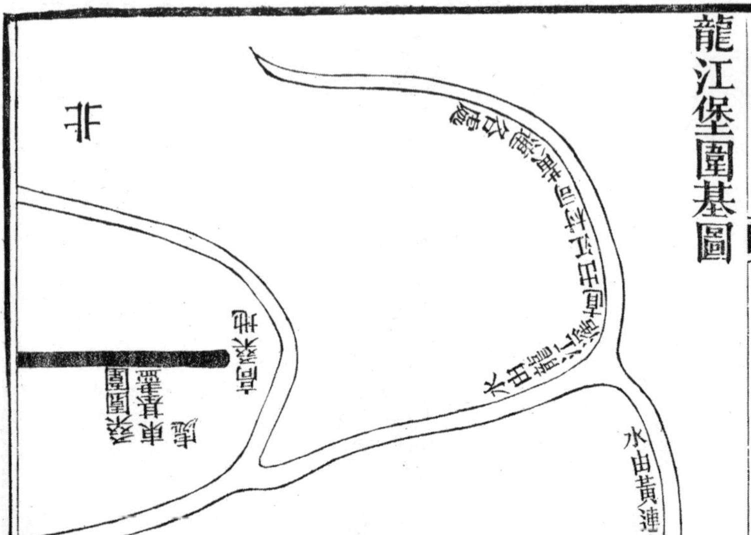

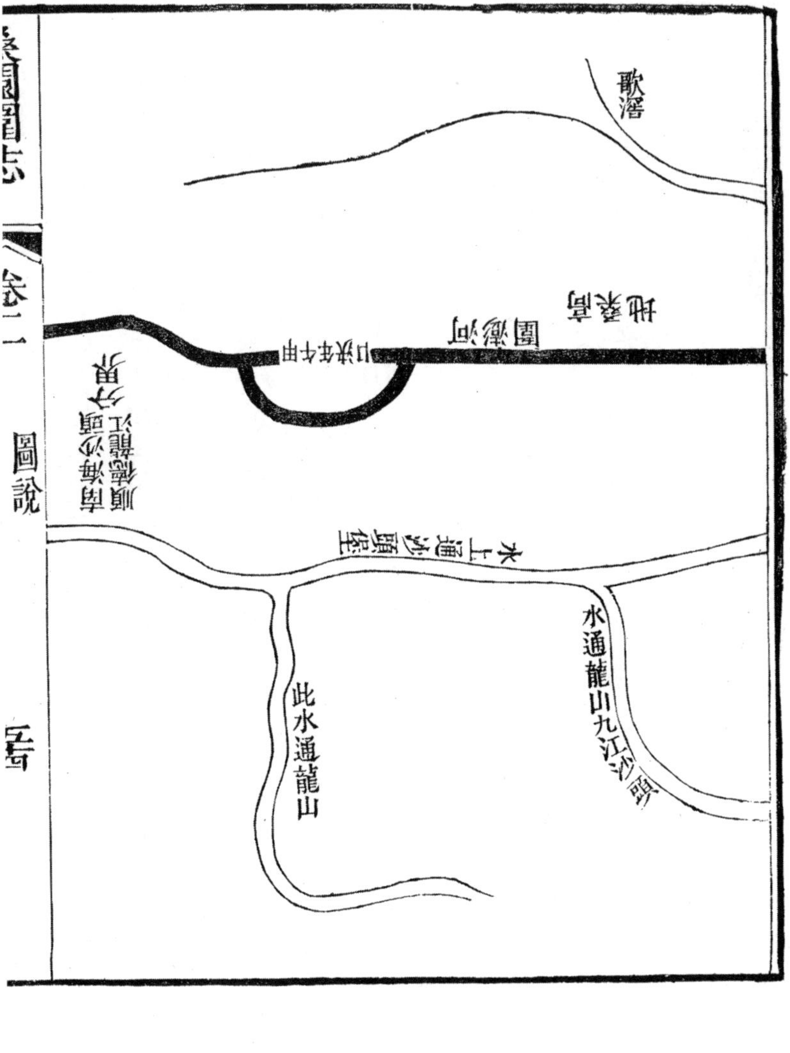
歡潛
水上通沙頭堡
水通龍山九江沙頭
此水通龍山

龍江堡圍基爲通圍涌滘下流東注之區似乎歲修可緩然一有漫溢則淫潦倒灌退出倍難前人於此築基幾費熟思審處苟任其低矮坍卸不早爲之所豈非玩愒前烈加高培厚是所望於福惠桑梓者癸巳志

村莊五曰忠臣坊　曰北山坊　曰龍江頭　曰長路坊　曰白社坊

金甌堡

村莊四曰儒林　曰岡邊　曰小儒村　曰霍江

龍津堡

村莊五曰坑邊　曰沙邊　曰寨邊　曰山根　曰岡頭

龍山堡無基

村莊七曰陳涌　曰排涌　曰仙塘　曰沙富　曰岡
貝　曰海口　曰沙洲
大桐堡無基
村莊八曰大桐　曰蜆岡　曰田心　曰下田心　曰
石龍里　曰閘邊　曰廖岡　曰富賢
按南海縣志尚有盧村朝山西邊藤村寺邊柏山街
邊閘邊竹園澳表高浪蘇洲新村番村敦根長裹茶
根園井古巷隔岡村尾井頭大塘邊上巷松園灰部
坑表徑邊歧洲璜璣大茂三十二鄉

桑園圍志　卷一　三三

桑園圍新圖

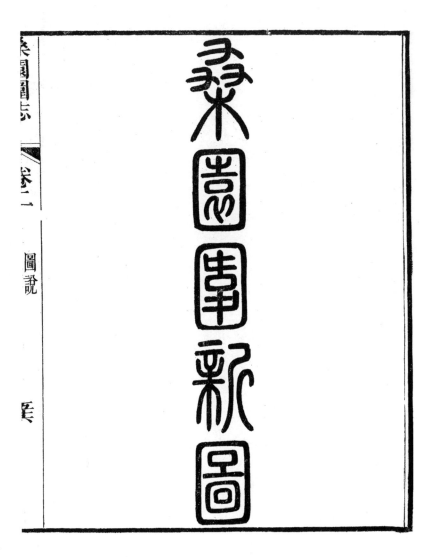

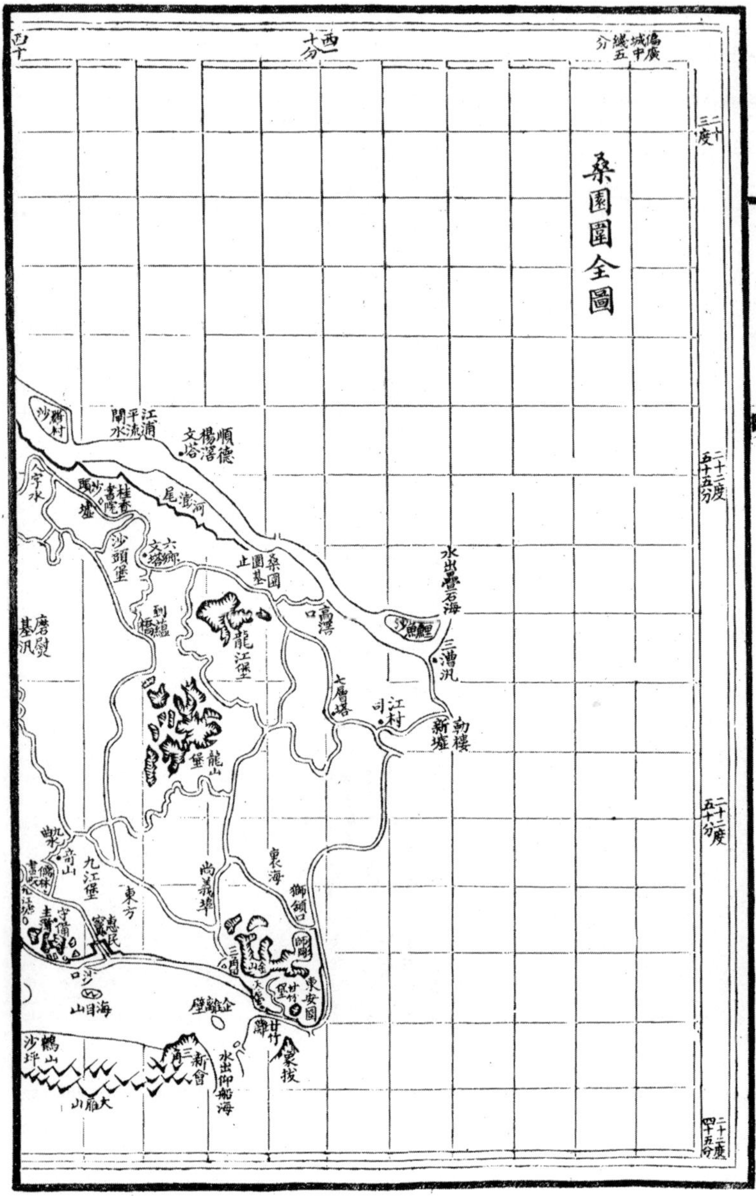
桑園圍全圖
西十分
二十三度
二十二度五十五分
二十二度五十分
二十二度四十五分
江浦平流閘水
順德楊滘文塔
桑園圍基止
沙頭堡
龍江堡
龍山堡
九江堡
高灣口
水出疊石海
三漕汛
七層塔
江村司
勒樓新墟
東海
尚義基
東方
獅頷口
東安圍
甘竹
大雁山

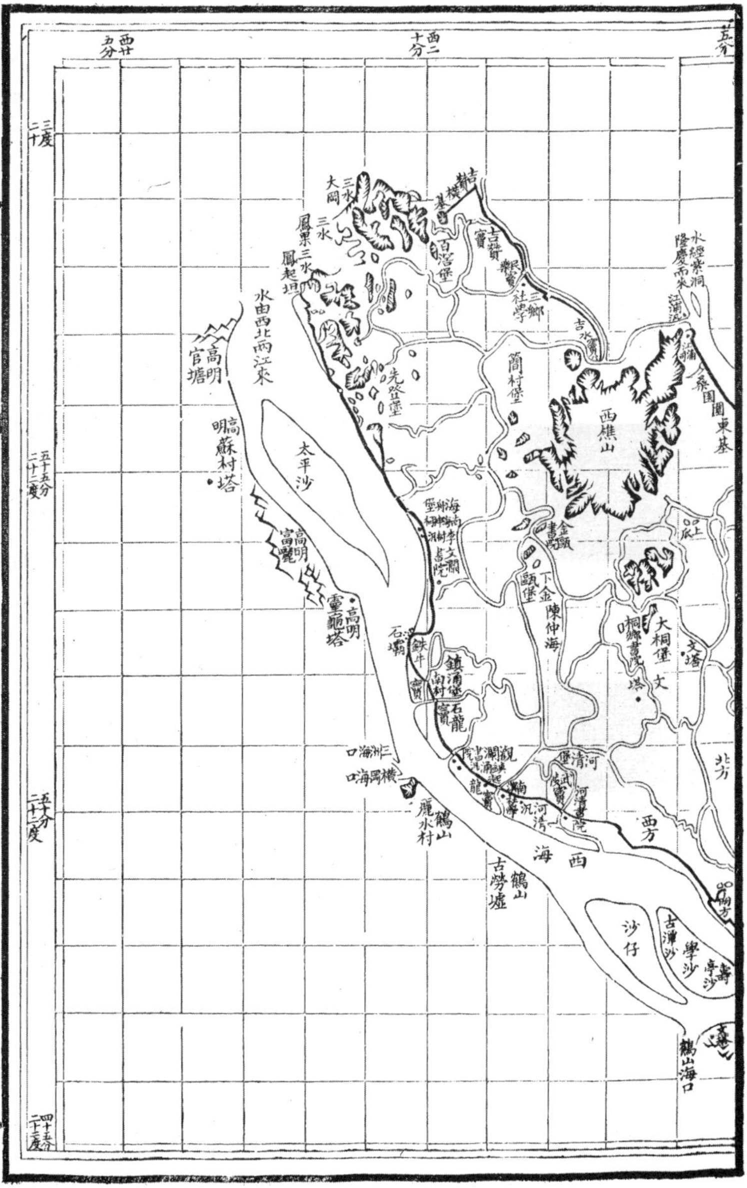
西二十分
二十三度
五十五分二十二度
五十分二十二度
四十五分二十二度
水由西北兩江來
高明官塘
高明蘇村塔
太平沙
高明靈龜塔
先登堡
百滘堡
三鄉
簡村堡
西樵山
桑園圍東基
金甌
下金甌堡
陳仲海
大桐堡
鎮涌堡
石龍
橫岡海口
鶴山麗水村
鶴山古勞墟
西海
沙仔
古潭沙
學沙
鶴山海口

夫作圖之法古有成規蓋必深明測量準望諸術然後成圖斯爲精妙丙寅重修邑乘承鄒特夫師命與同門羅君海田分繪闔邑輿地桑園圍一區余任其勞適圍中紳士明君立峯等領帑修基欲得全圍眞形梁君香林屬余董其事遂并親履順邑兩龍甘竹之地而圖成今爲斯圖以省城中爲中綫每方格爲經緯各一分每緯一分當地面三里三分里之一每經一分當地面三里十五分里之一有奇復於圖之旁繪爲闌綫每分析爲六十秒依率計里廣袤可知以雙綫爲基圍基中有圈爲竇穴單線者爲涌滘深闊者爲大河作狗牙爲山邊圍中村鄉廟宇橋樑道路備詳邑志因石性堅難以盡刻故删繁就簡焉若各堡則明備矣同治庚午仲秋

鄒璡跋

繪圖之法失傳久矣著書者未經歷其地摭拾故紙以訛傳訛而生其地者不曉摹描雖了然於心不了然於筆間有曉者不過用畫師寫山水法能翻空以取神不能徵實以求是以至東南互移位置顛倒常不免矣吾友鄒特夫徵君精專算學其圖繪依晉書裴秀傳分率準望等六法而益精之命其弟子鄒君景隆羅君海田手執指南分率尺水道則駕舟循其曲折陸路則行步記其方向足所到即目所到足有未到甯闕而不誣計步而知里視鍼所旋轉知迂曲袤直之數故分之界限瞭如合之布置無舛可謂惟妙惟肖者也吾桑園圍向有舊圖全失古法因請鄒羅二君再繪摹刻上石立於

河神廟中異曰滄海桑田或小有更變而此圖尚在其
故蹟可按索而得矣同治九年六月李徵霨記
按此圖係海神廟石刻縮本惟單綫爲圍隄雙綫爲
涌滘與石刻本異今不復重繪而明辨之仍附鄒跋
李記於後

桑園圍志卷二終

桑園圍志卷三

江源 附潦期潮信

浙江扞海潮擘要一書詳潮蹟而附以江源明所輕也粤東扞江漲海潮不足爲患故獨重江防三江皆匯於廣州而桑園圍獨當西北之衝爲兩江抱而入海之道源遠而勢大又常同時暴發交助爲虐佐以颶風驟雨飛揚震盪瞬息萬狀其抵禦較諸圍爲難其受禍亦比諸圍尤烈居人常懷警懼測候潦信每以飛電之高低決來源之遠近因知漲發之遲早於是募丁壯嚴巡邏備器械謀修守有備無患職是之由然則江源所自來固謹隄防者所宜講究也志江源

黄宗羲今水經表湞水亦名北江源出大庾嶺流經南雄

府城南又名保水始興縣在其東北杜安水西流來合之杜安水源出信豐縣深窖鐵子源至始興縣東北三十八里西流入於湞水湞水西南流淩江水來合之淩江水源出順都百丈山下流合昌水至南雄府城西流入於湞水又西合朔水朔水在始興縣東一百里源出贛州龍南縣界下流與清化水合湞水又逕韶州府仁化縣治南會湞水入之會湞水源出仁化鄉南流二百五十里入湞水又逕韶州府城東黎溪入之黎溪在韶州府城東九十里源出始興縣東坑嶺西流入湞水又南流合武水爲曲江源出郴州臨武岡宜章縣南入樂昌縣又南流至韶州府城東入於湞水下流至英德縣西一十五里兩山對峙夾水號湞陽峽又合翁溪翁溪源出翁源縣靈池山西南流二百四十里至英德縣入於湞水湞水逕廣州府湟水合焉湟水在廣州府連州城下東注陽山出洸口入於湞水至南海縣西入於西江

牂牁江一名烏泥江其源有二俱出程番府一自金筑司治

北爲麻線河至府城西境爲七曲江過盧山東經洪番方番至爲番司南爲大韋河一自上司馬橋治東北流經小程番盧番北境南流遶府城東過臥龍司西與大韋河合爲牂牁江遶臥龍司治南又爲遶翠江過羅番大龍司治北囘龍江南流來注之囘龍江在金石番司左折遶大龍司東入廣西泗城州經慶遠府境達遷江來賓縣南東流縈迴約千餘里入於右江

右江　源出貴州都勻府西南境會十二渡水過府城南爲都勻江經獨山州入廣西南丹州過慶遠府城北又東流至柳州府界福祿江北來注之福祿江源自湖廣靖州西南流入貴州黎平府西境爲古州江東流至永從縣東南流合爲福祿江又東合大崖江爲南江入廣西柳州界經融縣入柳江柳江又東至柳城縣西融水入之融水出柳州府北懷遠縣

至融縣東爲融水又名潭江下流與背江思同江玉華江丹江靈壽溪水合歷柳城縣西入柳江又東至柳州府南爲柳江抵柳州府城東南洛靑江東來注之洛靑江在雒容縣一百二十里源自桂林府流至縣界入柳江南流經來賓縣東牂牁江西來注之經象州至潯州府城北東流爲黔江經城東南爲潯江與左江合左鬱右潯二江合流至平南縣東南龔江亦名都泥江至平南縣北烏江在縣西入之白馬江在縣東入之龔江又東流過藤縣北爲藤江又東繡江入之繡江源出廣東高州府北流經容縣容江注之至藤縣東南爲繡江入於藤江藤江又東流至梧州府城西與灕江合流爲桂江東流至梧州府城南爲大江陸川從南來注之大江又東入廣東肇慶府西封川縣東安水從封川界南流來注之東安水在廣西梧州府城北四十里大江過德慶州南又東瀧水北流來

注之瀧水源出猺境經瀧水縣西南八十里北流入于大江大江經肇慶府城南又爲西江卽端溪又東新江北流來注之新江源出新興縣亂山經府城南六里名新江北流入于大江又東綏江南來注之綏江源出梧州府懷集縣懷溪水合馬寗花䕺西廟宿泊下朗佛燈甘洞桃花多羅瀛諸水自峽中曲繞而下漫流至廣東四會縣治南爲綏江入于大江大江又東至廣州府南海縣西爲西江北江入之南流又合東江入于南海

左江　上流卽盤江又名牂牁江源出烏撒蠻界過雲南霑益州有二源其一北流曰北盤江其一南流曰南盤江州據二江之閒北盤江自霑益州東北流入貴州普安州北境折而東南流經安南衛城東界至永寗州境與南盤江合南盤江自霑益州西南流白石江入之白石江在曲靖府城北八里經貴州普安州西南境南流遶雲南羅平州境之西下流瀟湘江入之瀟湘江源出馬龍州木容箐溪至曲靖府城南

（爲瀟湘江）又東流至貴州永甯州與北盤江合盤江經永甯州頂營長官司西四十里南流入廣西泗城歷山林峒由奉議州城北經州境爲左江東流過隆安武緣至南甯府城西五十里合江鎭與龍江合是爲大江又東西江水來注之（西江水在武緣縣西源出明山界經本縣南流入于大江）大江又東八尺江注之（八尺江源出廣東欽州界北流至南甯府城東南六十里爲八尺江入于鬱江）大江東流入橫州號爲鬱江下流清江武流江秋風江東班江來注之（清江在橫州東一十五里源出從化鄉入于槎江武流江在橫州東南五十里源出廣東靈山縣界至橫州入于槎江秋風江在永淳縣南一十里源出靈山縣界流入鬱江東班江在永淳縣東北五里源出賓州領方縣界流入鬱江）又東寶江來注之（寶江一名浮江在貴縣西二里水來自賓州界入鬱江）鬱江又東流至潯州府城南又名南江又東流與右江會

龍江　源出交趾廣源州合七源州水歷龍州城南爲龍江下思明明江入之（明江源出思明府城東南上思州南六十里十萬山流至上思州治西爲上思江至右萬寨與小江水合又流逕思明府治南爲明江又角硬水在思陵州治南源出州治南二十里角硬山北流至州治前洽劊水合之流入思明府界會于明江明江又北流一百八十里入龍州龍江）龍江入太平府界會崇善縣水至羅陽縣馱排江入之（馱排江源出太平府永康縣西流至羅陽縣入于龍江）至江州歸安水入之（歸安水來自上思州流經江州入于龍江）龍江至南甯府合江鎮入于大江

灕江　源出廣西桂林府海陽山流五里分爲二北爲湘水南爲灕水灕江至靈川縣東北銀江入之（銀江在靈川縣東北東流入于灕江）東南流至桂林府城南陽江入之（陽江源出靈川縣思磨山東流入于灕江）又南合相思江（相思江源出臥石山下唐長壽初築相思埭分水使東西流東流至桂林府城南五十里合灕江西流合白石水至永福縣入于灕江）灕江又南逕平

樂府城南又合荔水荔水源出柳州界歷修仁荔浦二縣入于灕江至梧州府城西入于廣江

按引書體例由遠及近言水道當以漢書地理志及水經注爲先今先黄書以其說較明暢使讀者易悉也後所引書主於條理分明故亦不拘時代先後

水經注斤江水出交阯龍編縣東北至鬱林領方縣東注於鬱地理志云逕臨塵縣至領方縣注於鬱

廣東通志鬱水出鬱林郡鬱水首受夜郎豚水東至四會入海過郡四行四千三十里漢書地理志泿水出武陵鐔城縣北界沅水谷南至鬱林潭中縣與鄰水合又東至蒼梧猛陵縣爲鬱溪又東至高要縣爲大水鬱水自鬱林之阿林縣東逕猛陵縣泿水於縣左合鬱溪亂流逕廣信縣鬱水又逕高

要縣又東至南海番禺縣西分爲二其一南入於海鬱水分泿南注其一又東過縣東南入於海泿水東別逕番禺其一水南入者鬱川分派逕四會入海也其一即川東別逕番禺城下漢書所謂浮牂牁下離津同會番禺蓋乘斯水而入于越也泿水又東逕懷化縣入于海其餘又東至龍川爲涅水屈北入員水泿水枝津衍註自番禺東歷增城縣又逕博羅縣西界龍川員水又東南一千五百里入南海東歷揭陽縣而注於海也

廣東輿圖綏江在城南一里一名滑水又名綏建水發源廣西流經廣甯縣東南至縣前江面空闊環遶而來十五里至陶冶山下分爲二派一派西南流出高要縣清岐鎮入西江一派東南流出南津口入北江

南海縣志北江爲湞武湟三水合流湞水源出大庾嶺過烏逕至南雄州治西南流一百五十里逕韶州府治東北與武水合漢元鼎五年討南越主爵都尉楊僕爲樓

船將軍出豫章下橫浦入湞水即此武水源出湖南柳州宜章縣廣莽山逕桂陽臨武縣至韶州樂昌縣西又名三瀧水東逕縣治南又八十里逕韶州府治西南與湞水合湟水源出柳州南黃岑山元鼎五年討南越衞尉路博德爲伏波將軍出桂陽下湟水是也湟水南至連州星子司紅巖山下東南流入名連州江合衆溪會朱岡水逕州治前過龍泉榜伽羊跳龍頭諸峽至陽山縣界合冠水東南流過連州諸灘又東過青蓮水口逕青蓮司前又逕雷豐鄉出黃家陂三峽東達韶州英德縣界與湞水合北江之名自此著矣北江西南流一百二十五里逕彈子磯又逕觀音巖又過湞陽峽又過大廟峽至廣州清遠縣界南逕稔岡又逕清水逕又逕火

崁墟又逕白廟又過清遠縣治南又西逕鼈頭塔又南至迴岐司南流一百一十里至三水縣上界牌山西北又西過鴨浦水東至龍坡山之陽又名蘆包水也蘆包水逕三水縣治北四十里東至鹹魚嘴會肄江之流肄江亦北江水也自鹹魚嘴南流達南海之靈洲官窯矣北江過蘆包口西南過南津水又西南過思賢滘西江自肇慶高要縣來會之三水縣志西江逵縣治前夏月四之一餘月十之一北江東逕五頂都北西經老鵶洲龍船沙者又名蒼江也東南至崑都山東至白塔岡逵三水縣治南者又名肄江也又東過西南潭又東南逕南海金利司靈洲蘆包水東北來合之南達石門之衝花縣橫潭水馬逕水合巴由水北來注之又從化縣流溪水東北來注之漢元鼎

六年冬討南越樓船將軍將精卒先陷尋陿破石門得樓船粟卽在此也昔呂嘉拒漢積石於江故名曰石門也自石門至沉香浦南流爲巨浸又南逕雙女山又西南過大通滘又東南過荔枝洲又過柳波涌東匯爲白鵝潭逕省治南會珠江入於海北逕老鴉洲外者東至南海黃鼎司小唐又東逕荔枝園又逕莊步自北江赴省治舊惟取道石門今則多行莊步西潭淤塞故也又南逕紫洞又東至王借岡今亦漸涸淺矣北江遶王借岡之陽東逕五斗口溶州堡又東逕魁岡堡又逕深村堡又逕平洲堡又逕季華堡又逕林岳堡北合大王滘東逕龜岡塔東趨省治會珠江入於海魁岡堡瀾石鄉季華堡三山鄉平洲堡平朗鄉隔江南岸毗順德界俱有支津入海北江遶王借岡之陰扶南梯

雲大歷西隆四堡水北來合之入沙口東逕佛山鎮東北逕疊滘堡又逕神安司又東逕大通堡又東北出大通港東南入白鵝潭與石門南下亘浸會也五斗口蠕岡堡西北有支津南下三山西淋山之門南與平洲江水合北江由小唐至紫洞西流者西逕龍慶又逕大沙又西南逕大岸南逕江浦司則西樵山之東也又南逕龍津堡又逕沙頭堡又南逕順德龍江堡會大澎河南下入於海

按北江南逕江浦司西流逕馬頭岡過官山墟折而北逕簡村堡又逕百滘堡又逕雲津堡至舊莊邊鄉出桑園圍境一趨丹竈鄉一趨沙基頭受蜆殼鳳果十餘圍之水

西江合雲南貴州廣西并交趾東北境諸水故其源遠

而流長其一源自貴州都勻府三腳屯東逕黎平府古州南逕廣西慶遠府又東逕柳州府又東至潯州府爲鬱水一名潯水今又名右江也其一源自雲南廣南府百愛東至廣西思恩府百色又東南逕土田州又東南逕南甯府又東至潯州府爲左江古名盤江會右江合鬱水也其一源自交趾廣源州爲麗江東北流至廣西太平府甯明州又東至南甯府與左江合也其一源自廣西桂林府南逕平樂府又東南至梧州府治西南與梧州大江合古爲灕水又名桂江今名府江也漢元鼎五年故歸義粤侯二人爲戈船下瀨將軍出零陵或下灕水或抵蒼梧即此灕水也使馳義侯因巴蜀罪人發夜郎兵下牂牁咸會番禺即梧州大江也水經注鬱水

卽夜郎豚水也豚水東北逕談稾縣東逕牂牁郡且蘭縣謂之牂牁水牂牁江中兩山名也又逕鬱林廣鬱縣爲鬱水鬱水又東逕猛陵縣浪水注之又東逕蒼梧廣信縣離水注之牂牁漢郡且蘭夜郎談稾其所領縣今雲南廣南卽故牂牁地貴州都勻卽牂牁之夜郎也鬱林亦漢郡廣鬱其所領縣今廣西之潯州柳州南甯及鬱林州卽其地蒼梧亦漢郡廣信猛陵其所領縣今廣西平樂梧州及廣東肇慶之境卽其地也廣信今梧州治也右江左江水至潯州合流東逕附郭桂平縣有斷藤峽焉明成化元年冬十一月都御史韓雍砍大藤峽破八寨猺在此也又東逕梧州藤縣容江西南來注之東漢建武十八年馬援拜伏波將軍破交趾斬徵貳謂

官屬曰當吾在浪泊西里間虜未滅之時下潦上霧毒氣重蒸仰視飛鳶跕跕墮水中指此江也又逕梧州治南府江北來會之又東至廣東肇慶封川縣過靈洲一名錦水賀江西北來會之賀江古封溪水也又東至德慶州逕錦石山漢文帝元年八月遣太中大夫陸賈使南越賈默禱山神比南越王趙佗稱臣奉貢賈以錦裹山爲謝後人因祠祀賈於山下稱曰錦石也或謂賈使南越時嘗設錦帳於此也又逕州治東端溪水自端山北來會之淥水自羅定南來會之又逕悅城程溪北來合之又逕大湘峽又逕小湘峽又東逕肇慶府治新州新江南來合之新江臨允牢水也新州今新興縣爲古臨允也水經注鬱水又東逕高要縣牢水注之是也高

要漢蒼梧所領縣今屬肇慶也又東北出高峽山高百丈江廣一里相傳山有羊化石因名羚羊峽亦曰靈羊也西江至此水受峽束勢益悍矣峽口之東江中有東洲沙宋天聖五年包拯知端州軍事秩滿而行擲硯於此也西江又東逕横查都古棼水北來合之又南逕豐樂圍又南至廣州三水縣思賢滘逕思賢滘東流者與北江會也西江又自三水界南逕横石嶺又逕大路峽又逕白泥又逕太平海又南至南海先登堡又南逕海舟堡又逕鎮涌堡又逕河清堡高要縣倉步水西來合之一名都合水又曰三洲水也又南逕九江堡鶴山縣坡山水來合之又注海目山出海目山之陽汪洋迤邐江面廣六七里又西南至新會縣豬頭山又南逕蓬萊

山又逕鼉州又西南逕北街口又西南至江門分爲二
水左逕石嘴至虎門入海右逕縣滘入於熊海熊海在
新會治南二十餘里熊子山下東通江西通靑膾洋南
阻厓山也水經鬱水又東至南海番禺縣分爲二其一
南入於海卽此也南海漢郡治番禺領番禺博羅中宿
龍川四會揭陽六縣今廣惠潮三府其地也廣州之南
海番禺順德香山三水新會漢番禺縣地也西江之源
中有牂牁山故昔人以名郡又以名水也西江之水豚
鬱爲大灘次之而發源牂牁匯流鬱林下合灘水故西
江或稱牂牁江或稱鬱水或稱灘水也逕縣西者爲西
江經流故於新會入海之地稱曰江門也地理志鬱水
首受夜郎水東至四會入海過四郡行四千三十里四

郡牂牁鬱林蒼梧南海四會南海屬縣也天下之水黃河岷江而外西江爲大矣水經又謂鬱水其一又過南海番禺縣東南入於海者西江注思賢滘東流至三水之蒼江與北江湞武湟合流過西南潭下南海靈洲出石門舊志謂靈洲山下鬱水逕焉是也今西南潭水口淤塞其一東流至紫洞別趨鼎安吉利龍津沙頭東南入海其一逕紫洞南趨王借岡東過石灣至黃鼎街下佛山汾水其一逕蟠岡南趨五斗口入海其一逕三家店倒流神安南注三山北匯珠江入海其逕九江堡海目山南流者一注甘竹灘一注仰船岡並可達順德香山入海也此皆西江支流也

大清一統志北港水在縣東南一百二十里自羅鬱江分大

江水繞范州都諸村南流至牛圍口入高明倉步水
倉步水一名滄江一名滄溪在縣南門外源出老香山
東南流二十餘里至合水村合雲宿水又東二十里至
更樓村受文儲歌樂諸溪又東十里至米埠受鹿崗西
北諸溪又五里至南岸受慕田小溪又十里至白鸛岡
受鹿崗東溪又東十里至清泰受楊梅大溪步洲小溪
又十里至牛圍口受范州水又十里至官渡頭受灃窖
水總名曰倉步水又五里至泥灣名泥窖水又五里至
三洲名三洲水又五里至龍攬灣名都合水又五里受
大查山水又數里至南海縣界入西江
肇慶府志古勞河即蘇海中與南海分界發源廣西合衆
流以入羚羊甫出峽豁然奔放一瀉數百里直達厓門

古勞坡山當上流之衝夏秋時見西北最遠處有大雷雹卽知某日潦漲其至也頃刻盈丈勢若黃河官斯土者督巡圍基不暇輟食或有潰決則内地之蠶桑稻禾塘魚屋宇傷殘無算旁有石螺山昔東坡過此因建亭曰坡亭村曰坡山後邑令黃大鵬勒蘇海二字於石故又曰蘇海

古勞小河一發源粉洞一發源狗頭岡一發源崑山一發源祿洞會於橋頭獨岡過大基頭與樓沖河合流出小口入大江

按自滇水已下諸水爲西北江上游合衆流以歸墟桑園圍適當其中其爲害固劇北港已下六水皆近注西江在桑園圍西與西江同時並漲亦能助西江

之虐爲患吾圍者也故並志之

粤東筆記西樵泉西樵三十二泉其出於大科中峯之南天峯之北東流兩厓之下瀉於雲谷者爲左天泉南自福老峯流於天峯之南瀉於雲谷者爲右天泉二泉最高西樵第一泉也雙流過仰眠峯飛瀉於噴玉巖下出於大坑又南則四峯之泉注洗研池出於厓子坑流於九龍洞出於西坑口至於大坑會噴玉泉而東入於江西則烟霞洞泉伏流洞口會於錦巖泉又會於鐵泉又會於龍泉流於石子嶺出瀉於樂堯莊爲左垂虹泉其雲端井泉二溢流於龜頭社瀉於樂堯莊爲右垂虹泉合流洞口出於羅漢巖達於黃岡而西入於江北則大科峯泉流於西竺會於寶鴨池西出會於飲馬泉南下

爲瀉錢泉歸於天湖其碧雲三泉一出清流館一出山
坳一出村邊盈積五六池瀉於觀翠巖北會於階梯泉
與貴峯大槽之泉歸於天湖流出於豬坑注無底井又
注於官山下而入於江南則雲路二泉流於村南出於
大嘴山下帽峯達於江村而南入於江
廣州府志三漕海在城北二十里黃連鄉左出南海之西
樵山至桂林與疊石海匯北經堡後出黃涌南經堡前
出江村自三漕下爲金鈎沙沙東有細陳村海通高陽
鷺洲白廟海環注堡西
魚塘海發源西樵東流入縣界經桂林都粘南疊石海
廣東輿圖仰船海在城西四十里發源南海九江出三㶏
沙西達新會直入香山海

方輿紀要龍江在城西北八十里卽西江水也流入縣界經龍穴山之陽又東入南海縣境會入於北江

廣東通志石頭海在縣西南七十里流逕甘竹堡西通香山

廣州府志河彭海在水藤發源西樵

甘竹灘在城西六十七里獅子嶺之前灘石奇聳聲如雷霆江水海潮相爲吞吐水經南海九江而東下過石壁卽激成灘貫堡東入勒樓夏潦尤盛語曰水長水下灘水消水上灘言潮自灘入後自灘出也舟每紆象山之陰避之謂之偷洋潛石壁北望海目南盡海門西挹大雁上與撟杆峽下與三瀝沙相應援賊不得由第七滘入勒樓不得越甘竹度九江不得度馬甯入横流灘

爲之也佱犂在其西
按西樵山泉爲三漕諸海所發源皆桑園圍内水也往時水道暢流西北二江隨漲隨消内水不能爲患近下游沙田增築日多紆曲殊甚外水既盤旋不退内水卽宣洩無期幸歌滘口獅頷口九江沙口官山海口廣闊深通水勢所趨倘無梗道故田禾猶得趕蒔桑株不致久淹衣食有資生計未促時議建閘堵截外水殊不知外水之沖激但捍以堅隄則修築易爲力而内水之潴蓄既奪其出路則疏瀹無所施也又諸書多從阮通志轉引今仍標原書使閲者不忘所自也

勞孝輿西江考西江固南交大瀆也岣嶁碑云南瀆衍亭

而西江與岷山之流異獨發源於牂牁匯流於厓門于
嶺以南別爲一瀆故又名牂牁江由滇阿迷羅雄逕廣
南泗城田州乃至以一江而盡納滇黔交桂諸水迅行
而東長幾萬里然粤之上游如匯如灘如橫浦皆湍急
崎嶇不通舟楫昔唐蒙上策取南越欲從夜郎浮船以
爲一奇固非計也自史祿通鑿靈渠兩伏波將軍始賴
之以下樓船江道之通流久矣江南趨海怒流而驕苦
爲羚羊峽所束咽喉隘小當夏潦淫漲水如萬馬奔騰
巖壑與驚濤相爲勁敵嘗登肇郡之東江亭俯視建瓴
水頭萬丈排山而下眞有滔天之勢濱海之縣魚鼈爲
鄰靡有定處迨穿峽而出又與北江合爲一大川北江
者湞水以上雄連諸水也水比西江源短而勢驟故西

江挾之而愈横三水四會其巨浸也肇之江患一而廣州倍之豐樂大圍爲數縣保障圍一敗而屬縣不復望秋矣聞之故老昔小而今大昔暫而今數考其故則昔之江廣而通今之流隘而淤也南海之九江爲江之孔道以入熊海鉅圍築焉而其上游則一由王借岡逕分水以趨珠江一由石門以抱會城此卽楊僕樓船先破石門得越船粟者是也今王借岡之沙口漸淺石門則沙淤水涸矣而九江以一水而受全江欲圍不崩得乎數年以來水患頻仍歲祲屢警當事者引爲已憂疏請增築基圍江流翕若而愚所私憂過計者竊以江水在天地閒猶人身之有血脈也血脈不通其病在腫不治必潰然治之固貴培補尤宜疏其下流而後血脈斯通

漸有生氣今江之上流圍基雖固而下流壅塞可望其安瀾乎廣屬若南三諸縣常受水患而香順諸處每受水益鹵田得清水而稻乃肥安享其利又利子母生沙橫江截海幾於變滄海而爲桑田下流旣塞水斯逆行矣說者以其坦田升科可增稅課可補民虛試思頻年蠲賑屢次增修耗國勤民得失孰多不待智者而知矣聞之利者害之萌此當事者所宜酌劑也生長茲土利害頗悉剝牀以膚最爲切近因考西江之源流而備詳之如此

陳澧牂牁江考牂牁江者今廣西紅水河首受南北兩盤江東南流曰都泥江曰潯江曰鬱江入廣東界曰西江至廣州府境分數支入海史記漢書西南夷傳並云南

粵食唐蒙蜀枸醬蒙問所從來曰道西北牂牁牂牁江廣數里出番禺城下（牁漢書作柯）此由今廣西紅水河順流至廣東番禺縣也又云發巴蜀卒治道自僰道指牂牁江按僰道為今四川宜賓縣地（漢書地理志越巂郡遂久下云繩水東至僰道入江繩水今金沙江也至宜賓縣入江）此治道由宜賓而南至貴州大定府西南境則北盤江也華陽國志云周之季世楚威王遣將軍莊蹻泝沅水且蘭以伐夜郎植牂牁繫船因名且蘭為牂柯國（史記正義引華陽國志與今本小異而與後漢書同）後漢書水經注略同（莊蹻後漢書作莊豪）按且蘭今貴州都勻縣沅水所出其縣南之水南入紅水河紅水河為牂牁江明矣漢書地理志無牂牁江之名益州郡毋棳縣下云橋水首受橋山東至中留入潭過郡西行三千一百二十里此即今

紅水河首受北盤江橋山今雲南霑益州西北境花山北盤江所出東至象州入柳江卽牂牁江也水經注云地理志曰橋水東至中留入潭又云領方縣又有橋水余診其川流更無殊津正是橋溫亂流故兼通稱作者咸言至中流入潭潭水又得鬱之兼稱而字當爲溫非橋水也蓋書字誤矣澧按酈以班志橋水入潭字爲溫字之誤又以班志言入潭爲郎入鬱由其以今紅水河爲鬱水以今南盤江爲溫水於是班志所云橋水入潭行三千餘里者無之誤辨見下文其引地理志領方縣橋水以爲更無殊津亦誤也地理志領方橋水字不作欤橋其水爲今廣西上思州明江與紅水河相去遠矣

牂牁江者其說不一其誤則自酈道元始酈云溫水自夜郎縣西北流逕談藁縣又西逕昆澤縣南又逕味縣又西逕滇池城池在縣西北此指今南盤江也酈氏以南盤江爲溫水非漢志溫水也漢志牂牁郡鐔封下云溫水東至廣鬱入鬱此今廣西西林縣同舍河也其源流甚短若以爲南盤江則源遠流長漢志不應不記里數矣又云鬱水卽夜郎豚水也東北流逕談藁縣東逕牂牁郡且蘭縣謂之牂牁水又逕

鬱林廣鬱縣爲鬱水如其言此豚水與所云温水同出一縣而豚水東北流今北盤江與盤江同出雲南霑益州而北盤江東北流則酈所謂豚水者今北盤江也酈以其下流爲牂柯水是所謂牂牁水亦指今紅水江未誤也而以豚水爲牂牁水上源以鬱水爲牂柯水下流乃大誤矣漢志牂柯郡夜郎下云豚水東至廣鬱鬱林郡廣鬱下云鬱水首受夜郎豚水東至四會入海按鬱水者今廣西西洋江下流曰鬱江也豚水者今西洋江所受泗城府水也夜郎今泗城府治淩雲縣廣鬱今百色廳百色廳以下之西洋江漢志鬱水也西林縣同舍河及縣東南至百色之西洋江漢志温水也西林縣爲漢鐔封縣同舍河逕西林東界淩雲西界故漢志温水屬鐔封水經則云夜郎温水各舉一縣耳又漢志俞元縣下云池在南橋水所出東至毋單入温行千九百里此今南盤江也池者今南盤江上源中延澤也南盤江與北盤江同出霑益州之花山爲漢

志之橋山漢志於毋棳橋水云首受橋山其俞元橋水上有池則但以池爲橋水所出其實橋水亦出橋山故毋棳俞元兩水皆名橋水矣南盤江不與同舍河通流志言俞元橋水入溫溫字誤也勝休縣下云河水東至毋棳入橋此今貴州興義縣馬別河及廣西西隆州北境之南盤江東至淩雲縣北境與北盤江合也俞元橋水爲南盤江與馬別河合志文當云入河蓋刊書者疑河爲黃河非益州之水所入而水經注云橋水上承俞元之南池至毋單縣注於溫遂據以改漢志耳廣西水道分左右二江鬱江爲左江紅水河爲右江酈以豚水爲牂柯水上源是移左江爲右江水上源也又以鬱水爲牂柯水下流是又移左江水爲右江水下流也其誤甚矣尋酈氏所以致誤者由據莊蹻泝沅伐夜郎而沅水出且蘭遂謂夜郎豚水逕且蘭縣不知莊蹻所伐者周季世之夜郎國也豚水所出者漢夜郎縣也史記漢書並云西南夷君長以什數夜郎最大莊蹻泝沅至且蘭乃南至夜郎國北境

耳若漢夜郎乃牂柯郡之一縣其縣固必在古夜郎國境内然豈必在其國之北境邪酈誤以莊蹻所至爲漢夜郎縣遂以漢夜郎縣之豚水爲牂柯水上源又以漢志言鬱水首受豚水遂以鬱水爲牂柯水下流其所以致誤者以此史記索隱云地理志夜郎又有豚水東至四會入海此牂柯江也即承酈注之誤也又今紅水河無分出之水而酈注云牂柯水又東南逕毋斂縣西毋斂水出焉又水經云存水出犍爲郁鄢縣東南至鬱林定周縣爲周水又東至潭中縣注於潭酈注云毋斂水首受牂柯水東注於存水此並誤也漢志牂牁郡毋斂下云剛水東至潭中入潭此今廣西融縣西北境背江也東至縣東境入柳江又鬱林郡定周下云水首受毋

斂東入潭此今廣西思恩縣龍江首受貴州荔波縣勞村江東入柳江酈所云毋斂水不知其指今肯江歟抑指今勞村江歟然二水皆非首受北盤江也漢志定周水不云至潭中其至潭中者剛水也水經合爲一亦誤又云牂牁水又東驩水出焉又云驩水源上承牂柯水東逕增食縣而下注朱涯水朱涯水又東北逕臨塵縣入領方縣注鬱水此又誤也漢志鬱林郡增食下云驩水首受牂牁東界入朱涯此今廣西歸順州水乃麗江之北源也鬱林郡臨塵下云朱涯水入領方此今龍州廳龍江乃麗江之南源也麗江與紅水江中隔鬱江不得云驩水上承牂柯水也漢志言驩水首受牂柯東界者謂此水源出牂柯郡東界地非謂首受牂柯水漢志無牂牁水之名也酈誤讀漢志

丌漢牂柯郡地可以水道約畧定之其故且蘭沅水爲今貴州都勻縣沅水其鐔封溫水爲今廣西西林縣同舍河其毋斂剛水爲今廣西融縣西北境肖江其夜郎豚水爲今廣西泗城府水又鬱林郡定周水首毋斂爲今廣西思恩縣龍江首受貴州荔波縣勞村江則毋斂爲今荔波縣地又益州都俞元縣橋水至毋單入溫爲入河之誤卽今南盤江至廣西西隆州與別河合則毋單爲今西隆州地並已見前文其鐔縣鐔水今貴州貴陽府北境烏江也志云鐔水入沅今烏江入沅之瀆已湮也其西隨麋水今雲南元江州河底江也其都夢壺水今雲南寶甯縣南境普梅河入越南國境曰宣化水也其句町文象水今廣西天保縣泓滸江也又有盧唯水來細水伐水今雲南土富州者卽河及廣西小鎮安廳下勞村那旺村諸水也其益州銅瀨縣迷水至談稾入溫爲今雲南寶甯州西洋江上源至廣西西林縣南境與同舍河合則談稾爲今西林縣南境地也是漢牂柯郡北至今貴州貴陽府境南至今越南國境西南至今雲南元江州西至今廣西泗城府境東北至今貴州都勻縣荔波縣廣西融縣西北境東南至今廣西天保縣此漢牂柯郡境也驩水爲今歸順州水州在天保縣西南故爲牂柯郡東界矣凡今所攷漢志水道及攷鄺注之誤詳見澧所注地理志水道圖說及水經注攷異二書鄺氏北朝人未諳南方水道故其書於今雲貴兩

廣諸水多不合近人攷牂牁江者又或以爲貴州烏江或以爲廣西柳江烏江則入江不至番禺柳江則距夔道太遠皆與史記漢書不合其誤易見不必辨矣

潦期

南海縣志江防略案河防分桃花汛伏汛秋汛防之秋汛安瀾而河決乃無虞若江防則清明後潦必發而未盛由立夏屆夏至其發至暴其決圍基亦至急過三伏則少衰矣北江潦期視西江爲强弱北潦先至西潦未來驟來即消苟北潦能過思賢滘以西則西潦終歲安堵若西潦先至未消北潦適來西潦尚能助北潦爲祟更或北潦方至西潦倏來滔天之勢朋比煽惑排山撼嶽所過莫當故講江防者不可不講潦期而期以西潦爲

準能防西潦北潦可統而賅之潦至值潮長其消輒遲兩三日

潦期預於前年十月自朔日始逐日黎明取水一瓶秤之日亭午再秤之以一日準一月黎明準月之初一至十四亭午準月之十五至三十如初三四水重則知明年三四月西潦到得早又黎明重於亭午則上半月潦水盛亭午重於黎明則下半月潦水盛即初一初二及初十以後其所準之月不值西潦期候但是日水重則明年所準之月雨水亦多若初九水重明年氣節復遲九月輒有盛潦較其錙銖恆多奇驗

歲清明節後穀雨節前遇小雨乍晴小蝦蟇當路族躍必有西潦至名曰頭江水魚苗隨之即至歷立夏小滿

節潦第隨至隨消於圍基無虞惟屆芒種夏至節潦最有力更值龍舟水（端午節雨）與磨刀水（關帝誕雨）雨助潦漲瞬息溢冒隄岸圍基潰決常在二節前後故俗有芒種朦根反夏至石頭流之諺謂潦勢急猛能拔樹衝石也小暑大暑立秋潦尚未已而決圍基則甚尠諺又曰清明晴西水不離墈故測潦期恆自清明節始

潦之至與氣候寒暄風雨電光相因立夏後天氣漸炎暑屆三伏而炎極然夜臥至五更乍寒徹曉三五夜如是必有盛潦又交立夏節歷小分龍（四月二十日）大分龍（五月二十日）有風雨驟起輒止名曰石湖風一名石尤每至在潮上時瞻西北雲起如蟾蜍脚瞬息卽至連至三日盛潦隨之漁人測潦當夜分西望電光卽預占魚苗來自

何江水到以何日如柳慶動越三旬兩旬西潦之來必候來賓水到後其勢乃弱來賓柳州屬縣水遠而至濁南甯則兩旬旬半餘各遲速有差或電光遠則知過阧不來大抵電光高則來速電光低則來遲電光歷夜多則潦長電光歷夜少則潦短在西北角閃者有柳州水到在西南角閃者有大江水到其到約歷二十日爲期然其部位微茫漁人終祕爲求衣食之具不盡告人諺曰西閃西江水北閃北江水南閃猛南風東閃日頭紅其大槩矣東閃若當水門位則西潦至較遲

西潦驟漲由數尺至一二丈有差來以一二日四五日而住五日以後必消其住以水流柴到爲候其消遇西風乃急

潮期

易緯乾鑿度月坎也水魄也水天地脉周流無息在上曰漢在下曰潮月陰精水爲天地信順氣而潮潮者水氣往來行險而不失其信者也

許慎說文江海之水朝生爲潮夕生爲汐

抱朴子天河從北極分爲兩條至於南極其一經南斗中過其一經東井中過兩河隨天轉輪入地而與地下水相得又與海水合三水相蕩而天轉排之故涌激而成潮天之兩河一日一夜各一入地故一旦一夕而有兩潮也一月之中天再東再西故潮再大再小也又夏時日居南宿陰消陽盛天高一萬五千里故夏潮大也冬時日居北宿陰盛陽消天卑一萬五千里故冬潮小也

春時日居東宿天高一萬五千里故春潮漸起也秋時日居西宿天卑一萬五千里故秋潮漸減也
又曰海濤噓吸隨水消長濤者據朝來也汐者據夕至也故月盛則潮大
趙自勔造化權輿潮者陰陽氣所激五月無潮陰氣微也八月最大則陰盛也
封演見聞記余少居淮海日夕觀潮大抵每日兩潮晝夜各一假如月出潮以平明二日三日漸晚至月半則月初早潮翻爲夜潮夜潮翻爲早潮矣如是漸轉至月半之早潮復爲夜潮月半之夜潮復爲早潮凡一月旋轉一帀周而復始雖月有大小魄有盈虧而潮常應之無毫釐之失月陰精也水陰氣也潛相感致體於盈縮也

沈存中筆談補盧肇論海潮以爲日出没所激而成此極
無理若因日出没當每日有常安得復有早晚乎考其
行節每至月正臨子午則潮生候之萬萬無差月正午
而生者爲潮則正子而生者爲汐正子而生者爲潮則
正午而生者爲汐

余靖海潮圖序古之言潮者多矣或言如槖籥翕張或言
如人氣呼吸或云海鰌出處皆無經據唐盧肇著潮賦
謂日入海而潮生月離海而潮大自謂極天人之論世
莫敢非嘗東至海山南至武山旦夕候潮之進退弦望
視潮之消息乃知盧氏之談出於胸臆蓋所謂不知而
作者也夫陽燧取火於日陰鑑取水於月從其類也潮
之漲退海非增減蓋月之所臨則水往從之日月右轉

而天左旋一日一周臨於四極故月臨卯酉則水漲乎東西月臨子午則潮平乎南北彼竭此盈往來不絕皆係於月不係於日何以知其然乎夫晝夜之運日東行一度月行十三度有奇故太陰西沒之期常緩於日三刻有奇潮之日緩其期率亦如是自朔至望常緩一夜潮自望至晦復緩一晝潮若因日之入海激而爲潮則何故緩不及期常三刻有奇乎肇又謂月去日遠其潮乃大合朔之際潮殆微絕此固不知潮之準也夫朔望前後月行差疾故晦前三日潮勢長朔後三日潮勢極大望亦如之非謂遠於日也月弦之際其行差遲故潮之來去亦合沓不盡非謂近於日也盈虛消息一之於月陰陽之所以分也夫春夏晝潮常大秋冬夜潮常大

蓋春爲陽中秋爲陰中猶月之有朔望也故潮之極漲常在春秋之中濤之極大常在朔望之後此又天地之常數也

廣州府志廣州潮以朔日長至初四而消以望日長至十八而消謂之水頭以初四消至十四以十八消至廿九三十謂之水尾春夏水頭盛於晝秋冬盛於夜春夏水頭大秋冬小故防倭者自清明前三日至大暑前一日謂之春汎春汎爲大以水頭故言大汎也自霜降前一日至小寒前一日謂之冬汎冬汎爲小以水尾故言小汎也潮朝潮也汐夕潮也統謂之潮與月相應余靖云月臨卯酉則水漲乎西東月臨子午則潮盛乎南北彼竭則此盈者是也然月順天右行積三十日一周天其

臨子午卯酉時有先後故潮因之亦有晝夜早暮之不同粤潮分五節朔至初三十六至十八潮夏辰冬午春秋巳汐夏戌冬子春秋亥此之謂平初四至初六十九至二十一潮夏巳冬未春秋午汐夏亥冬丑春秋子此之謂落初七至初九二十二至二十四潮夏寅冬辰春秋卯汐夏申冬戌春秋酉此之謂敗初十至十二二十五至二十七潮皆同上唯春則巳時汐皆同上唯春則亥時此之謂起十三至十五二十八至三十潮夏卯冬巳春秋辰汐夏酉冬亥春秋戌此之謂旺大抵潮於寅而汐於申兩辰而盈兩辰而縮朔後三日明生而潮壯望後三日魄見而汐湧仲春月落水生而汐微仲秋月明水生而潮壯陰陽消長不失其時故曰潮信若夏秋

之際朝潮水落夕汐乘之篤以颶風前後相蹴海水沸溢是曰沓潮此則潮之變也裏海較大海潮遲數刻乃逕迅紆迴之別俗傳初一十五水上日午初九二十三水大牛歸欄實是不爽

南海縣志初一日寅末長巳末消申末長亥末消　初二日卯初長午初消酉初長子初消　初三日卯末長午末消酉末長子末消　初四日辰正長未正消戌初長丑正消　初五日辰末長未末消戌末長丑末消　初六日巳初長申初消亥初長寅初消　初七日巳正長申正消亥正長寅正消　初八日巳末長申末消亥末長寅末消　初九日午初長酉初消子初長卯初消　初十日午正長酉正消子正長卯正消　十一日未初

長戌初消丑初長辰初消　十二日未正長戌正消丑未長辰未消　十三日申初長亥初消寅初長巳初消　十四日申正長亥正消　十五日寅正長巳正消　十六日至三十日亦如之大較以初二十六兩日繇子午時遞推歷三時而長長三時復消一潮一汐遞周於十二時之内而時刻不爽矣衡消長者三其時衡潮汐者六其時

順德縣志邑以海爲池潮汐出入一時穿貫都堡自香山新會而至通舟楫輸阡陌奏庶鮮食其功鉅矣候潮之法以太陰每日所躔天盤子午卯酉之位而定其消長月臨於午則爲長之極歷未及申酉則極消消極復長而至於子又以爲長之極自是至卯而消復至於午而

極盛此其大較也然月順天右行積三十日一周天其臨子午卯酉時有先後故潮因之亦有晝夜早暮之不同

番禺縣志沓潮者廣州去大海不遠二百里每年八月潮水最大秋中復多颶風當潮水未盡退之間颶風作而潮又至遂淹沒人廬舍蕩失禾稼沈溺舟船南中謂之沓潮或數十年一有之俗呼爲海翻爲漫天

桑園圍志卷三終

桑園圍志卷四

修築

漢書溝洫志載孝文時興東郡卒塞金隄孝武時令將軍以下負薪塞河此爲後世堵塞決口所自昉又載賈讓言治河以繕完故隄增卑培薄爲下策然攷之戴記月令季春天子命有司修利隄防此實歲修之權輿而賈讓之言未可執以論今日隄工也自神禹不世出而水患日以深非堵塞無以救敗於事後非歲修無以弭患於將來比較其功而歲修之保全爲尤大桑園圍爰自宋代逮及

國朝決溢不一工役繁興大抵乾隆以前殫力於堵塞道光以後多事乎歲修至今四十餘年子圍間有變動而

全隄屹然灑沈澹災民安作息前賢成蹟何可忘也志

修築

宋尚書左丞何公執中廣南路安撫使張公朝棟築桑園圍東西隄

宋徽宗時張公朝棟官廣南路初入粵微服訪民疾苦舟過鼎安値夏潦漲懷山蕩蕩萬頃無垠高邱上露天席地而棲者滿目皆是奏請築隄以全民命得旨遣尚書左丞何公執中與公審度形勢速行興築越二年隄成卽分別界址屬各堡各甲隨時葺理

按舊志謂故老所傳圍基高廣丈尺頗不足信據乾隆八年周尚迪碑基底二十二丈基面六丈又兩旁餘地三丈今舊跡已湮必一一追復徒滋騷擾惟就

見在基址如有卑薄隨加高厚枕近田畝禁耕者侵削而已又按宋初廣南東西路設安撫使肇慶一府廣韶循潮連梅南雄英賀新康南恩惠十四州屬東路高雷欽廉瓊化六府昌化萬安朱崖三軍屬西路今廣州乃東路轄境張公當爲廣南東路經畧安撫使也

廣南安撫使張公朝棟築吉贊橫基三百餘丈

旣築圍之三年上流大路峽決水勢建瓴下圍中無間堵仍淹浸張公乃相度地勢最狹處西自吉贊岡邊起東屬於晾罟墩築橫基與東西兩隄高闊相等留餘地俾異時修補於此取土

明洪武二十九年丙子九江陳處士博民塞倒流港

二十八年乙亥六月初九吉贊橫基破潦沖決各堡議堵築公謂夏潦歲至倒流港爲害最劇乃度其深廣伏闕上書旨下有司屬公董其役洪流激湍人力難施公取大船實以石沈於港口水勢漸殺遂由甘竹灘築隄越天河抵橫岡絡繹數十里經始於丙子秋訖丁丑夏告竣

永樂十三年乙未李村基決九堡助工修復

成化十八年壬寅夏四月河清基決各堡助工修復

二十一年乙巳海舟基決各堡論糧助築

宏治元年戊申海舟基決各堡助工修復

嘉靖十四年乙未夏五月大水決基

萬曆十四年丙戌西海基漫溢

二十五年丁酉大水西海基決
按此三年決口處所舊志軼其地名且不載修復工
程今不可攷矣
三十三年甲辰夏五月大水沙頭堡基決附近自行築復
按明史神宗本紀三十三年乙巳
四十年壬子九月九江生員朱泰請移築海舟堡基
海舟堡水割下墟坍陷幾盡文學朱泰等呈請制軍履
勘謂此隄逆障洪流爲河伯所必爭須退數十丈別創
一基方可免患通圍定議計百丈有奇各堡計畝助築
邑侯羅公萬爵委官督理數月基成萬曆四十七年舊
基潰
按九江鄉志朱泰作朱追無朱泰辨詳雜錄

崇禎十四年辛巳六月初三日大路峽決橫基東決一十七丈知南海縣朱公光熙諭各堡合力築復
時全圍淹沒朱公駕農舟行泥淖中躬親撫慰捐俸賑施傳各堡合力興築並當事助工修峽明年復捐修鎮涌堡南村隄及各竇穴民獲甯宇
國朝
康熙十七年戊午茅岡基決諭業戶自行築復
三十三年甲戌五月初八日西北江並溢橫基決五十丈八尺義士程儀先修復
時自三水已下連決一十九圍橫基險工迭出各堡聞鑼齊赴每甲艇一夫四各攜鍬鋤終不能救水退儀先謀築決口赴各堡科捐其有應科不繳者工八纏催儀

先變產業墊支工乃竣

四十年辛巳五月橫基潰通圍修復鵝埠石基決自行築

復

雍正五年丁未巡撫傅公泰加築海舟三了基

初總督孔公毓珣奏請基圍之務責成於官或動帑修

葺或督率培補撫院傅公以三了基最衝極險發帑采

石修築

乾隆八年癸亥橫基水溢凡三決口各堡築復李村海舟

林村基並決自行築復

初四月二十七日漲決南岸圍自南岸而下左右圍基

俱被沖決五月初一日決橫基初八日各堡里排齊集

鎮涌堡洪聖廟議堵塞每戶民米六石起至十石止出

夫四名竹籮四隻杉樁四條艇一隻其籮滿載泥土向
鈌口處所連樁豎下每艇又禾草五十觔連築四日壓
禦上流李村海舟林村各決口亦自行築復晚禾應時
而蒔歲則大熟

里民曾賢等稟請通修全圍巡撫王公國安委南海縣丞
會同江浦巡檢周尚迪督修

巡撫王公安國據里民曾賢等稟仰司移道委妥員辦
理具報十月初一日奉廣州府保爲基圍未固事據南
海縣申稱桑園圍吉贊橫基地居上游實屬通圍喉咽
關係匪輕培築實難稍緩里民曾賢等各堡請合力鳩
工按糧均築計圖久遠爲善後之舉第鄉村遼闊工力
浩繁誠恐人心未臻畫一若非專員彈壓督理更虞呼

應不靈荏苒觀望應聽道憲委員就近督理諭令圍民卽向旁坦取土趲工培築高厚再該圍自吉贊横基之下則有莊邊林村民樂市藻美鄉至吉水竇一帶基址均屬低薄亦應著令各業戶按照原管基界一體自行加築等情當卽派委南海縣丞會同江浦司巡檢前赴該圍基督修仍嚴飭巡檢胥役人等奉公守法不得藉端勒索分文及船夫飯食銀兩如敢陽奉陰違察出立卽參究隨於十月興工十一月報竣周公尚迪撰碑勒

洪聖廟

十年乙丑巡撫準公泰允十二戶李文盛等請築三了基

石壩不成

李文盛等以三了基夙稱險要請照豐樂圍之例於上

流添築石壩尋以領帑不足該基腳又沖刷過深勢難
填築諭將石塊堆護基腳而止
四十四年己亥五月西北江漲橫基漫溢三十丈有奇巡
撫李公質穎委候補典史蔡應芳江浦巡檢陶秉鑑督
紳士何鴻藎等修復
夏五月朔西北兩江漲發水勢湍悍連決十八圍越五
日三水波子角決水建瓴下橫基漫溢堵截維艱坍決
三口各堡里排集儒村佛子廟議堵築獲蒔晚稻緣倉
卒防衞工未堅實又基址低薄呈請就近委員督修在
南北田圳取土由近及遠無得抗阻復諭論糧均派每
兩條銀起科銅錢三百五十文以爲基費隨委署江浦
巡檢候補典史蔡應芳江浦巡檢陶秉鑑督總理何藎

鴻協理吳佩熙等十三人修復同時河清鄉基九江仁和里基皆決業主自行堵塞

四十九年甲辰五月水漲決烏婢潭基李村黎家祠前基自行築復

按庚辰余委員估勘工程冊内載自秋楓樹荒基至九江基界係甲辰舊決口舊志沿革門僅載烏婢潭及黎家祠兩段至河清基決則無明文是否同此甲辰未能臆斷故附志之

五十九年甲寅西潦大至李村隄決一百四十餘丈圳口大洛口仁和里等堋決二十餘處布政司陳公大文委九江主簿嵇會嘉江浦巡檢呂灤督監生李肇珠等修築

時翰林院編修溫公汝适暨南順兩邑士民以修復請謂是隄自前明至今四百餘年潰決無慮十數皆塞此決彼迄無成功欲圖久遠非通修不可布政陳公倡捐助工又諭同圍十四堡論糧起科得銀五萬兩委嵇呂兩佐貳督修而以李肇珠梁廷光余殿采關秀峰董其役先塞李村決口一百四十五丈通圍無論坍卸卑薄一律培補乙卯七月工竣

布政司陳公大文諭添築石磡

陳公沿隄履勘謂頂衝處所應需培石諭南順各堡復照原額續捐銀九千餘兩分別險要加築石磡以資鞏固

嘉慶十八年癸酉五月西江水漲稔岡横江基決三十一

丈自行築復
兩鄉舊無患基近海心生沙水勢激射至是沖決鄉人
謀塞決口業戶科捐不足稟請借帑二千兩助工所借
帑仍由該業戶分年帶徵歸款
二十二年丁丑五月西潦暴發十九日海舟三丫基決六
十二丈二十日水東溢反決橫基及沙頭龍江兩堡基
西潦初至九江河清兩鄉外基先決繼而內圍坍卸仁
和里永安門牛牯路迭出險工搶救獲完而海舟三丫
基以決告矣三丫基直受西江之水每歲修樋石多不
如法鄉人修補隄岸伐大樹數百株易銀給工歲久樹
根蠹朽潦至滲漏坍卸經各堡搶救不及遂決六十二
丈決口阻高坵水勢分流南出原仲祠前北出麥村天

妃廟復豬而爲湖皆深二丈有奇一晝夜間圍腹盈溢
吉贊橫基及沙頭龍江諸隄皆反潰向外而圍中泛濫
不少消人口田廬多遭傷斃
總督蔣公攸銛諭海舟鄉人先築月隄
圍決後兩院具奏委員撫䘏復責令該管十二戶先築
月隄俾蒔晚稻十二戶士民請借帑銀五千兩濟工奏
蒙
恩准十二戶分兩年帶徵
總督阮公元委同知陳公　督舉人羅思瑾等築三丫基
決口並通修各堡患基
九月議塞決口開局梁家祠照甲寅例以五成起科得
銀二萬七千餘兩三丫基前築月隄沙泥桑草互相攙

雜基址不牢因撥去浮料換以淨土跨南北湖規而內
繞以避決口舊隄所決六十二丈者增築一百八十二
丈隄成高二丈面闊丈有二尺趾則當南湖處十二丈
他處亦八九丈不等於是橫基及各堡曾經搶救者一
律修固二十三年二月土工竣六月石工竣
二十四年己卯前署歸善縣教諭何毓齡舉人潘澄江始
領歲修帑息擇險施工
兩院奏借帑銀八萬兩二十三年正月二十五日奉到
俞旨批准四月初一日發當商生息溫侍郎汝适公推前署
歸善教諭何毓齡舉人潘澄江爲總理二十四年領帑
息銀四千六百兩先由海舟天后廟興築土工次九江
興仁里口威靈廟圓所廟沙滘社築石壩各一道修吉

贊橫基三百一十八丈沙頭堡韋馱廟至橫塘基四十
四丈眞君廟前基一十五丈
二十五年庚辰南海刑部郎中伍紳元蘭刑部員外郎伍
紳元芝前工部郎中新會盧紳文錦捐助圍工總督阮
公元委卸南雄州知州余公保純勘估工程潮陽峽山
司巡檢顧金臺九江主簿李德潤督候選訓導何毓齡
舉人潘澄江通修全圍
三部郎捐助圍工經兩院奏奉
硃批依議旋委前南雄州知州余公保純相其險夷緩急之
宜裁定章程佐貳顧金臺李德潤駐工督率而以何毓
齡潘澄江董其役開山採石挽運連艅凡甃石爲牆者
一千六百四十丈壘石爲坡者二千三百二十丈激石

爲壩者四所加堆舊壩者一十二所土隄之無需石護者槪培厚增高二十四年九月興工二十五年四月工竣用銀七萬五千餘兩

築飛鵝岡坳基四十餘丈

勘估委員余公保純詳稱查飛鵝岡坳六十弓飛鵝翼低下二十餘丈係三水地方適當桑園圍上游頂極處所遇有西潦漫溢通圍受累今擬購買其地歸於通圍修築高基著附近之先登堡各村莊經管不得以通圍公業推諉誤事基成李卿伍等援吉贊基公修爲詞不肯收管控縣經督修委員顧金臺李德潤總理基務何毓齡潘澄江等會覆責令如詳經管

附覆稟敬稟者五月初七日接誦鈞諭著令卑職等會同首事將李卿伍云云飭卽會同首事將李鄉伍所稟情

節妥議稟覆等因奉此卑職等遵卽會同首事何毓齡等查看得桑園圍全隄分段管落歷辦章程責成該堡該鄉經理毋得推卸致有貽誤惟吉贊橫基當築建時從田面做起高一丈二三尺長三百一十餘丈昔人念其各姓田業枕近基旁歲修取土不無傷業議遇修葺免其派及仍責令潦漲時不時巡查倘有疏虞傳鑼通圍各堡防護碑誌可考今飛鵝山迤東一帶俱屬土岡其相連山坳過接處兩旁寬厚高亦一丈有零向無土基此次義助通修蒙委員余憲估價買受山坳地段培築著落附近之先登堡各村莊經管不得以通圍公業推諉誤事詳明列憲首事等卽將該段山坳照址買受在岡背上築建小隄除買價外共用去土工銀三十九兩零今李鄉伍等竊係義助銀兩公買公築混扯吉贊橫基公修爲詞不思現在大修吉贊基計用銀數千餘兩該基新築僅用銀三十餘兩工程形勢大相懸殊李鄉伍等乃以將來歲修有限之工又欲諉之通圍經管況各堡相離該山五六十里不等鞭長莫及事屬顯然而該堡鵝埠石鄉相離二三里餘鄉亦不過五六里責有難辭余憲識見明達洞悉情形著落附近村莊經管自屬至公至當似應遵照詳定章程飭令遵守毋得推卸以昭平允且與歷辦章程不敢混亂緣奉飭查理合會同據實查議稟覆是否有當聽候憲臺察核批示飭遵卑職顧金臺等首事何毓齡等謹稟

附地契立永遠斷賣秧地契人三水縣鳳起鄉周元泰

祖地一畝種子四升東柒丈一尺西柒丈捌尺伍寸南
柒丈柒寸北貳丈貳尺柒寸　周松岡祖地一畝種子
肆斗伍升東捌丈西捌丈貳尺南壹丈五尺北伍尺
周毓年地一畝種子捌斗東壹十叁丈壹尺西壹拾肆
丈伍尺南壹丈五尺北捌尺緣鄉南田地毗連南海縣
桑園圍該處有屋宅佛禿兩山相夾中連一土基計長
貳拾餘丈原趾單薄每遇三邑潦漲水勢從此泛入在
桑園圍爲項門要害內外稅畝皆是三邑輸供今值桑
園圍大修首事何毓齡潘澄江等聯合圍衆到請讓地
以期永固毓等桑梓情殷仰體上憲救災恤鄰之義情
願將前開地畝賣出培修稅屬零星難以過割不便另
設寄莊花戶連津貼永遠生息納糧及地價三坵共銀
柒拾伍圓重伍拾肆兩自賣之後聽買主挑築高厚遞
年每遇培修該基任從桑園圍衆在附近取土不得攔
阻間有三邑圍被沖決亦毋得將該基鋤毀洩水病鄰
糧差在生息銀代納永無過問倘有來歷不明係賣主
同中理明不干買者之事屬在土田犬牙相錯永敦世
好後無異言今欲有憑爰立賣契交執爲照

計開各四至列

周元泰祖地　東至墈下田毓成北至路
南至墈價銀壹拾捌圓

周松岡祖地　東至毓年　西至路　南至
祥大　北至路價銀貳拾叁圓

周毓年地　東至下墈　西至松岡祖　南

至巳　北至路價銀叁拾肆圓
至上手契年遠日久所有搜出日後視為
故帋
嘉慶貳拾伍年二月二十一日周文年瑞大周鯀年禧年鯤超
代筆　中人李鵬垣茂元

道光元年辛巳十月候選訓導何毓齡舉人潘澄江續修
三丫基禾义基石隄並請諭飭九江迅修外圍
呈稱毓等遵奉辦理捐建石隄一案於大工告竣時除
支外尚餘銀一千弍百餘兩續經稟明俟本年水退後
再加查看將所餘銀一律粘補趁此冬晴水涸之時并
召募石船挽運蠻石於三丫基賣布行華光廟下及禾
义基等處添補培築俾完七萬五千兩之數以清首尾
以慰慈懷是年九江外圍多有坍卸又呈稱外圍坍卸
之處應如何設法修復自應該鄉紳耆早日公舉首事

稟請督修乃恃有官工又欲推毓等接辦不思基圍舊章除吉贊橫基係公修其餘各堡基段遇有沖決坍卸責令該管基戶自行經理今九江外圍觀望遲疑妄有希冀轉瞬春潦漲發勢必累及內隄毓等奉辦基工不爲不久況事分兩起該管自理奚能變亂舊章伏乞嚴飭該堡紳耆責令外圍業戶迅速興修以免推卸貽誤

九年己丑西潦漫溢簡村堡西湖村基雲津堡藻尾鄉高田竇基仙萊岡基並決南海庠生伍公元薇捐助圍工西湖村兩決口南決二十六丈九尺深二丈四尺北決八丈五尺深一丈八尺藻尾村決五丈深五尺仙萊岡決三十一丈深四丈五尺伍公元薇捐銀二萬餘兩築復并通修東西患基又以上游蜆壳塘圍波子角決口

不塞則桑園圍卒受其害因捐貲修固十年四月工竣

十三年癸巳西潦陡漲田心三丫基決一百三十丈九江甘竹河清基並衝決橫流東駛反決雲津堡基共一百二十丈九尺簡村堡基十二丈龍津堡六鄉基九丈沙頭堡基共八十一丈龍江堡基共一百二十一丈二尺

總督盧公坤請帑修復

三丫基屬海舟堡十二戶初借帑銀築攔水基施工至再悉被衝刷弗成衆議照丁丑起科例減五成科捐得銀一萬三千五百餘兩又合十二戶所借前後共借帑銀四萬九千兩以武舉李應揚舉人何子彬董其役築復各決口及通修東西患基十四年三月工竣

十四年甲午五月西北江漲龍江堡河澎尾基決十餘處

糧道鄭公開禧檄基主築復

河澎尾處桑園圍下游五月崩缺潦水倒灌七月尚未動工在籍主事何文綺溫承悌等呈請督糧道鄭公檄行順德縣飭基主築復

甘竹堡牛山基陷順德縣生員吳文昭請改築裏圍添設水閘奉督糧道鄭公批行

順德縣甘竹堡紳士生員吳文昭等稟爲遵諭稟明事現奉本縣札開奉大人批據桑園圍紳士何文綺溫承悌等赴轅呈稱本年五月潦水坍卸甘竹左灘武營上灘頭基一段係右灘黃姓左灘西約業戶應築又坍卸武營下牛山基一段係左灘南約業戶應築聯懇飭築等情生等係南約人已經遵諭於九月初八興工修築

但查牛山基段基腳沖卸屢被西潦撼擊磡下成潭旋築旋卸不能鞏固生等相度地勢欲於南約涌內改築裏圍添設水閘此處浪靜波平左右有山夾護在水閘兩旁築至山麓不受波濤沖擊堵塞桑園圍下關實爲鞏固前於九月內經桑園圍紳士黄龍文曾銘勳等到境親勘輿情允協並無異議今於十二月初一興工約於來春正月底乃能竣工至海旁基段修葺平正以利行人若再培土加高恐上重下浮必致崩墜理合稟明并繪圖呈上伏乞憲恩俯准改築則羣黎咸沾福蔭矣

奉

督糧道鄭公批據呈牛山基一段已於九月興工修築具見知務惟基腳屢卸該生等欲於涌內改築裏圍設

立水閘是否與情允協足資鞏固仰順德縣親詣勘明
飭令妥協其海旁基一段應否毋庸培高一并查勘具
報毋違圖附　順德詳文後幅其略云奉此卑職遵於
道光十四年十二月十五日親詣該處傳集該生吳文
昭等查勘牛山基一段因基腳冲陷難期鞏固現據該
生等於涌内改築裏圍設立水閘洵足以資保護查詢
士民輿情允協當已諭飭查照改築至海旁基段均已
修築平正若再培高恐致上重下浮亦屬實在情形自
可無庸再築
二十四年甲辰五月西北江漲簡村堡吉水竇傍基決十
三丈五尺雲津堡林村基決口五共一百四十七丈舉
人馮日初等呈請修築

呈稱桑園圍本年被水沖決雲津林村基及簡村堡九
江堡沙頭堡龍江堡各決口亟需築復以防春潦而西
基一帶如三丫基禾义基大洛口及東基韋馱廟橫基
頭皆係頂衝險要處所坍卸陷裂患基甚多均須一律
加高培厚方足以臻鞏固而資捍衛十一月興工二十
五年四月工竣
二十九年己酉海風陡發西隄多傾陷候補教職何子彬
等呈請大修
彭委員世烜馮邑侯沅詳稱卑職等遵卽會同前往桑
園圍傳集紳士何子彬潘以翎等周歷查驗查勘得工
程最大之土名禾义基石隄一道長一百餘丈所有剝
落坍卸之處俱用新石砌築堅固另在基角壘築大石

壩一道長十四丈高二丈五尺面寬七丈以殺水勢又
相連之土名坭龍角石隄長九十餘丈亦用新石築復
完好基外築有子壩一道長八丈高二丈一尺五寸面
寬五丈兩處基腳一帶仍用碎石堆護高至基膊止工
程最爲結實又勘得天后廟前卽鶴嘴基土隄一道長
六十餘丈砌用新石舂築堅厚基腳亦均用碎石堆護
其餘九江堡沙頭堡河淸堡先登堡簡村堡雲津堡各
處或土工或石工俱已一律培厚加高修築完固委係
工堅料實足資捍衛

咸豐三年癸丑七月江水漲發東西隄多坍卸舉人潘斯
湖等呈請修築

呈稱本年七月內西北兩江潦勢異常自初五至十五

等日九江堡榆岸圍基沖決四十餘丈趙涌南頭圍基沖決兩處共二十餘丈龍津五鄉基沖決二十餘丈簡村堡基坍卸八十一丈飛鵝左右翼公基沖決三十九丈其餘坍卸漫溢指不勝屈非闔圍大修難期無患且各決口連日搶救共用工料銀六千餘兩民力倍艱惟有籲請憲恩查照成案親臨履勘轉詳大憲將桑園圍歲修本款息銀撥給俾得刻日興工旋經委員朱公甸霖會縣履勘詳覆撥銀一萬兩十一月興工四年春工竣

同治五年丙寅舉人陳鑑泉教諭潘以翎等築十堡橫檔基

南海續志基在沙頭滘邨子圍内係同治五年丙寅新

築以禦大涌之水者也緣甘竹口納西江水水繞九江沙頭大同三堡自龍江口出龍江納北江水水亦繞三堡自甘竹口出然西江大北江小小不敵大故北江西出者少西江東出者多不幸兩江同時俱漲會合於新慶中塘白飯溫郵四圍間勢劇危險且水決東圍從龍江趨下流其勢順水退極速決西圍倒灌滿十堡俟大涌乾下水仍由決口及斗門而去其退遲蓋西圍基段雖有九江大同沙頭之分圍内並無畛域任決一處各處均受其害但九江圍人居稠密地多墟市巡邏嚴密潰決甚稀大同圍内農人衆多搶救亦易惟沙頭溫郵圍民房多面圍而居不能增高培厚業主多圍外人耕戶又多客作設有搶救工料難籌又郵後卽西樵山脚地

面多魚塘地下多石底欲遷圍則圈築不固若崩潰則椿杉難施此無可奈之勢也然此圍一決大同蜆岡等鄉先受其害故向來危急時大同人先行搶救然後向十堡傳鑼已習爲故事咸豐間北江盛漲大同人知此圍斷難保固爲救目前計暫借圍內大坑鄉往來之路由鄉前直至北陂閘取土培築以横截之然大坑人屢有違言謂此我鄉孔道各堡因利乘便久假不歸將來日久相忘誤以爲我鄉基段責我保固我鄉受害更深其言極有理會辛酉年水盛漲大坑路亦有崩決之勢舉人陳鑑泉倡十堡往救屢築屢決先後費至千金事前均各堡計畝均攤無不允肯事後遷延怠緩總未清交而水患中於沙頭者今中於大同矣丙寅五年未將

熟水又盛漲大同書院先辦杉料發農人搶救而後通
傳十堡同助幸得保全忖思此乃急則治標終非長策
矧此路係借得來終非已物水退後大坑人惡其不便
行走鏟低削薄多開閘竇門亦非十堡所能禁也是年
十月舉人陳鑑泉在籍教諭潘以鋤等通傳十堡集大
同書院議按畝起科與沙頭堡買地傍大坑路側另築
一隄隄外挖爲涌以通來往起科不足繼以殷戶捐助
地方官亦捐廉以鼓舞之共費工料銀若干而隄成平
時由大同堡就近巡邏稍有坍卸先事防閑自此以後
西子基數千丈一律完固可高枕無憂矣
同治六年丁卯七月選用員外郎潘斯湖等以歲修久歇
隄多傾圮呈請通修

呈稱桑園圍基自咸豐三年發款興修後迄今十有餘載上年因基身泥頹石卸請發歲修息將各處患基修築完好等情呈奉兩院憲批行奉發歲修息銀二萬兩飭紳等領回分派通圍興修各基主業戶仍按派銀數科捐二成銀兩以助修費自上年十一月初十日稟報興工圍內居民踴躍從事至本年十月初十日各段土石工程一律完竣

按此係報竣呈初呈載在撥款門不贅錄

九月直隸候選同知明之綱等呈請續撥帑息專辦海舟鎮涌兩堡險工

呈稱前蒙撥給本圍歲修息銀二萬兩分極險次險先行修築惟是以二萬之資添修一萬四千餘丈歷十五

年未修之患基泥工石工雖分築修補而頂沖首險仍欠石工海舟十二戶舊廟基前海後湖深十餘丈頂衝壁立應多加大石外護基脚再用泥塡湖培厚基身共三百餘丈鎭涌堡禾乂基爲通圍首險橫支一角直拄海中從前所下護基石多已沖去計亦二百餘丈經彭委員履勘飭令具摺繪圖聲明兩段首險基工應再落石施泥稟明各憲代爲設法庶前功不至盡棄統計鉅工約需銀一萬兩伏乞援案續撥俾紳等速興要工旋委候補縣周公炳壽履勘詳奉續撥銀一萬兩八年十一月興工九年四月工竣

築沙頭堡北村外護基六百餘丈

北村内塘外涌礙難加高培厚舉人潘以翎岑鳳鳴陳

文瑞生員關俊英議於外坦增築護基逾年工竣

九年庚午冬舉人何文卓大修泥龍角

泥龍角在南村前爲桑園圍第一險工道光己酉何廣
文子彬等貼近圍隄築北邊大石壩一道後遇歲修必
添堆巒石是年七月十六夜有聲如雷大壩一夕傾圮
殆盡牽動基身坼裂數丈屆冬籌款修復僉謂舊壩橫
拄海中與水爭地宜堆石基腳隨水曲折作坡陀形以
殺水勢凡坼裂處所概舂灰牆而以何君文卓董其役

十二年癸酉隄石坍卸候選同知明之綱呈請歲修

呈稱同治七年先後給領息銀三萬兩通修患基去年
夏潦盛漲邑屬圍決十之五六而桑園圍藉此歲修先
事補築幸獲保全闔圍感戴憲恩已極優渥然以一萬

四千七百餘丈之堤東補西缺歲不一修卽多損壞如
同治九年鎮涌堡鐵牛石壩下未經修補之基段七月
被水沖陷牽及基身卸陷數十丈紳等以給領未久未
便以發棠之請過瀆慈懷因責成業戶自行修築不足
圍內各堡捐助共捐修銀伍千餘兩築復近年潦水灌
注其勢更甚沿隄泥傾石頹不可枚舉現值西潦初發
西基石堤多剝卸與其臨事搶救害大而工多孰若先
事預防費少而利溥紳等擬將石堤趕緊修補其餘泥
工卑薄處培厚增高陡削處添椿築土必俟秋後方能
興修統計泥石兩工約估需工料銀一萬餘兩似此巨
款欲再按堡科捐民力已竭卽稍緩須臾又慮基身險
要難期抵禦再四思維萬難籌策仰承大憲保民若赤

之心並念圍民左支右絀之苦不得已將各處患基應石應泥粘呈甫叩崇轅伏乞俯准查照成案撥給歲修本款息銀一萬兩另圍內業戸照向章加二成刻卽興修石工秋後再行興築泥工從此全隄鞏固億萬斯年永感

鴻慈於不朽矣經委員程公煊會縣履勘詳請發

帑十二年七月二十九日興工十三年八月初一日工竣

光緒三年丁丑西北江並漲隄多傾卸編修陳序球呈請歲修

呈稱自同治六年後疊蒙列憲恩施先後撥給本款歲修息銀四萬兩屢經水患該圍幸保無虞惟自元年以前兩遭颶風擊刷繼以今年夏閒西北兩江潦勢逾常

坭石傾卸危同累卵幸藉迭次歲修保全若不及早增修一遇潦發勢必不支忖該圍西基坭龍角基腳被水沖刷已成深潭最爲險要設法修築非萬金不能其餘東西基石塊傾陷土堤塌卸指不勝屈紳等審度形勢成潭處須用石填塞或築壩以殺水勢卑薄處培厚增高加舂灰基陡削處添樁壘石似此工程需二萬餘金方足蕆事迫得籲請憲恩俯念圍內糧命攸關查照從前成案詳請撥給歲修本款息銀二萬兩趁此冬晴水涸趕緊按段興修從此全圍鞏固咸享樂利之休永沐鴻慈於不朽矣經委員宋公邦倬會縣履勘詳請發帑

三年十一月初一日興工五年正月二十日工竣

五年己卯夏五月大路峽復決東基水溢編修陳序球呈

請歲修

呈稱去年西北江潦水大漲上游大路峽基決合兩江
之水建瓴而下本年兩江漲盛逾常大路圍復決水勢
滔天潰溢十餘圍汪洋巨浸桑園圍當下流入海之道
東西基均受沖激萬分危險東基一帶更屬頂衝拆陷
卸溢者指不勝屈茲闔圍集議大修計非三萬餘金未
能集事現向圍内殷戶勸捐且按田畝科派惟連年歉
收兩歲救險經費浩繁民力實恐不逮紳等仰體憲台
救饑拯溺之心不忍圍民左支右絀之苦籲請撥給歲
修本款息銀八千兩趁此近冬潦落定日興修則闔圍
百萬生靈皆受仁慈之賜矣經委員胡公鑑會縣履勘
詳請發帑五年十一月初三日興工六年四月初四日

工竣

六年庚辰夏潦盛漲東西基多傾卸漫溢編修陳序球呈

請大修

呈稱本年五月夏潦非常向所未見撼撥基面深則二
尺淺則尺餘至二千餘丈之多若坍卸裂漏各堡基段
皆有謹粘列呈幸居民極力救護費數千金轉危爲安
故鄰圍十決八九而桑園圍能獲保全皆近年迭次給
撥歲修築基所致查東西基多受沖刷倘不籌築明年
夏潦潰決可懼刻下籌防緊要未敢專靠請撥歲修本
款圍內紳耆合商擬照甲寅丁丑癸巳甲辰向章減數
每畝科銀一錢五分蒙南海順德縣令賞示核辦仍趕
緊陸續勸捐趁冬晴修築惟工愈鉅則費愈繁非四五

萬金不能集事只得粘列應修患基聯懇顲請憲恩援成案籌撥歲修息銀六千兩給紳等具領迅速修築以應要工經委員吳公景萱會縣履勘詳請發帑六年十一月初三日興工八年十一月工竣

十一年乙酉西北江並漲四品銜刑部主事馮栻宗呈請歲修

呈稱桑園圍跨南順兩邑隄長一萬四千餘丈賦稅二千餘頃東基捍北江之水西基捍西江之水海面寬三百丈至九百丈不等潦漲時勢極洶湧每遇隄決築復動費數萬金嘉慶二十二年前督憲阮撫憲陳

奏准在藩道二庫借銀捌萬兩發商生息歲得息銀玖千陸百兩以伍千兩歸還借本以肆千陸百兩爲桑園圍

歲修之資從此得有專款闔圍共戴
皇仁嘉慶二十四年盧伍二部郎義捐鉅款通圍大修因將
歲修暫停道光癸巳隄決圍紳援案稟蒙給銀叁萬餘
兩道光甲辰隄決除科捐外蒙給銀壹萬兩始能築復
然救災於旣決之後孰若防患於未決之先嗣是先事
豫防閱數年卽稟請發給修款歷蒙前憲軫念民依道
光已酉給銀壹萬兩咸豐癸丑給銀壹萬兩同治丁卯
給銀壹萬兩同治己巳給銀壹萬兩同治癸酉給銀壹
萬兩光緒丁丑給銀貳萬兩光緒已卯給銀捌千兩光
緒庚辰按畝科捐亦蒙給銀陸千餘兩各在案故自甲
辰以來迄今四十餘年桑園圍幸保無恙者歲修之力
本年五月江潦盛漲向所未覩各圍十決其八桑園圍

以頻年修葺雖獲保全然隄長水激卸裂滲漏殊多計
搶救已費數千金若不及今培修難冀鞏固但搶救時
所費不貲民力已極且本年農桑失利亦難計畝科捐
爲此聯懇憲台賜撥桑園圍歲修專款銀貳萬兩給圍
內紳士領回趕於冬晴修築庶江防有賴永慶安瀾闔
圍頂祝無旣旋奉
總督張公批據呈係水利所關仰東布政司立卽在於
歲修生息或籌備圍隄項內酌撥銀壹萬兩飭發興修
經委員伍公學純會縣履勘詳覆於十一月十八日興
工十二年正月土工竣惟頂衝陡深處所須石培護緣
是年決圍甚多需石者衆承辦者先其所亟力求展限
至十一月初十日始一律報竣

桑園圍志卷四終

桑園圍志卷五

搶救

猝遇險難厥有搶救存亡所繫間不容髮曩時人情醇厚急鄉鄰之難如身家之事而居者有犒謝來者自齎糧彼此一心誼甚盛也降及今日此風亦少替矣揆其情弊則南海縣志論之綦詳其言曰有基段專管業戶當盛潦之期椿麇竹笪畚鍤弗早備具設有不虞四方奔赴徒手林立如漑空釜而炊張空拳而戰雖有智者何能爲力其或工役視趨救鄰患爲虛文以冒領工錢爲實事未至決口中塗輒返更或多索傭値坐視其危亡甚且毀祠宇攫貲財假公濟私事所常有然則驅遣役夫非得明幹公愼之紳耆爲之堅明約束未易收效

也旨哉言乎當奉爲圭臬矣志搶救

順治四年丁亥五月大水六月初八日大風颶吉贊横基隳裂二十餘丈各堡傳鑼築復附近鄉村出椿犒以酒食

康熙十七年戊午六月二十七日渡滘馮德艮田頭基決六丈各堡齊赴將附近樹木磚杉救復馮德艮犒謝

三十一年壬申五月十九日大雷雨越八日葫蘆嶺裂火光滿天横基中段決三十九丈各堡會議用竹排乘泥繼用杉杻架井字加板施泥九月初九日築復

三十六年丁丑六月初三日潦漲初四日颶風連日決蜆壳菁草沙基上桑園等圍初六日横基水將溢面各堡傳鑼救復吉贊送酒米犒工各堡亦自賫糧食到基所

工作

乾隆四十四年己亥夏潦漲湧李村天后廟基傾卸各堡搶救獲完

五十九年甲寅大水九江搶救單竹坡隄

九江鄉志關遠光傳甲寅桑園圍單竹坡隄決居人鼓鉦籲救無一應者遠光躬持畚鍤率義民搶護歷一晝夜功幾集翼日李村基復決百四十餘丈遠光扼腕曰李村居鄉上游事至此天降割我鄉民乎非書生所能爲力矣

嘉慶二十三年戊寅五月連日潦漲麥村基坍卸十餘丈各堡齊赴搶救獲完

初麥村舊基囲塘成潭處所曾經估築十二戶紳士在

基外鑲闊裏面陡企處未免從略潦至雨多從內坍卸

道光九年己丑五月大水初三日橫基圯各堡搶救初五
日獲完

十七年丁酉七月大水初十日搶救太平基

十九年己亥五月大水二十六日搶救九江基

二十四年甲辰五月初三日搶救鵝埠石基初四日搶救
海舟基

咸豐三年癸丑七月大水初六日搶救岡頭鄉鍾贊鳴基
同日搶救鵝埠石基初九日又搶救林村吉贊吉水基
九江榆岸基

初五日鍾贊鳴基決一十一丈五尺卸九丈八尺基主
雖鳴鑼喊救而椿杉不備飯食不供又躲匿不出各堡

赴救者皆枵腹而立束手無策督救紳士乃赴基所責成基主監生鍾英等乃求各堡代賒工料飯食許以事後起科歸款於是鳩工庀材并力搶救自初六日至十一日圍築水基五十六丈一尺合而復潰者三竭六晝夜乃克蕆事沙頭大桐金甌三堡代支銀一千一百餘兩旋向討取則躲避不面希圖逋負經崔繼芬等控縣押追四年將欠項清繳鍾揚開乃省釋結案

九江鄉志明之綱傳西潦決桑園圍榆岸波濤洶湧勢如壞雲壓山搶救者拄以丈二長樁樁屢拔工人罷手曰不可爲矣紳民轟然散之綱多方籌策露立風雨中督之竭三晝夜力復完固

又朱鶴齡傳桑園圍決鳳朝里聞報奔赴督救寢食俱

廢露立風雨泥濘中殆兩晝夜隄復完
案救鳳朝里基九江鄉志失其年月附載於此
六年丙辰七月大水初一日搶救横基初六日復搶救横
基同日搶救太平基
十一年辛酉四月大水十九日搶救大同基二十日搶救
大稔基吉水基吉贊横基西湖村基林村基二十四日
復搶救林村基五月十三日復搶救大稔基又往救沙
頭基十四十五日搶救莊邊村基六月二十三日又連
日搶救林村基二十六日搶救河澎尾基
案是年水患基最劇搶救最多第就石龍村而論撥
夫助役有冊可稽已二百餘夫矣至於大鄉則勞費
更巨同患相救義無可貸卒之全圍鞏固歲則大熟

語云人和年豐不信然耶

同治三年甲子七月大水二十日搶救大同蒲前基

五年丙寅五月大水二十二日搶救九江堡大莘基二十

三日搶救白飯圍基

光緒二年丙子五月大水搶救九江基

三年丁丑五月大水二十七日搶救李村基六月初五日

搶救鵝埠石基

四年戊寅五月大水三水縣大路峽決十一日搶救民樂

市基十三日搶救仙萊岡基

大路峽踞圍之上游既崩決水越蜆壳等圍建瓴而下

東基適當其衝故民樂市上下各基溢面坼裂滲漏所

在而有仙萊岡基坍卸數十丈賴舊築灰墻阻遏水勢

堵塞得以施工圍衆分赴各段竭數日搶救之力始獲
無恙

五年己卯五月大水初六日大路峽復決初十日搶救林
村大社頭基十一日搶救橫基同日搶救藻美潘姓基
林村陳姓基簡村十二戶基龍津堡五鄉基

六年庚辰西北江並漲五月初六日搶救圳口基連日搶
救李村基鎮涌基

夏潦暴漲圳口基坼卸十餘丈連日李村鎮涌等處紛
紛告險九江子圍多潰牽動大隄幸去年東基一律修
固水至屹然不動圍衆得畢赴西基悉力搶救危而復
安

十一年乙酉西潦大至五月初八夜搶救石龍村基初九

日搶救海舟基麥村基越日又搶救鵝埠石及飛鵝翼
公基
是年水患比前更烈自四月下旬迄五月中旬始退廣
肇諸圍崩決者百二十九惟桑園圍巋然獨存然瀕於
危者屢矣海舟麥村猝然報警椿杉不具衆至洶洶倡
言毀坼祠屋搜取材木基主畏避不出俄而河清紳士
以椿至繼而大同紳士又以椿至迨及下椿而璜璣役
徒與九江役徒又鬨然互毆經文學潘君斯瀅舉人何
君如錯武舉陳君龍韜極力排解乃次第施工而鵝埠
石又告警矣同時大同之白飯圍九江之梅家塘觀音
廟皆傾卸氾濫紛紛搶救日役數千夫奔走十餘日費
資逾巨萬人心之驚惶衆力之勞瘁數十年來所僅見

也

桑園圍志卷五終

桑園圍志卷十六

蠲賑

圍堤既決厥有水災水災洊至爰謀拯濟蠲賑者拯濟之急計也沈愷曾東南水利備錄綏徵議賑諸疏似無關水利然當洪水降割之時憫居人蕩析之苦有湛恩汪濊之頒無流民轉掠之憂所以撫定災黎培養元氣非細故也桑園圍自搿築以來每遇偏災多蒙恩卹當時詔書章奏雖不盡傳舊志沿革門中已見涯略更攷之九江鄉志復得若干條特立蠲賑一門俾覽斯編者有以知

朝廷惠及災區至優極渥又以知散放之舉勞費百倍於歲修則未雨綢繆亟圖本計其收效不亘且逸歟志蠲

賑

明

成化二十一年乙巳夏大水海舟基決左布政使陳公選

賑之

時水淹數旬道殣相望公不待報發粟賑恤民情乃安

二十三年丙午詔免被災錢糧

九月左布政陳公選被逮道死乃奉免糧之命

宏治六年癸丑大水飢南海縣知縣張公烜臨賑

十一年戊午大飢詔免被災錢糧

嘉靖十四年乙未大水基決巡按御史戴公璟賑之奏蠲

民租

萬歷十四年丙戌西基漫溢總督吳公文華疏請減租

崇禎十四年辛巳大水基決南海縣知縣朱公光熙捐俸
賑之
國朝
康熙十七年戊子大水總督金公光祖巡撫金公儁奏奉
恩旨免被災錢糧三分之一
三十三年甲戌大水吉贊基潰總督布善公巡撫高公承
爵奏
聞詔免被災錢糧三分之一
四十年辛巳大水吉贊基潰總督阿世坦公巡撫彭公鵬
奏
聞詔免被災錢糧三分之一
四十三年甲申夏大水總督包克圖公巡撫石文成分委

員臨賑奏

聞詔免被災錢糧三分之一

雍正三年乙巳四月大水圍基多溢總督孔公毓珣巡撫

楊公文乾賑之

乾隆五十九年甲寅六月西潦大至圍決民房多塌總督

長麟公巡撫朱公珪奏

聞請先賞一月口糧奏

旨按例加兩倍給予修費緩徵本年錢糧旋奏

恩旨豁免

嘉慶二十二年五月大水海舟基決總督蔣公攸銛巡撫

陳公若霖委員賑之奏請緩徵本年錢糧奏

旨允准

道光九年己丑大水東基並決布政使阿勒清阿公督
道夏公修恕親臨撫邺
十三年癸巳大水田心基決總督盧公坤奏請緩徵民
銀米奉
旨允准
歲飢設廠平糶
時地方官勸捐買米議定章程分設米廠因地制宜
照其所減時價三分之一准折米領運回廠分賑貧
不復收繳糧價
光緒十一年乙酉西北江並漲廣肇兩府圍堤多決總
張公之洞巡撫倪公文蔚奏
聞

慈禧端祐康頤昭豫莊誠皇太后發給賑撫銀三萬兩

上諭張之洞倪文蔚李秉衡奏報廣東廣西被水詳細情

各一摺覽奏災民困苦流離極深憫惻業經該督撫等

款集捐分別賑濟稍慰廑系欽奉

慈禧端祐康頤昭豫莊誠皇太后懿旨發給廣東廣西銀各

萬兩卽由戶部撥放俾資賑撫欽此張之洞等務當仰

聖慈軫念災黎有加無已至意核實散給毋任稍涉弊混欽

照所議辦理欽此

按江漲方發桑園圍險工迭出均以搶救獲完

力耗損收成歉薄幸免重災義不冒賑廉讓之

存閭左欣逢

皇太后殊恩渥沛超越近古是不可不恭紀於編昭茲來

桑園圍志卷十六終

桑園圍志卷七

撥款

桑園圍之有歲修專款自嘉慶二十三年始領歲修帑息則自二十四年始嗣盧伍三部郎捐銀十萬兩改建石隄可無連歲崩決之患經兩院奏將此項息銀暫行停止仍聲明倘將來基有損壞再行核辦許別圍借動事竣徵還留貯司庫以爲桑園圍歲修本款道光十三年三丫基再遭崩決請領庫銀四萬餘兩自是遇有堵塞決口培護基身援案籲請皆蒙給發是以全隄鞏固甲辰迄今四十餘年無蕩析離居而民生滋殖未始非歲修之功然則歲修一項眞我桑園圍内南順兩縣數十萬家之命脈而前後官斯土者軫念民依封章入告

聖天子准予報銷凡所以出之波濤之中而登之衽席之上
者恩至渥謀至周也志撥款

雍正五年丁未巡撫傅公泰發帑築三丫基

乾隆十年乙丑巡撫準公泰發帑一千一百餘兩給里民

李文盛等添築三丫基石壩不成

李文盛等以三丫基夙稱險要前置椿石多被沖刷漸

入基底請照豐樂圍之例於上流添築石壩射水中流

約需工料八千餘兩除發帑一千一百四十兩議均派

通圍衆不可遂以不敷支應該基又沖刷過深勢難塡

築諭將石塊堆護基脚而止

嘉慶十八年癸酉巡撫韓公葑奏借帑銀二千兩塞稔岡

橫岡決口

二十二年丁丑總督阮公元奏借帑銀五千兩築海舟三

丫基

按癸酉丁丑兩次所借帑銀皆由該處業戶分年帶

徵歸款

二十三年戊寅總督阮公元巡撫陳公若霖奏奉

諭旨借撥庫銀八萬兩發商生息爲歲修專款

桑園圍歲修向無專款乾隆元年雖經總督鄂彌達公

奏將鹽羨銀兩借商生息以爲各屬官修圍基之用然

必俟非常衝損始行隨時奏辦旋又停止仍照向例一

概聽民自行防修往往力有不逮間歲培築不過於坍

卸處所填砌修補不能一律堅固至是阮文達公臨粵

因前督蔣公攸銛成議籌借藩庫銀四萬兩道庫銀四

萬兩共八萬兩發南順兩縣當商生息每月一分每年
得息銀九千六百兩以五千兩還本以四千六百兩爲
桑園圍歲修之費俟還本後以五千兩歸通省籌備隄
岸其四千六百兩永爲桑園圍歲修專款會同巡撫陳
公奏請蒙
恩旨允行
二十四年己卯候選訓導何毓齡舉人潘澄江領歲修銀
四千六百兩
歲修既有專款温侍郎汝适公推何司訓毓齡潘孝廉
澄江爲總理舉人明秉璋等又呈縣推舉乃給歲修首
事戳記設局海神廟歲十月總理親赴各基段會同該
處紳耆勘明工程分别險易次第孰歸公項修築孰歸

業戶培補具冊報縣覆核屬實出示曉諭飭遵趕緊興
工限西水未到以前報竣自庚辰以後停支帑息將鐵
記繳官首事亦不常置

道光十三年癸巳總督盧公坤籌撥息銀四萬九千八百
餘兩塞田心三丫基決口

疏稱該圍於上年六月內借領歲修生息銀一萬二千
兩除用去銀六千八百八十四兩八錢一分三釐因盛
漲停工仍將存銀五千一百一十五兩一錢一分七釐
繳還司庫嗣於十一月在歲修生息本款內動支銀七
千四百八十五兩又籌備隄岸項內支銀二千三百六
十兩米耗盈餘項下支銀一萬一百五十兩又本年正
月內因春汛郎屆據承修紳士再請續撥銀二萬兩以

應要工據司呈報亦在司庫米耗盈餘内如數動撥今於三月又借銀三千兩在生息本款内動支一千九百兩備修土墩水柵項内借支一千一百兩以上桑園圍先後共借領銀四萬九千八百八十四兩八錢八分三釐

按十二戶武舉李應揚等初領築水基銀四千八百餘兩照舊例應歸十二戶攤徵嗣奏准一萬六百十五兩歸通圍按糧帶徵十二戶意圖推諉與圍紳鄧觀察士憲等訟呈詞轇轕兹不具錄錄陳方伯詳文略見此事緣起再錄劉邑侯詳文以誌此事結案

署布政使司陳詳伏查桑園圍基既據該府飭縣查明久經分定段落歸各堡業戶分管遇有衝決損壞概係

經管基段業户興修如嘉慶十八年衝决該圍横岡基
段及二十二年三丫基被決均係該管基段業户按税
科修道光十三年該圍海舟堡十二户經管之三丫基
被決該武舉李應揚等請領過修費銀四千八百八十
四兩八錢八分三釐係該海舟堡十二户紳士李應揚
等借築其自己經管基段並非通修築復大堤之款事
與二十二年該基被決相同其沙頭雲津簡村等堡同
時借領銀二千兩當濟水陡至時原欲堵築東基因三
丫水基圍築復潰東基係在下游難以施工不能堵築
是以留爲冬晴大修撥歸通圍公用實與海舟堡十二
户借領銀兩搶築水基不同未便因李應揚等隨詳翻
控有搶築水基係顧通圍晚禾一語任聽推諉宕延所

有該武舉李應揚等借築三丫水基工費銀四千八百
八十四兩八錢八分三釐應如該縣府所議責令海舟
堡十二戸依限攤還歸款其餘銀五千七百三十兩壹
一錢一分七釐應歸通圍按糧攤徵海舟堡十二戸即
在通圍之内仍照一體勻攤至該圍攤徵借項各堡戸
名姓氏清冊及應造報銷細冊俟飭令造送到日另文
呈繳是否允協理合詳候憲臺察核批示飭遵
南海縣劉爲據情轉詳事案奉本府憲臺札開奉藩憲
轉奉巡撫東部院祁批據南海縣申詳議覆桑園圍李
應揚等借築水基銀兩應歸海舟堡十二戸攤還等由
奉批該縣所議是否公允仰布政司即日核明擬議詳
覆察奪餘已悉仍候督部堂批示繳又奉兩廣總督部

堂鄧批仰東布政司核議通詳察奪仍候撫部院批示
繳等因嗣據該武舉李應揚等以搶築水基係顧通圍
晚禾所用工費銀兩業蒙　奏准恩免餘欠一萬零六
百十五兩自應總歸於通圍攤還何文綺等將內挑出
搶築水基銀四千八百八十四兩八錢八分三釐檄令
伊十二戶自行賠繳李應揚等又稱沙頭雲津簡村等
堡會同時借領銀二千兩均能援　奏免還就款開銷
豈獨十二戶不准援　奏免還各等情控奉院憲批司
核議並據該武舉李應揚等隨詳控訴到司應即確核
妥議另詳合就札飭札府飭縣立即查明海舟堡十二
戶借築水基銀兩應如何攤還秉公妥議詳覆赴府以
憑覆核等因到縣奉此當經卑職於前署任內暨劉陞

縣飭據該圍紳士何文綺等議以海舟堡十二戶借築
水基銀四千八百八十四兩八錢八分三釐應照舊章
歸經管基主李應揚等十二戶自行攤還其沙頭等堡
請領銀二千兩已撥歸大修通圍公用與海舟堡十二
戶借築水基銀兩不同等情稟覆業經先後據情轉詳
并飭知李應揚等遵照在案茲據該桑園圍紳士在籍
主事何文綺溫承悌雲南候補道鄧士憲合浦教諭曾
釗候選教諭何子彬曾銘勳舉人冼文煥李鳴韶何淞
湘黃亨梁謙光余秩庸明倫馮日初潘漸逵潘以翎潘
夔生鍾澄修馮汝棠潘佐堯陳韶梁策書郭培蔡詔黎
國琛職員溫承鈞余際平等詞令抱呈何福赴縣呈稱
竊桑園圍十二戶武舉李應揚等前於道光十三年間

借領到帑項四千八百八十四兩八錢三分三釐搶築
三丫水基嗣因該武舉等將所領銀兩推攤還款以至
互控旋奉憲行飭令通圍紳士何文綺等公議處覆等
因經文綺等會議稟覆在案旋因道光十七年五月内
西潦大漲搶築無資集衆酌議勸令十二戶該武舉李
應揚等將未繳之項勉力交出搶築各基險處該武舉
等業已陸續交出搶築支銷清楚惟該武舉前領帑項
未繳只得據情聯叩伏乞俯賜轉詳將武舉等未繳四
千八百八十四兩八錢八分三釐之數歸入通圍攤收
等情幷據武舉李應揚等呈同前情各到縣據此卑職
覆查無異除催令該圍業戶將借領過修費銀兩遵照
分限措還另行解繳外理合據情詳候憲臺察核伏乞

照詳施行

按是年總督爲鄧公廷楨巡撫爲祁公𡎴廣府爲珠爾杭阿公南海縣爲劉公師陸

二十四年甲辰布政司傅公繩勛籌撥歲修息銀一萬兩塞吉水林村兩決口

詳稱本年該圍被決情形較重修費較多官捐之項既屬不敷民力又難科派懇准援照道光十三年成案稟明動支該圍歲修息銀一萬兩發紳士將通圍修築鞏固以資捍衞至本款現存銀三千八百九十六兩不敷動支查有籌備堤岸一項可以借動銀四千零四兩土墩水柵一項可以借動銀二千一百兩共足一萬兩俟己後收有歲修息銀按年照數歸補

按巡撫黃公恩彤疏舊志失載故節錄藩司詳文

二十九年己酉總督徐公廣縉巡撫葉公名琛籌撥歲修息銀一萬兩

奏稱本款息銀僅存三千一百三十二兩不敷撥給在籌備隄岸項內借足仍將桑園圍每年應得歲修銀四千六百兩按年儘數收還歸款

聯請歲修公呈

具呈桑園圍南順兩邑紳士候補教職舉人何子彬舉人潘以翎朱士琦明之綱洗文燠張應秋朱畹蘭梁謙光潘夔生余秩庸潘漸逵李徵霨張清嶶陳文瑞傅正常岑灼文李雲驅關鸞飛關鴻程貴時李文照程師儉梁作楫崔茂齡馮日初崔藻球崔維亮馮汝棠鍾澄修

朱堯勳朱文彬關仲瑒潘躍鯨余朝憲武舉李應揚吳
樂榮李芬陳廷獻陳堅副貢潘斯湖朱廷森歲貢郭傑
縣丞潘廷輝職員陳謨何榮芳李孟高生員馮汝柏程
翔萬關昌言梅許伯黎銘秋周鶴翥何玉梅陳華澤陳
治同潘縉儒潘廣居冼瑞元梁觀光關簡關俊英何文
卓何如鏡監生何濂何邦任陳鴻猷呈爲險基卸陷籲
請憲恩撥領歲修築復以拯糧命事竊照桑園一圍地
連南順兩邑隄長環繞九千餘丈適當西北兩江之衝
圍內烟戶百萬餘家貢賦千有餘頃全藉基圍以資捍
衛每遇潦漲兩江之水建瓴而下培護稍疏即成澤國
前於嘉慶二十二年蒙前憲軫念民力維艱奏奉
恩准借給帑本銀八萬兩發南順兩縣當商分領生息遞年

應得息銀九千六百兩以五千還本四千六百兩爲歲
修之用嘉慶二十四年蒙前憲給發歲修本款諭令冬
修惟經費有限不能一律施工隨據盧伍兩商捐銀十
萬兩爲全隄加培高厚並於頂沖險要基段改築石隄
雖洪流滿急鞏固無虞無奈水石沖激陡險異常不數
年間迭遭潰決圍内居民均形拮据所以道光十三年
蒙前憲給發歲修本款銀三萬九千餘兩二十四年又
蒙前憲給發歲修本款銀壹萬兩修築全隄均臻完固
夫以九千餘丈之隄東補西缺歲不一修即多損壞伏
查該圍西基沿海一帶本年因颶風擊刹於十月初旬
鎮涌堡禾义基石隄劈卸兩處共長十餘丈泥龍角石
塊傾陷者六十餘丈海舟堡天后廟前土隄塌卸四十

餘丈九江堡大洛口土隄蠶姑廟前石隄沙頭堡貞君廟前石隄俱多拆裂共約長八十餘丈九江河清兩堡分界基段單薄應培者七十餘丈其餘多有塌卸尚未悉數且各處隄身頗多壁立隄根日久刷成深潭均係頂沖險要之基自應分別用土用石砌築及塡潭築壩以殺水勢約估需工料銀一萬餘兩方可集事雖業戶遞年各自培護然皆補苴滲漏未能大修泥石堤石壩動用非少現値兩遇颶風晚禾收成更歉再勸以按糧科派民力維艱卽或勉强支持又慮工程草率明年潦漲抵禦綦難仰覩大憲保民若赤之心並念圍民左支右絀之苦籲請撥給歲修本款息銀一萬兩趁此冬晴水涸擇吉按段興修從此全隄鞏固闔圍咸享樂利之

休永戴鴻慈於不朽矣

具領修費并請出示彈壓呈

具禀承修桑園圍基首事舉人何子彬潘以齡爲請給修費以資工用事緣桑園圍基前被颶風塌卸土名禾乂等基土石各隄先經合圍紳士聯請撥給本款歲修息銀築復以資保障蒙恩詳奉各憲准給與修現議舉人等董理其事自忖識淺才疏工程未諳奈衆情所推舉義無可辭所有塌卸各基及全圍應行培修段落務宜核實估修總期工歸實用帑不虛支刻下正宜諏吉購料集夫修築一經興工在在需支只得備具領狀繳赴台墀請給修費以應要工并在工夫役良歹不一恐有怠惰偷安酗酒滋事或恃衆阻撓藉端爭鬧等弊仍

請發給告示曉諭嚴禁一俟興工有期另行呈報外理
合稟候　台前恩准施行
計粘領狀一紙
具領桑園圍紳士　今於
與領爲具領事依奉領到桑園圍歲修本款息銀　兩
修築圍基務期工堅料實中間不冒所領是實　年
月　日領

歲修稟報興工日期呈

具稟督修桑園圍首事候補教職舉人何子彬候選教
職舉人潘以翎爲報明興工日期仰祈詳鑒事竊紳等
桑園圍地連南順全隄保障糧命攸關去年八九月兩
遭颶風禾乂基及各處石隄土隄均有坍陷所以於去

年冬月内闔圍紳士業籲請歲修本款銀兩一律修築
幸蒙列憲恩准撥給在案今年正月初八日赴縣領銀
諏吉於正月十二日興工先由禾义基及各險處逐段
趕緊修竣以資捍衛務使工歸實用費不虛糜以無負
列憲軫念民依之至意除稟各憲外理合將興工日期
稟報台堦伏乞轉詳實爲德便爲此切赴　台前詳
察施行
歲修報竣呈
具稟督修桑園圍首事何子彬潘以翎爲報明修基工
竣日期仰祈詳鑒事緣桑園圍土名禾义等基上年八
九月内被風雨塌卸土石各隄先經闔圍紳士開列應
修段落稟蒙各憲撥給本圍歲修帑息銀一萬兩交舉

人等領回趕緊興修卽於圍内各堡基段周歷查勘除塌卸處所分别用土用石修復外尚有低薄之基俱皆一律培築高厚以資保障所領帑息修費銀一萬兩各基主業戶仍按段科捐二成銀兩以助修費計自本年正月十二日興工起圍内居民踴躍從事至閏四月二十三日各段土石工程俱皆一律完竣從此全隄鞏固永慶奠安皆荷仁恩所及也理合將工竣日期禀報恭候憲台察核

計粘結押一紙

具結董修紳士　　等今於

與結爲具結事依奉到結得紳等領到修築桑園圍工費銀　兩培築各基完固委係實支實用並無浮濫中

間不冒所結是實

年　月　日結　押

按報銷時尚有繳結圖呈載丁卯歲修後

又按道光癸巳甲辰兩次領帑息皆堵塞決口非尋

常歲修可比惟嘉慶己卯專事歲修是時帑息以五

千兩還本由商繳官其歲修息四千六百兩總理預

禀邑侯給發諭帖印簿赴省當收取具領報官事歸

簡易故無聯名呈請之詞自時厥後凡領帑息先期

會集紳士赴各基段勘明將患基情形陳請委員履

勘屬實然後批行甲辰迄今雖間有卸裂無復崩決

歲修之功偉矣己酉爲續領歲修之始故備載其呈

詞俾後人有所依據焉

先登堡舉人梁謙光等以上游險基請另撥修費布政司
李公璋煜飭委員卸羅定州彭公世煊會同南海縣張
公繼鄴勘詳不准
呈稱竊以鄉民首重乎農桑基圍全憑於鞏固緣桑園
一圍本年兩次颶風擊陷基隄未報原擬派捐修復無
如晚禾歉收無力捐築十一月内經舉人何子彬等呈
請督撫憲撥給歲修經費銀一萬兩當蒙委員查勘因
此時患基只列數段其餘各基遼遠未及遍舉地名不
能繪圖呈報經委員先抵鎮涌九江沙頭海舟四處基
隄巡視其餘先登堡之龍坑鳳巢鄧林横岡稔岡茅岡
圳口鷺埠石等處一帶上流頂沖基段未及履勘是以
呈報莫及竊思基段雖分浸灌則一偏隅有災累及全

圍本堡患基最險者龍坑圳口其次鄧林鳳巢横岡鷲埠石等處亦多單薄側立滲漏坍卸處所非用灰石舂築不足保固但工費浩繁計動數千金方能堅築若不趁此隆冬興築來歲西潦漲發難於抵禦下流堅築亦無所用先經呈蒙藩憲委員卸羅定州彭前往確勘只得聯懇憲恩伏乞迅賜轉詳請於本年撥給經費俾得修固免滋再患萬戶沾恩

委員會縣勘得先登堡自首至尾鷲埠石茅岡圳口横岡稔岡鄧林鳳巢龍坑共八段每段二百餘丈或數十丈不等内外草皮俱皆安貼並無被水沖刷因風掀動形迹惟各段基身均不高大而鄧林一段尤其單薄據各該段衿耆指稱因基工浮鬆每遇夏潦漲發由基底

滲漏之處不可勝數節年以來釘樁搶築方保無虞必須再行培厚加高以防潰決再龍坑一段老基之内另築子基一條有數年前缺口一個頂闊四丈五尺橫穿三丈五尺離老基較遠非切要之工應歸該業戶自行堵築

咸豐三年癸丑總督葉公名琛巡撫柏貴公籌撥歲修息銀一萬兩

疏稱本年該圍東基各段被潦水沖激及坼裂浮鬆飭經委員會縣勘明亟應修築准照道光十三年成案在該圍歲修生息款内籌撥一萬兩給紳士領回趕緊興工第本款現存銀二千三百三十八兩請在籌備隄岸内借動七千六百六十三兩湊足俟續收得桑園圍歲

修息銀歸補還款

同治六年丁卯總督瑞麟公巡撫蔣公益澧籌撥歲修息銀二萬兩八年己巳巡撫李公福泰續撥歲修息銀一萬兩

七年疏稱桑園圍自咸豐三年動支息銀興修迄今又歷十有餘年該圍水石沖激基隄半多傾圮委員會縣勘明實係刻不可緩之工并據查明工費較巨民力實有未逮經臣瑞麟與前降調撫臣蔣益澧援照咸豐三年成案飭司在於該圍歲修生息款內動撥二萬兩發該圍紳士具領趕緊興工八年南海知縣陳公善圻詳稱據桑園圍紳士明之綱等具呈桑園圍基上年奉給歲修息銀二萬兩經將圍內各基段一律修葺惟地方

逕關尚有海舟鎮涌兩堡之舊廟基等處前海後湖深至十餘丈項衝壁立爲通圍首險去年雖多撥銀兩但基段内外深險因兼顧各處患基未能專注石工請再撥給息銀一萬兩壘石培護俾通圍一律鞏固等情卑職伏查係實在情形委屬急不可緩之工理合據情申請俯賜籌給息銀一萬兩下縣俾得轉給該紳等興工

按八年疏舊志失載茲節錄陳邑侯詳文七年潘部郎呈與潘侍御疏互相發明故附錄於後

呈爲堤基專款虚懸歲修久歇聯請憲恩查案俯准本息撥還並給修費以捍水災以拯糧命事竊紳等桑園圍界連南順二縣中分東西兩基戸口數十萬丁稅賦二千餘頃受西北兩江項衝之患爲粤省糧命最大之

區每遇夏潦暴發一有缺陷不但本圍猝成巨浸而水道縣難宣洩鄰圍兼受其累爲害不可勝言嘉慶二十二年前督憲阮奏明在藩道兩庫借帑八萬兩發交南順兩縣當商按月一分生息每年得息銀九千六百兩以五千兩歸還帑本以四千六百兩爲桑園圍遞年修築專款嘉慶二十四年給領本款息銀四千六百兩是爲歲修之始列册報銷在案嗣因盧伍二商捐建石隄奏將歲修銀暫行停止仍舊生息繳存司庫無如水石沖激不數年間迭遭潰決迨道光十三年給發歲修本款息銀四萬九千八百八十四兩八錢八分三釐二十四年復發息銀一萬兩二十九年又發息銀一萬兩咸豐三年又發息銀一萬兩歷經修築完固當咸豐四年

基工報竣之日正値荷告警之時以後頻年團練救災不遑且此項當商承領帑本并歷年存庫息銀又以軍餉全行提用無由給領迨同治三年奉撥還本銀二萬七千七百餘兩發商生息四年復經御史潘斯濂奏奉
諭旨著將提用原撥帑本暨歷年存庫息銀查明已還未還設法歸款現計還款外尚欠撥回原帑本銀五萬二千餘兩又計提用前積存息銀除歷次給領外尚餘九萬一千七百餘兩均未蒙撥還紳等竊思桑園圍戶口最繁糧務尤大以一萬四千餘丈之基東補西缺歲或不修卽多傾圮況自咸豐三年領款興修後迄今十有五年泥頹石卸不可枚舉上年西圍鷺埠石及禾乂基一帶東圍林村一帶裂陷立卽搶救幸未崩決現在闔圍

集議均以本年水勢尚微已同累卵萬一來年漲發勢必不支欲爲未雨綢繆不得已將各處患基粘單匍叩崇轅伏乞查案將未還帑本銀五萬二千二百四十一兩二錢三分迅賜全還照舊發商生息惟歷年繳存司庫息銀九萬一千七百餘兩現當司庫支絀之時未敢望邀儘數賜還伏求憲恩在於繳存司庫息銀項下先撥銀二萬兩給紳等於本年冬晴水涸速興要工其餘照舊存庫備撥則患基無虞歲修有賴感荷全恩實無涯涘矣

丁卯繳結圖呈

具呈南順二縣桑園圍紳士在籍直隸候選同知進士明之綱等呈爲遵諭具結繪圖繳候核轉事竊紳等桑

圍圍基自咸豐三年發項修葺後迄今十有餘載前年
因基身泥頽石卸請發歲修息銀將各處所應修患基
修築完固以資捍衛先後呈奉列憲撥給歲修息銀二
萬兩飭發紳等領回按段分給興修統計共工料銀二
萬四千零三十四兩三錢零二釐除領銀二萬兩外餘
銀在於圍内各段業戸二成科修業經開列細數造冊
呈繳在案茲奉諭飭具結繪圖呈候彙繳等因祇得出
具切結繪圖註說呈送臺階伏乞早賜轉繳核銷實爲
公便

十二年癸酉總督瑞麟公巡撫張公兆棟籌撥歲修息銀

一萬兩

疏稱今該圍鎮涌堡海舟堡各處基段近被潦水灌注

泥石傾頹委員勘明係屬刻不可緩之工所估工料銀
一萬二千餘兩民力實有未逮據請動撥歲修銀兩自
應照案動支惟查本款息銀先已按季報撥及收入籌
備堤岸項內存儲當經仿照咸豐三年及同治九年動
撥成案在於籌備堤岸經費項內借支銀一萬兩發給
南海縣紳士領囘鳩工購料由縣督飭趕緊興工修築
其餘不敷銀兩卽由圍內殷實業戶捐足支用俟工竣
覈實驗收將動撥銀兩造冊報銷仍俟續收桑園圍歲
修息銀儘數歸補還款
光緒三年丁丑巡撫張公兆棟籌撥歲修息銀二萬兩
疏稱今該圍鎮涌等堡各處基段被潦水沖激成潭泥
石傾陷委員勘明係屬刻不可緩之工所估工料銀二

萬餘兩民力實有未逮據請撥給歲修銀兩自應照案
動支查本款息銀先已按季報撥及收入籌備堤岸項
內存儲並無息銀動支咸豐三年及同治九年暨十二
年各次動撥均係在籌備堤岸項下借支惟現在堤岸
項下存銀無多不敷借支而各處基段該紳等已於上
年十一月初一日興工經費急需支用查司庫米耗盈
餘一項尚堪借撥當經在於籌備堤岸米耗盈餘二款
各借支銀一萬兩共銀二萬兩發給該圍紳士領回由
縣督飭趕緊修築其餘不敷銀兩即由圍內殷實業戶
捐足支用俟工竣覈實驗收將動支銀兩造冊報銷仍
俟續收桑園圍歲修息銀儘數歸補還款
五年己卯巡撫裕寬公籌撥歲修息銀八千兩

疏稱今該圍東基仙萊岡等處基段並西基一帶被水
沖激坍裂卸陷委員勘明係屬刻不可緩之工惟需費
過鉅民力實有未逮據請撥給歲修銀兩自應照案動
支查本款息銀先已按季報撥及收入籌備堤岸項內
存儲現無息銀動支而各處基段該紳等已於本年十
一月初三日興工經費急需支應查司庫米耗盈餘一
項尚堪借撥當經仿照光緒三年動撥成案在於米耗
盈餘項內借支銀八千兩發給該圍紳士領回由縣督
飭趕緊修築其餘不敷銀兩即由圍内殷實業戶捐足
支用俟工竣覈實驗收將動撥銀兩造冊報銷仍俟續
收桑園圍歲修息銀儘數歸補還款

六年庚辰總督張公樹聲巡撫裕寬公籌撥歲修息銀六

千六十餘兩

疏稱所有梁元超等繳到擅支公款及用剩銀六千六十二兩六錢七分四釐既係各紳民樂捐毋庸發還自應提充公用查有南海屬桑園圍基費前因軍需提用本銀尚有五萬七千餘兩未經解還以致息銀短少不敷該圍修築之費現據紳士翰林院編修陳序球等呈請給發修費前來應請即將此案提充公用之款發交該紳等領回以充該圍修費

十一年乙酉總督張公之洞巡撫倪公文蔚籌撥歲修息銀一萬兩

疏稱今該圍海舟堡李村盤古廟等處基段被水沖激卸裂委員勘明係屬刻不可緩之工惟需費過鉅民力

實有未逮據請撥給歲修銀兩自應援案動支查本款息銀先已按季報撥及收入籌備堤岸項内存儲現無息銀動支而各處基段該紳等已於上年十一月十八日興工經費急需支應查司庫籌備堤岸一項尚堪撥給當經援案在於籌備堤岸項内撥給銀一萬兩發給該圍紳士領回由縣督飭趕緊修築其餘不敷銀兩即由圍内殷實業户捐足支用俟工竣覈實驗收將動撥銀兩造册報銷仍俟續收桑園圍歲修息銀儘數歸補還款

桑園圍志卷七終

桑園圍志卷八

起科

桑園圍向無公款遇有坍決多由基主修築然前明永樂時已有各堡助工之舉至成化乙巳海舟基決始有論糧助築之文遞

國朝康熙閒里民曾賢又請按糧均築其數多寡皆不可攷乾隆已亥修築横基定議每兩條銀起科制錢三百五十文是時風尚質樸徒役簡稽工勤而物賤故科費無多而大工克就迨甲寅之役因稅定額每條銀一兩起科七兩則幾幾於病民矣然額雖以糧定實由殷富捐貲充數不至累及貧戶於指定經費之中寓因時制宜之義法至良也厥後率以是爲權輿其數遞減乃所

收轉難蓋擁貲自私鮮同舟共濟之誼亦貧無措有舐糠及米之憂是以衆情觀望横議朋興當事者長慮卻顧不敢復言起科矣茲將歷屆數目具書於左使知起科所以助官帑之不足其事有萬不得已者起科出於圖戶今并附焉志起科

明

成化二十二年乙巳海舟基決各堡論糧助築

萬歷四十年辛酉生員朱泰移築海舟基各堡計畝助工

國朝康熙三十三年甲戌塞横基決口義士程儀先赴各堡科捐

乾隆八年癸亥通修圍基按糧均築

十年乙丑海舟十二戶李文盛等築三丫基石壩稟請照

例均修奉布政司牌行不准
李文盛等初援乾隆八年部咨內開圍民修築土石各
工自令其按田出資均勻公派毋致偏枯等因謂與先
年吉贊橫基崩決通圍協修相合乞飭行示諭通圍業
戶遵照部行定例按田公派協力公築委署水利縣丞
神安司巡檢沈元龍傳集里民公同妥議隨據里民簡
村先登百滘雲津各堡馮世盛等呈爲圍基久定成例
修理各有專司懇賜回覆以免派累又據李文盛等以
黠猾違例藐憲推諉工程稟控又據馮世盛等以利專
基諉叩乞押修稟控旋據縣府查覆藩司牌稱本署司
覆查南海縣屬三丫基既該府縣查明向係李文盛等
分管修築未便派之通圍致啟分爭應如該縣府所議

遵照舊例遞年歲收魚埠沙租抵補外如有不敷飭令該里民李文盛等各按該基內田畝均勻出資派築及時培築以專責成以垂永久其餘各基仍飭令各鄉里民照原定界址分管培築至該基腳沖刷水深據稱勢難築塡惟有培護基腳以保基身先准部咨行令支給銀兩領回堆護完竣現在咨取結詳咨銷合幷聲明是否允協理合詳覆憲臺察核示遵緣由奉批如詳轉飭遵照原定界址分管培築仍飭令李文盛等不得藉詞推諉致干查究幷將堆竣基腳作速委員勘驗造具册結詳銷幷候督部堂批示繳合就飭行爲此牌仰府官吏照依事理卽便轉飭遵照將原定界址分管培築仍飭李文盛等不得藉詞推諉致干查究並將堆竣基腳

作速委員勘驗造具册結詳送立等詳請題銷毋得遲
遲
四十四年己亥委署江浦巡檢蔡應芳江浦巡檢陶秉鑑
督修横基論通圍起科
是年論糧均派每條銀一兩科錢三百五十文
五十九年甲寅塞李村決口論糧科銀五萬四千四百餘
兩
原議條銀壹兩起科七兩續以加添石工各堡按照原
捐加二成起科
沙頭堡原捐土工銀六千五百二十兩
續捐石工銀一千三百零四兩
九江堡原捐土工銀五千五百兩

續捐石工銀一千一百兩

簡村堡原捐土工銀三千六百一十七兩九錢

續捐石工銀七百二十三兩六錢

先登堡原捐土工銀二千三百五十兩

續捐石工銀四百七十兩

金甌堡原捐土工銀二千三百三十二兩一錢三分

續捐石工銀四百六十五兩八錢八分九釐

海舟堡原捐土工銀二千三百兩

續捐石工銀四百六十兩

鎭涌堡原捐土工銀二千一百四十兩

續捐石工銀四百二十八兩

大桐堡原捐土工銀二千兩

續捐石工銀四百兩
河清堡原捐土工銀一千九百四十兩
續捐石工銀三百八十八兩
百濟堡原捐土工銀一千六百三十兩
續捐石工銀三百二十六兩
雲津堡原捐土工銀一千四百一十二兩
續捐石工銀二百八十二兩四錢
伏隆堡前後共捐銀一十一兩七錢二分
龍山堡原襄捐土工銀七千五百兩
續襄捐石工銀七百五十兩
龍江堡原襄捐土工銀六千兩
續襄捐石工銀六百兩

甘竹堡原派捐土工銀一千五百兩

續派捐石工銀七十二兩零六分五釐

按是年因稅畝定額應捐者無可推諉以殷捐足額赤貧者不至滋累南海堡分多捐十之七順德堡分少捐十之三通力合作衆擎易舉法莫良於此乃持異論者倡爲南圍南修之說直視同舟如胡越矣善乎前人之論曰其不同圍者不獨同邑不派卽同司亦不派其同圍者不獨異縣可派卽異府亦可派不當論縣之同不同當問圍崩之水浸不浸而已朱太守示據梁書辦稟剖析分明足破拘攣故錄之以爲自分畛域者告焉

廣州府正堂朱　爲曉諭事嘉慶元年五月初十日奉

欽命廣東等處承宣布政使司布政使加三級陳憲札內開
據吏南科書辦梁玉成稟爲敬陳管見仰冀鑒察事竊
辦于三月下班回籍遵諭馳往圍基總局察看辦理情
形因而捧讀大人批諭龍山紳士請免再捐石工銀兩
一案奉批桑園圍內石工是否毋庸順邑加捐仰府飭
縣傳訊當局首事秉公籌議具詳察奪等因書辦當同
董事李肇珠等會計全圍砌築石工前經委員逐段勘
估計需工費銀九千六百兩列摺繳報在案所需工費
先蒙大人暨本府本縣倡給銀四百兩本邑各紳擬請
在於原派三萬一千七百餘兩之數加二捐銀六千三
百四十兩嗣順邑汪令稟報以兩龍甘竹各鄉地居下
游休戚相同亦應照南邑事例一體捐銀三千兩復蒙

大人諭令圍內鹽商應照當押捐襄之例捐銀二千五百兩續又有簡村堡義士陳俞徵亦樂助石工銀三百六十兩照數收齊似屬有盈無絀今查江浦埠商止據認捐銀一千五百兩而龍山一鄉已據呈請免捐則龍江甘竹兩鄉必有效尤觀望照原估工程合計尚短銀一千兩加以局中用度總需一千四百餘金方可尅期蕆事本邑各堡殷富無多自前年被水之後各戶收成歉薄上年雖似有八分然氣體究未能復元其力能捐簽者前次業已盡力捐簽此次又復添辦石費以強弩之餘勢難再助倘或儘收儘支將就了局則各段工程必有偏重偏輕之不齊誠慮各堡退有後言殊不足以昭公當而服衆心昨經委員帶同董事來省備瀝情形

稟明本縣府轉達憲聽蒙飭順邑各堡減半捐銀一千四百兩行知速繳在案詎因龍山呈內有桑園圍原係南邑地方南圍南修各分段落向不派及鄰封之説以故挨延未即交繳書辦伏查南圍南修向不派及鄰封者此乃指歲修小費而言若大修在千兩以上則派之通圍歷年有案且此圍創自宋朝其時全圍俱隸南海前明景泰初年因黄蕭養滋事平靖之後始添建順德割兩龍甘竹三堡分隸江村馬甯二巡檢其餘各堡仍隸南海縣之江浦司迨

國朝乾隆五十一年又添設九江主簿析九江沙頭大桐河清鎮涌五堡分隸管轄餘堡仍隸江浦司雖先後有沿革建置然總屬桑園全圍之内其兩龍甘竹之未建

圍基者特以該地爲水道下游以故留爲宣洩然全賴上面之有圍基爲之捍衛伊等晏處圍內獲免歲修已屬厚幸是名分兩邑地實同圍伏思各堡之有圍基者如室家之有垣牆垣牆之內卽屬一家亦猶圍基之內誼同一室水患一至俱受淪淹更豈能區分秦越今圍內南邑各堡亦分隸九江江浦兩屬管轄腹裏無圍基經管之鄉村甚多遇有坍修又豈得藉名分隸區分畛域諉爲鄰封又府屬三兩縣同圍者如南海三水之艮鑿大艮白木灣大欖背四圍又豐樂圍則三水高要四會三邑同管誠以地土犬牙相錯然凡住居圍內者卽屬同圍遇有修建鉅工無不同力合作處處皆然是其以鄰封之說爲言殊未妥協第誼屬桑梓不便過爲剖

辯應聽在局首事以理婉陳得其照數添捐足以襄事自可毋庸他論矣再書辦復溯查此隄自前明洪武年間九江義士陳博民伏闕陳請通修以來計今四百餘載其間載在郡志報決者不一而足迨乾隆已亥甲辰甲寅僅止一十五載三次被決黎庶遭殃莫此爲甚揆厥由來前明大修之後卽以附近之隄歸之附隄各堡管理一堡之中分之各姓雖遞年議設歲修然基址有長短地勢有險易加以各堡貧富不一如在殷富之鄉値當平易之基歲中略爲培築尚屬無患其在貧苦之戸又値險要頂沖歷年竭力培補終屬無濟而告貸於衆又以各有經營不可破例畛域之見積久難移此隄之所以疊受其害者皆由於此若非前此甲寅被決仰

荷大人親往勘災軫念兩邑百萬生靈盡遭慘害目覩
全隄歷年已久壞爛實多且邇年下游淤積沙坦圍築
日多水道不宣遇潦倍加湧漲非建議通修其禍終屬
無底隨會順邑溫内翰催商并飭傳兩邑紳士妥定章
程共捐銀伍萬兩西岸自南邑鴉埠石起下至順邑甘
竹灘止東岸自南邑仙萊鄉起下至順邑龍江河澎尾
止俱一律塡築高厚均在兩邑所捐銀五萬兩開銷上
年七月大工告竣復蒙履勘諭令隄外再加石工方能
一勞永逸此誠數百年曠世之奇舉圍民得獲萬年之
樂利凡有血氣者莫不頂戴殊恩於生生世世矣迴思
此隄上自大人以至本府本縣無不欣捐清俸倡率外
而當押鹽商義士均各踴躍捐銀欲助卽派委在工之

委員首事俱能仰體憲懷妥協經理上下一心思艱圖易始得咸歌樂土可否仰懇憲恩飭令各紳知此番工程圖始維艱成功不易趁此未經撤局之先勤求善後之策未雨綢繆防蟻漏以固苞桑庶不負大人建議修築章程宵旰焦勞無一夫失所之至意耳至前蒙履勘面諭最險之禾乂基土工業於三月底塡築完固其次險之九江鬵姑廟沙頭韋馱廟海舟三丫基現在黏委員連日督同各首事按段培護石塊其再次險之吉贊莊邊先登石龍鎭涌河清等處尚俟各處銀兩齊全始能培護並請飭令廣州府速催各堡未完銀兩勒限速清十日內卽可全工告竣書辦住居圍內謹就見聞所及稟候鑒核施行連將各堡未完銀兩數目列單送閱

等情到司據此當批候行府飭催各堡未完銀兩迅速交局應工並籌善後事宜詳奪在案備札到府立將單開各堡未完銀兩專差頭役前往各堡按數飭催限三日内掃數交局以應鉅工併即出示曉諭各堡紳民赴局會同委員首事聯籌善後章程由該縣府核明擬議詳辦以為通圍遞年修築圍基公用務使長隄經久無患其圍内涌滘竇穴上年本司親臨履勘時聞有被潦淤塞至今未經疏濬者亦應飭令各紳民按照地頭疏濬寬深以資灌溉以利行人本司實有厚望焉等因奉此除分差前往各堡催繳未完銀兩交局支應外合就出示為此示諭各堡紳民一體遵照籌辦毋違特示

嘉慶二十二年丁丑塞海舟三丫基決口論糧科銀二萬

四千六百餘兩

九江堡應科銀三千三百兩

先登堡應科銀一千四百一十兩

海舟堡應科銀一千三百八十兩

鎮涌堡應科銀一千二百八十四兩

金甌堡應科銀一千三百九十九兩零一分

簡村堡應科銀二千一百七十兩零七錢五分

百滘堡應科銀九百七十八兩

雲津堡應科銀八百四十七兩二錢

河清堡應科銀一千一百六十四兩

大桐堡應科銀一千二百兩

沙頭堡應科銀三千九百一十二兩

伏隆堡應科銀五兩八錢六分

龍山堡應科銀四千一百二十五兩

龍江堡應科銀三千三百兩

甘竹堡應科銀七百八十六兩零三分二釐

江浦司前五鄉基分屬龍津堡前甲寅通修五鄉以工代費此次五鄉幸無患基且所科無幾故與伏隆堡尚未派及嗣後遇有工費仍一體科捐

按是年照乾隆甲寅原續派捐例定以五成起科惟鎮涌河淸九江沙頭大桐金甌龍山七堡一律完繳故實收之數僅二萬四千六百四十兩至己卯年續收各堡舊欠一千二百一十兩人情踴躍漸不如前首事催收致煩祈請茲將呈詞節錄於後

羅思瑾等稟稱至各堡派捐銀簿雖已樂從領回現聞
人心不一或以圍外零稅爲詞或以勸簽爲難或以按
條爲苦紛紜其說尚未定議瑾等思既有外稅可除則
當甲寅年派捐時自應除清今以五成起科係照原捐
額數折半科派何得藉以爲詞況此說一開各堡效尤
混指推延銀兩何以措辦非仰仗嚴諭必致誤事伏乞
諭令後開各堡首事不得以外稅推諉遵照原額或向
殷戶捐簽或責令糧長科派照數依限繳赴公所毋得
延誤幷懇牒移九江江浦李章兩父臺一體嚴催俾眾
無異議鉅工得以有濟
道光十三年癸巳塞田心三丫基決口論糧科銀一萬三
千五百餘兩

是年議照前丁丑例減五成起科各堡繳銀實數舊志不存

二十四年甲辰塞吉水林村決口論糧科銀一萬五百餘兩

此次論條銀加一五四二起科與經辦成例略爲變通

又議向築決口應該管基主酌出公費每支公項銀一百兩基主應墊二十兩以遵舊章

百滘堡起科銀四百三十一兩六錢

雲津堡起科銀二百七十八兩四錢七分六釐

伏隆堡起科銀四兩四錢八分五釐

簡村堡起科銀八百二十七兩八錢七分四釐

沙頭堡起科銀一千三百八十二兩九錢一分

龍江堡襄捐銀一千零六十九兩四錢九分
先登堡起科銀二百五十兩零三錢六分八釐
海舟堡起科銀五百九十四兩四錢二分
鎮涌堡起科銀三百九十一兩零七分八釐
河清堡起科銀五百一十二兩七錢六分三釐
九江堡起科銀二千五百三十八兩八錢六分八釐
甘竹堡襄捐銀四百零二兩零五分
大桐堡起科銀一千零零九兩一錢零八釐
金甌堡起科銀三百八十三兩二錢七分
龍山堡襄捐銀五百兩正
潘政忠決口招墊二成銀九兩九錢六分
馮聖德決口招墊二成銀二十八兩四錢五分

張佐仁程祐新決口招墊二成銀一千零四兩七錢四
分八釐
區大器決口招墊二成銀六十兩
簡村堡決口招墊二成銀一百八十兩
沙頭堡決口招墊二成銀七十九兩九錢六分
龍江堡決口招墊二成銀六十兩八錢四分
九江堡決口招墊二成銀二百八十七兩
甘竹堡決口招墊二成銀一十一兩七錢二分
太平沙民區遂全李和中等求免科外稅奉知南海縣張
公繼鄒批飭不准
正堂張　爲出示曉諭遵照事現據紳士馮日初何子
彬明倫潘漸逵洗文煥黃亨潘夔生何培蘭關景泰余

秩庸李應揚關昌言何玉梅潘斯湖何如鏡潘廣居何
文卓關瑞溶李升等稟稱紳等桑園圍前年甲辰大修
其論糧科派者均係查照乾隆甲寅嘉慶丁丑年例派
修册房圍志疊無更異不謂先登堡太平沙區國器李
大成李棟李大有四戶屢行逞刁抗派瞞瀆不休甚至
將河神碑私行劖註印呈作據不知原碑所載係續估
土工銀六十兩乃李暢然等竟劖註云此係外稅詳准
豁免憑空杜撰希圖瞞聽不知文義字迹兩兩不符檢
閱原碑難逃明鑑再查太平沙雖孤懸海外要之祖祠
墳墓均在圍中自應照派茲因圍志告成用敢聯懇飭
房將前後案卷核實查辦并差拘李暢然區遂全李和
中等到案嚴行訊究勒限清繳并懇給示勒石俾得刊

入志乘以符舊例而儆刁頑等情據此查桑園圍地兼
南順兩邑亘長百有餘里一有潰決全圍均受其害遇
有闔圍大修按糧派費自係一定章程事關大局豈容
刁湜諉卸據稟前情除批示并差飭李暢然等淸繳外
合行出示曉諭爲此示諭先登堡紳耆業戸人等知悉
爾等須知太平沙雖孤懸海外其祖祠墳墓均在圍中
嗣後遇有桑園圍大修工程均應一律按糧科派修費
倘有刁民飾詞抗派許該董事等指名稟報以憑拘究
該董事等亦應秉公查照舊章辦理各宜凜遵毋違特
示　道光二十七年八月日示
區遂全等再求免派稟稱爲既免復翻乞恩弔卷核明
照舊免派事竊蟻等住居太平沙孤懸海中與桑園圍

相隔大河所有基工向無關涉即乾隆甲寅歲嘉慶丁丑舊例派修亦無派及因嘉慶二十三年首事誤派業經李萬元等稟蒙閆前憲飭令總局羅思瑾舉人潘澄江等查明蟻等沙居委係孤懸海外並非貼連基腳稟覆免派勒碑存據嗣道光二十五年首事馮日初復請科派又經蟻等印碑繪圖稟蒙史前台以蟻等廬舍俱在海外恩准免派各在案殊馮日初不由舊章偏執祖祠之說反謂憲諭廟碑俱係私鑿杜撰瞞呈科派致奉諭知不思蟻等太平沙與桑園圍相隔大河居住二百餘年向無派及而蟻沙潦崩科築亦與伊桑園圍無干何得因蟻等僅有合族祖祠一間坐落圍內混呈科派且蟻等之外稅免派現有各憲諭可憑案存工典何爲

杜撰海神廟碑之確鑿亦有十四堡註腳可據文字相符何為私劖乃蟻等沙居既被屢淹又被混派實屬一皮兩剝迫得抄粘奔叩乞准弔卷核明照舊免派俾免滋訟奉

正堂張　批本案先據紳士馮日初等以太平沙雖在海外而爾等祠墓均在圍中稟請一律照派查基工本關大局且闔圍大修並非常有之事何得固執藐抗殊屬無知著即如數辦清毋再飾延干咎粘抄保狀附

闔圍紳士覆稱為遵諭查覆懇飭照派免紊向章事現奉鈞諭內開飭查太平外沙孤懸海外其廬墓究竟有無全在圍中從前歷次大修該沙曾否一律科派修費刻即查明稟覆核辦等因紳等公同查確遡該圍乾隆

甲寅年大修章程係在圍內各堡各戶糧稅派修無分內外稅畝應派免派之别誠以圍外之沙論徵輸則糧歸祖戶稽戶口則世在祖家按糧科派前人成式本屬公當此後嘉慶二十二年及道光十三年大修均照向章辦理迨道光二十四年該圍大修首事馮日初等查照向辦章程按圍內各堡各戶糧稅科派如九江堡之古潭沙壽亭沙裏肚沙沙頭堡之盧家等沙均係孤懸海外其糧稅仍編入圍內總戶照依一律起科並無異議乃太平沙業戶區成邦李暢然等吝出修費不顧先人盧墓欲亂數十年之成規遂以伊等先登堡區國器李大有李大成李棟李宗五戶糧稅自分太平沙外稅私將河神廟碑劖註外稅奉行詳免字樣混指爲免派

證據無論其有無外稅影卸隱匿卽各戶外沙稅畝多係伊等祖嘗之業且祖祠墳墓俱在圍中自應一律起科方昭公允而免效尤況本圍志載有云外稅可除則當甲寅年派捐時自應除淸今以五成起科係照原捐額數折半科派何得藉以爲詞等語是外稅之應派確有明文且李暢然等所繳河神廟碑模查與志載先登堡收支項下並無外稅奉行詳免數字顯係該沙人等意存私見知有碑可以剷註而不知有志不可混添卽核其剷註數字文理不符字跡亦異事之眞僞難逃洞鑒只得公同查覆幷繳圍志呈候察核懇飭李大有等各戶按糧科繳免亂向章闔圍頂祝奉

正堂張　批查閱現呈與與十八憑日初前禀相同桑園

圍歷次大修工費既按圍内各堡各戶糧稅科派並無外沙免派章程自係公論可知豈容爭執惟前經差飭清繳並出示曉諭乃李暢然及區成邦等仍以免派爲詞赴縣暨糧府憲紛紛呈控嘵瀆不休不知悔悟當即著令李區各姓房族衿耆妥爲剴切勸諭仍令照舊派捐各自安業毋使纏訟取累切切

按此案始於史邑侯時及張公履任方批結故以張爲主而史諭附之庶閱者知全案始末焉

南海縣正堂史　諭桑園圍首事馮日初明倫何子彬潘漸逵知悉現據區遂全等呈稱緣上年潦水決桑園圍基蒙仁臺勘明捐修並諭各紳士在圍内稅畝按條起科通圍修築仰見仁臺軫念民生至意惟蟻等十甲

區國器戸住居太平沙界連三縣孤懸海中與桑園圍基相隔一大河戸内共條銀三十四兩三錢一分九釐内圍内田稅條銀二十三兩六錢二分二釐業經遵照科收其圍外海中沙稅條銀一十兩零六錢九分七釐經乾隆甲寅年及嘉慶二十三年起科修築圍基均蒙各前臺諭飭免派太平沙外稅各在案卷存可查況蟻等居住沙頭潦水當冲連年坍卸虛糧賠納屋宇倒塌苦不勝言茲各紳士不照向例連蟻等外稅起科貽累奚堪勢得抄粘免派諭帖匍叩台階伏乞諭飭總理紳士及先登堡紳士梁懷文等查照向例免派並懇分諭冊房工典房糧房查照嗣後遇有修築桑園圍基太平沙外稅毋庸派及等情又據李和中等呈稱竊圍基崩

缺攤派銀兩修築係派圍內與及貼連大河之田地非
派圍外相隔大河之沙坦不獨官存案卷各廟亦有豎
碑歷久章程並無更改蟻等李大成李棟兩戶稅業俱
係坐落太平沙居多雖有實徵條銀五十餘兩除外海
沙坦條銀四十餘兩實圍內田地條銀一十餘兩今年
攤派之例加一五四二起科實應科銀三十餘兩其應
科之銀曾經大局總理馮日初等當面訂明准作蟻等
領回修基外尚發給銀四十一兩三錢六分五釐立單
可據是蟻等圍內田地捐派已足而外海沙坦亦已免
派遵照而行奚有異議不料復有江浦司諭帖來蟻族
內且不分別外稅免派字樣混沌催繳蟻等赴局查問
着令蟻等稟明仁憲只得抄粘舊案并繳清單具稟憲

階伏乞飭局分別淸楚應免則免應支則支等情除各
批揭示外合就諭遵諭到該首事卽便查照區遂全及
李和中等各呈內事理太平沙如果坐落桑園圍外向
無派科修基工費卽照依向章辦理仍稟覆備案毋違
特諭　道光二十五年三月十四日諭
正堂史　諭桑園圍董事舉人馮日初等知悉現據耆
民李勝觀等呈稱蟻等住太平沙環圍大海並非貼連
大基外明是孤懸海中凡有廬稅坐落沙中向無基工
派累卽嘉慶二十二年首事誤以稅同李大有戸幷執
票有不分內外爲詞混派蟻等沙條三十四兩二錢零
四釐迫蟻族老李萬元等繪圖稟前閆縣批賫總局羅
思瑾等公覆奉諭外稅係指貼連大基而言非指相隔

大河而論其太平沙毋庸派及案存工典房可查碑載
河神廟可據不謂李大有之糧柱未賴飭知冊房撥開
沙條故道光二十三年復誤混派蟻經抄稟前梁縣批
飭隨蒙免派惟是沙條猶未撥開致今仍遭誤混派累
何休亟得抄粘案據稟明仁台乞照原案免派飭知冊
房將李大有糧柱撥開沙條外稅註明糧冊如遇基工
不致誤混派累等情據此除揭示外合就諭遵諭到該
首事即便查照李勝觀等詞內事理太平沙如果坐落
桑園圍外向無科派修基工費即照向章辦理仍稟覆
備案毋違特諭
舉人馮日初等爲遵諭稟覆懇恩察奪以昭公允事緣
前奉鈞諭內開現據老民李暢然區遂全李和中等各

呈李大有戶區國器戶李大成李棟戶太平沙稅如果坐落桑園圍圍外向無科派修基工費即照向章辦理仍稟復備案等因舉人等竊查合圍大修自乾隆甲寅年以來例照圍內戶口按糧科派其戶內有無外稅俱係因糧定額繳足毋庸翻異先經去年十一月稟蒙示遵在案隨據九江堡之古潭沙壽亭沙裹肚沙沙頭堡之盧家沙雖係孤懸海外均照向章一律科派清繳並無異詞惟先登堡李暢然等太平沙欲以圍內戶口自分外稅無論有無影卸飛漏之弊而懷私背議已不足壓服眾心必欲確切查明應請諭飭李暢然區遂全李和中等繳驗該沙印契傳集鄰證委員逐一勘丈明白如果與報稅相符蒙恩准免科派則九江堡沙頭堡之

古潭等沙前經繳收銀兩亦應照數給回如應照九江等堡一例科派懇卽限日勒繳毋任推延方足以杜刁猾而昭公允茲奉飭查除前經具摺呈明外理合據實稟覆仰憑察奪道光廿五年四月廿八日呈

紳士馮日初等面呈摺略竊闔圍大修自乾隆甲寅年以來例照圍內戶口按糧捐派前奉鈞諭內開現據先登堡區遂全李和中等稟稱太平沙外稅請免派及者查明稟覆等因竊查圍內如九江堡之壽亭沙古潭沙沙頭堡之盧家沙均係孤懸海外且盧家沙現已人業俱無而業廢糧存此次仍按戶額科派又各堡均有任居省城佛山及別堡等處是人業俱在圍外惟旣有契買稅業經歸入該堡戶內輸糧卽照糧攤收李和中等

前經到局另請修基費銀欲除去外稅除銀四十餘兩
舉人等未便據一面之詞擅准免派隨以基工難緩該
堡科銀急難收繳只得於三月二十八日借銀給修仍
令立單歸款乃李和中等輒敢於三月十五日以前瞞
稱舉人等先已給發銀四十一兩三錢六分五釐憑空
硬坐狡猾可知不思以祖宗田園廬墓之區必欲於一
戶之中故分畛域雖較與全居圍内者輕重有別而懷
私窺避均屬全無本心舉人等照例辦公正不敢妄爲
翻異但各堡均有外稅一免則必盡免不特一萬四千
兩之數有名無實且恐各堡紛紛效尤藉端影卸并有
將内稅附作外稅之弊如必勘查確鑿并弔驗印契集
證勘丈不足以杜刁猾而服衆心似此事既難行轉恐

滋擾況大修始需科派十數年偶一舉行在區遂全李
和中等當以祖宗廬墓爲心不宜以一已之私致違通
圍公議謹就所見瀆陳是否有當統候訓示飭遵伏惟
電察
具稟人李和中區遂全爲前著免派免繳印刷碑圖叩
察准免事竊蟻等住居太平沙所以區國器李大有李
大成李棟四戶均有外海沙稅自來修築圍基乾隆甲
寅年間已無派及碑記可據是馮日初所稟自乾隆甲
寅年以來其戶内有無外稅俱因糧定額繳足毋庸翻
異者謬也上年修基工費經蟻等稟蒙諭免派在案不
料現又奉有憲諭著令一律科派掃數完交始知係據
馮日初等稟請照依九江古潭沙之例也不思九江古

潭沙之應派以其稅雖在外而廬墓則在圍內蟻等太平沙之應免以其稅旣在外而廬墓均在圍外桑園圍志載甚詳是以自甲寅至今年將滿百一向免派無有更改若可更改則非推之皆準行之無弊之善政矣只得抄粘稟由幷繳碑圖聯叩仁階伏乞弔齊舊卷核明諭飭免派俾免分歧以符舊日善政出自憲批

具稟桑園圍紳士馮日初何子彬明倫潘漸逵冼文煥黃亭潘夔生等稟爲剿註原碑瞞稟抗派聯懇給示勒石押繳事竊紳等桑園圍前年甲辰大修其論糧科派者均係查照乾隆甲寅嘉慶丁丑年例派修册房圍志壘無更異不謂先登堡太平沙李暢然區遂全李和中等四戸屢行逞刁抗派瞞瀆不休甚至將河神廟碑私

行劃註印呈作據不知原碑所載係續估土工銀六十兩乃李暢然等竟劃註云此係外稅詳准豁免憑空杜撰希圖瞞聽不知文義字迹兩兩不符檢閱原碑難逃明鑑況查太平沙雖孤懸海外要之祖祠墳墓均在圍中乃互鄉積習民性刁頑其在外經營者則包攬獄訟在家耕作者則嘯聚萑苻前經文武員弁圍捕燬拆窩穴十數家而東竄西竄不越一洲之外且與海神廟僅距一河故久得以私劃原碑以圖永遠滋訟茲因圍志告成用敢聯叩台堦伏乞飭房將前後案卷核實查辦並飭差拘李暢然區遂全李和中等到案嚴行訊究勒限清繳拜懇賜示勒石俾得刊入志乘以符舊例而儆刁頑合圍均感

道光二十七年三月

正堂史　諭桑園圍董理紳士馮日初明倫何子彬潘
漸逵知悉現據仙萊岡鄉區大器等稟稱蟻雲津堡三
十七圖九甲共一十四戶其田園廬墓坐落本圍內惟
蟻鄉區大器區兆麟區松盛三戶及新羅鄉潘進一戶
蟻鄉三戶共實徵條銀七兩九錢一分一釐應派奉憲
派開加五四一六四起科修基銀共一十二兩一錢九
分一釐四毫蟻等遵於本年正月初八日往赴基局清
繳收單執照其新羅鄉潘進戶實徵條銀一兩七錢九
分四釐蟻等帶差向討各戶聲說各修各圍毋得越派
任討莫繳等語蟻等忖思其田廬非在圍內修蟻本圍
似難派及蟻等耕作度日亦難不時帶差往討只得據
實報明叩懇飭令修基總理紳士將蟻堡冊列外圍十

戸開除免派等情據此除批揭示外合就諭知諭到該紳士等即便查明區大器等所稟外圍十戸田廬是否均在圍外應否免派即照向章辦理毋違特諭

正堂史　諭桑園圍先登堡太平鄉龍坑坊監生李殿元職員李健林麗林知悉案照桑園圍上年四月五月間林村鵝春社等基被潦沖決并有塌卸基段及低薄浮鬆患處甚多當經本縣親歷查勘傳集各紳士議以通圍大修估需工費三萬二千兩内撥官紳捐項銀八千兩稟奉大憲籌給該圍本款生息銀一萬兩在通圍按田科派銀一萬四千兩共成估需之數以湊厥用由總局董理紳士按照向章分別派收支發一律興修在案現在通圍工程將次告成昨經本縣親歷查勘白叟

黃童歡迎載道均知觀感可見此番經理一秉大公無所偏倚詎爾先登堡經管龍坑基並不按章遵辦上緊修復乃一味希冀僥瀆觀望遷延茲據董理紳士馮日初等以龍坑基僅長一百九十六丈止須培葺先給修費銀二百兩係按章勻給旋因該工枉濫無當復又添補一百兩各堡衆議咸謂給費已多如仍不敷應照各堡貼修之例責令自行賠墊不能再支公項緣經費有限合圍之大如必盡饜所欲恐十萬之數亦難敷用況先登一堡已共支去修費銀九百二十餘兩而該堡應派額銀尚欠三百五十餘兩之多以應繳之銀故抗不繳應修之基故延不修希圖波累闔圍士庶憤不甘心等情具稟查桑園圍派費工程向有定章以經費之多

寡工程之鉅細按段分給最爲公允且該基費業已多
領豈容再生無厭之求以抗衆議合就諭飭諭到該監
生等卽便遵照刻日將經管基段一律修築完固并將
該堡所欠派項速卽繳總局應用如敢再事遷延恃符
抗衆致誤通圍定卽拘案革究倘該監生等欲以估定
之工格外加工倍築逾於尋常是則工無限制不敷之
需應照各堡之例由該基主自行捐墊辦理不准再支
公項慎之特諭

按桑園圍起科十數年一舉比較他圍已爲厚幸原
區李等戶應繳之款爲數甚微乃動稱滋累搆訟不
休其訟費逾於捐數遠負氣求勝卒不能勝徒耗私
貲有傷睦誼孟子所謂養其一指失其肩背者也同

時復有區大器請除潘進外稅龍坑基求補基費兩
案輒以小故鬩於同室見疑官長貽笑鄉鄰茲幷附
錄於後昭示來許願生斯長斯者毋相效尤焉耳
光緒六年庚辰大修東西圍隄計畝起科編修陳序球等
呈請曉諭各堡
呈稱紳等桑園圍跨南順兩邑分東西兩基隄長壹萬
四千餘丈居民百餘萬賦稅二千頃端賴隄基保障前
嘉道年間屢經科捐興修有案近年復迭蒙憲恩給發
歲修帑息修基連年五月夏潦非常向所未見撼潑基
面深則二尺淺亦尺餘至一千五百餘丈之多若坍卸
裂漏各堡基段皆有謹粘列呈幸居民極力救護費數
千金轉危爲安故鄰圍十決八九而桑園圍獨能保全

皆近年迭次給撥歲修築基所致查東西基多受沖刷
倘不籌策明年夏潦潰決可懼刻下籌防緊要未敢專
靠請撥歲修本款圍内紳耆合商擬照甲寅丁丑癸巳
甲辰向章減數每畝科銀一錢五分限十月内先繳一
半十二月中旬繳足仍陸續勸捐趁冬晴修築惟工愈
鉅則費愈繁非四五萬金不能集事至請領歲修公呈
俟另投遞候列憲恩施理合聯懇分飭南順兩縣給示
曉諭科捐迅速收繳以應要工俾將西基險者築固低
者增高薄者培厚凡當加椿加石察看施工卽東基未
完善者一律修築尅日興修庶全隄鞏固糧命有賴闔
圍永戴鴻慈於不朽矣
按此呈一遞廣州府請飭縣給示一遞南海縣一遞

順德縣皆請給示飭遵

編修陳序球呈控龍山堡舉人李珠光賴孟瑜等抗不遵科

呈稱南海順德兩縣桑園圍分東西基堤長一萬四千餘丈賦稅二千餘頃圍內共十四堡順德龍山龍江甘竹三堡賦稅十份之三南海十一堡賦稅十份之七自前明至今每年應歲修銀一千兩以下由該堡自行修築倘遇圍決或是年夏潦盛漲東西各基坍卸裂漏幸搶救未成決口交秋冬節卽通傳圍內紳耆除請官帑給修外卽按畝起科幷派捐修基自二三萬至五六萬兩不等卽爲大修迭次科捐桑園圍志備載詳明卽如乾隆甲寅順德龍山溫侍郎汝适在籍倡議大修共收

十四堡派畝銀五萬九千九百八十八兩九錢八分四釐龍山派襄捐續捐共銀八千二百五十兩全數完繳嘉慶丁丑龍山温侍郎汝适復在籍再倡議大修桑園圍照甲寅五成起科龍山應派畝銀四千一百二十五兩全數完繳迨道光癸巳甲辰兩次均通修按條起科南七順三龍山龍江甘竹三堡俱同認十份之三桑園圍志亦刻載明備去年夏潦非常向所未見秋初通傳圍内紳耆會商親勘大圍各患基約估價四萬兩除恩給歲修銀六千兩外擬照温侍郎甲寅年減數起科每畝科銀一錢五分按南七順三呈請南海順德縣主賞示各在案龍山堡應派科畝銀四千兩初次與龍山紳士舉人左永思訓導馮培光等熟商各皆遵科後龍山

舉人李珠光舉人賴孟瑜抗不遵科經紳等多人親到
龍山鄉約諄勸併請其派紳督辦基務而李珠光賴孟
瑜並不會面只有舉人張伯康等說願量力捐銀惟捐
銀無成數而科畝有定額紳等係按照龍山温侍郎汝
适甲寅丁丑舊章減數科捐而抗不遵科卽係龍山後
輩李珠光諸紳實出情理之外現順德甘竹堡科畝銀
千餘兩已照數繳淸聞龍江亦擬酌派刻下團防緊要
尚蒙憲恩撥給歲修基銀六千兩而龍山應科銀兩竟
抗不遵科固上負憲恩且壞通圍千百年成規將來各
堡效尤糧命大有干礙祇得籲請憲恩札府飭縣嚴諭
舉人李珠光賴孟瑜將龍山堡遵照科畝銀四千兩著
速繳出趁春晴通修大基俾臻鞏固如仍不遵札併懇

卽發委員到龍山檄繳糧命有賴奉
督憲張公批桑園圍大修之年按條起科通修載在圍
志事有成例蓋合圍十四堡安樂與同亦患難與共此
良法美意也據呈龍山堡舉人李珠光賴孟瑜抗不遵
科實屬逞私忘公罔顧大局仰廣東布政司迅卽遴委
員前赴龍山堡會同順德縣督飭將應科畝捐銀兩照
數清繳以應要工李珠光賴孟瑜等如果從中阻撓卽
行據實詳請究辦該堡紳士如江蘇試用道温子紹卽
用知縣盧慶雲貢生馮培光等皆公正而能任事並應
由縣諭令該紳等協力同辦毋令一二劣紳坐壞通圍
成規一面札飭廣州府速飭順德縣傳諭該堡紳士一
體遵照原呈抄發圖存

撫憲裕公批如果桑園圍基修費向係由南海順德各
堡按畝派捐歷經議修派捐有案此次興修除撥給公
款外自應由該紳等查照向章按畝科銀以資修費據
呈順德龍山堡舉人李珠光等抗不遵繳殊屬非是仰
布政司即飭順德縣查明諭遵毋任抗延致誤要工粘
繳刊圖并發

藩憲姚公批按稅出費修築圍基係爲保衛田廬起見
歷有成案可查凡屬圍内業戶自當踴躍輸將以濟要
款桑園圍於上年被水沖決除發項興築外其餘不敷
既經該紳等照章派捐俱各允從龍山堡舉人李珠光
等何得故違衆議致紊定章據呈前情仰廣州府迅即
飭縣令該堡紳士照依向定章程作速清繳俾濟要工

毋任違延貽誤切切

再呈爲堅執抗科故違憲諭再懇傳訊幷發委坐催以

息刁梗而重糧命事竊紳等桑園圍生民數十萬賦稅

額徵銀五萬餘兩基圍當西北兩江之衝去年因水勢

滔天東西基俱多潑面卸裂衆議大修已歷三十七年

宜趁冬晴一律修築蒙發歲修息銀六千兩興修在案

此外尚不敷銀數萬兩議照舊例減數圍内十四堡按

畝起科每畝科銀一錢五分十三堡均已陸續按繳修

築獨龍山堡地居桑園圍腹地最屬富庶紳等俱係照

龍山温侍郎嘉慶甲寅丁丑減數起科在龍山堡後輩

固應踴躍照科遵守成規乃查得該堡紳民並知義無

可諉祇爲當權紳士數人如舉人李珠光賴孟瑜及儲

公項職監張祥卽張炳中等從中阻撓徒自私自利罔
顧全圍大局紳等以爲一時之抗科事猶小而順德龍
山此次旣抗科卽南海各堡恐亦效尤從此永廢通修
固誤糧項更貽害數萬戶生靈不得已指名呈請發委
坐催業蒙憲台嚴諭申飭隨卽發委親到勸諭詎俞委
員一到而三八躲避不面僅託紳士致意欲以一千兩
之數苟且攙塞似此堅執私意抗違憲諭固壞千百年
成規併不顧闔圍糧命實屬昧良喪心且憲諭如此嚴
峻該紳等竟敢蔑視刁梗已極若不傳案申飭幷發委
坐催則該紳等反得逍遙事外自詡得計現泥工及椿
工東西基俱辦理八九惟石工亟應往新安陸續運石
培護險要基腳急需支應方能全工告竣迫得再叩台

階乞即傳龍山紳士到案嚴加申飭俾得科銀如數繳
出闔圍糧命有賴
七年辛巳布政司姚公覲元委俞公文蒃偕龍山堡基費
桑園圍紳士列摺呈稱南海順德兩縣桑園圍分東西
兩基隄長一萬四千餘丈賦稅二千餘頃圍內共十四
堡順德龍山龍江甘竹三堡賦稅十分之三南海十一
堡賦稅十分之七自前明至今每遇歲修基圍該費壹
千兩以下由附近基段各堡自行修築倘遇圍決或是
年夏潦盛漲東西基有坍卸傷壞應修基銀一千兩以
上即通傳圍內紳耆除請官帑給修外即按十四堡稅
畝起科并派捐銀兩自二三萬至五六萬兩不等即爲
大修迭次科捐桑園圍志皆備載詳明即如乾隆甲寅

順德龍山温侍郎汝适在籍倡議大修共收十四堡派
畝銀五萬九千九百八十八兩九錢八分四釐龍山派
襄捐續捐銀八千二百五十兩全數完繳嘉慶丁丑温
侍郎汝适復在籍再倡議大修桑園圍照甲寅五成起
科龍山應派畝銀四千一百二十五兩亦全數完繳迨
道光癸巳甲辰兩次均通修按條起科南七順三龍山
龍江甘竹三堡俱同認十分之三桑園圍志亦刻載明
備去年夏潦非常向所未見秋初通傳圍内紳耆會勘
大圍各患基均估價四萬兩擬照温侍郎甲寅年減數
起科每畝科銀一錢五分按南七順三均呈請南海順
德縣主給示併通稟各大憲在案龍山堡應科畝銀四
千兩經與龍山舉人左永思訓導馮培光等熟商各皆

遵科唯舉人李珠光賴孟瑜抗不遵科併以不足據之
碑爲詞查圍志修基一千兩以下由附近經管基段該
堡自行修築一千兩以上卽派十四堡通修此碑係因
各堡經管基段惟恐有推諉俾專責成若通修一千兩
以上不在此例况此碑並未刻有順德龍山龍江甘竹
三堡不用起科字樣而甘竹堡屢次固科銀淸繳卽此
次甘竹亦按畝科銀全數淸繳且甘竹孝廉譚子恭現
在總局辦理基務其刻碑不足據可知至道光癸巳甲
辰龍山俱照圍例起科間有尾欠圍志亦備載詳明安
能以隨意襄捐爲飾卸乎總之應科不應科以決圍水
浸不浸爲斷昨龍山紳士函覆順德縣主併稱苟求於
圍外之龍山此固罔顧大局尤自相矛盾察看桑園圍

全圖龍山在圍内瞭如指掌卽如本年二月龍山舉人梁士衡等因龍江築閘阻水通稟大憲請速禁止免礙桑園圍洩水呈内亦聲明龍山堡在桑園圍内下游南海數十鄉諸山水必經龍山直趨龍江出海此其同圍共患自認確據龍山紳士復以修該鄉子圍爲詞獨不思桑園圍内各有子圍皆該堡自行修築就修子圍而論九江一堡本年費修基銀至二萬之多皆自行籌款修築並非由桑園大圍公款支出又安得以修子圍爲詞希圖推卸也查桑園圍向領歲修帑息修基若大修雖給帑息亦不敷用本年蒙憲恩發帑息六千兩而通修需四萬金有奇勢必按照龍山温侍郎向章減數科銀孰意抗科卽在龍山李珠光等殊出情理之外倘龍

山一堡抗繳各堡效尤以後基務大壞因誤糧命貽害
圍民向桑園圍每次興工告竣均蒙督撫憲
奏明立案故當遵向章辦理幸仁台奉委查辦追得列摺
上陳伏懇飭令龍山紳士遵照大憲批示如數遵繳圍
圍糧命有賴
閏七月龍山堡紳士賴孟瑜等赴順德縣完繳襄捐銀四
千兩
呈稱竊前奉諭襄捐桑園圍經費銀四千兩除經繳銀
二千兩外茲遵催鄉內簽助各家再湊二千兩特飭鄉
練協同貴差繳赴台階計前後共完繳銀四千兩伏祈
察收轉給圍局照領并乞將紳等前具限單給回賞爲
德便奉

順德縣張公批據繳助桑園圍經費銀二千兩如數完收存俟彙同前繳之二千兩共四千兩一併解省轉給圍局照領可也所請前具限狀非同取銀單據業已附卷毋須發回

龍山堡襄捐銀四千兩

甘竹堡襄捐銀七百七十二兩五錢

九江堡起科銀五千七百九十二兩

河清堡起科銀一千三百九十一兩九錢三分四釐

鎮涌堡起科銀一千三百三十七兩三錢八分九釐

海洲堡起科銀一千四百零六兩二錢一分八釐

先登堡起科銀一千七百二十四兩零六分二釐

百滘堡起科銀一千四百一十七兩八錢四分

雲津堡起科銀九百六十三兩六錢八分五釐

簡村堡起科銀一千八百二十七兩五錢六分三釐

金甌堡起科銀一千零五十六兩七錢七分三釐

大桐堡起科銀一千三百三十五兩七錢三分八釐

沙頭堡起科銀三千五百五十二兩二錢八分四釐

龍津堡岡頭涌五鄉起科銀一百五十兩正

伏隆堡關世澤戶起科銀七兩九錢八分

按此次龍江堡應修基段甚多需費亦鉅勘估當在千數百兩以上且去總局遼遠東西大工齊舉一時督理難得其人眾議以該堡應捐之款修該堡受患之基許自收自支事出權宜不得援以爲例云

九江堡三十四圖

一甲關　陞　另柱關　譽　二甲曾　廣
另柱曾三省　三甲關仕榮　四甲張明臣
另柱張斌授　五甲關仕隆　另柱關福昌
六甲梅魁先　七甲關應運　八甲岑良富
另柱岑繼祖　九甲曾通理　十甲朱廷相

九江堡三十五圖

一甲黃運興　二甲蘇運隆　另柱老榮芳
三甲曾　宏　四甲關　美　另柱關上遷
五甲李隆運　另柱黃　登　另柱鍾　文
六甲陳一德　一柱陳永昌　七甲廖起昌
一柱廖　元　九甲關　法　十甲陳顯祖
又八甲關仕興

九江堡三十八圖

一甲陳世昌　一柱陳　勝　一柱陳大受
一柱陳大業　一柱陳　承　一柱陳世山
一柱陳碧洲　一柱陳世德　一柱陳大德
一柱陳廣恩　一柱陳　保　一柱陳萬安
一柱陳萬盛　二甲張彭太　一柱張仁智
一柱張　復　一柱張　同　一柱張　信
一柱張崇萬　一柱張永賢　一柱張永寬
一柱張　英　一柱彭劾忠　三甲明　鐸
一柱盧紹明　一柱岑　都　一柱岑　洞
一柱岑善祖　四甲鄭波石　一柱朱紹源
一柱朱繼昌　一柱朱宣義　五甲馮劉胡

一柱馮德潤　一柱馮新盛　一柱馮化生
一柱馮　球　一柱馮嗣京　一柱馮啟昌
一柱馮直山　一柱劉　芳　一柱劉　岳
一柱劉世隆　一柱劉　毓　一柱劉遠盛
一柱劉　隱　一柱劉世美　一柱劉濟美
一柱劉永華　一柱劉昌泰　一柱劉華卓
一柱劉國安　一柱胡廣安　一柱胡大盛
一柱胡子盛　一柱胡新盛　一柱胡海盛
一柱胡昌盛　一柱胡　珽　六甲陳熙載
一柱陳　廣　七甲關義存　一柱關忠顯
一柱關榮仁　一柱關遇春　一柱李大能
一柱李永甯　一柱李鼎熾　一柱鄧　英

一柱鄧貽穀　一柱鄧沖霄　八甲黎祖福
一柱黎廣發　一柱黎其昌　一柱黎永盛
一柱黎錫玉　一柱黎　奇　一柱曾昌勝
一柱曾允勝　一柱曾維新　一柱曾　祖
一柱曾志興　九甲關世業　一柱關稅宇
一柱關永昌　一柱關洛溪　一柱關樂川
一柱關寢昌　一柱關鶴亭　一柱關玉亭
一柱關汝璧　一柱黃泰來　一柱黃貴益
一柱黃連元　一柱周上喬　一柱周　溥
一柱周　昌　一柱周東田　一柱周元覆
一柱關麗泉　一柱黃　敬　十甲馮昌英
一柱馮永興　一柱馮丹陵　一柱余文炳

一柱余梧埜

九江堡五十九圖

一甲曾永泰　一柱曾觀富　一柱曾恆泰

二甲李喜華　三甲梁瑞隆　四甲劉思宗

一柱黃昭泰　五甲張淸富　六甲關日新

一柱關文熠　一柱關嘉南　一柱關文球

一柱關福存　七甲曾奉朝　一柱曾　輝

八甲黎登泰　九甲岑起新　十甲黃興隆

九江堡八十圖

一甲陳聯宗　另柱黃揆文　二甲陳世鄉

另柱陳士貴　三甲梁鳴鳳　四甲鄧　偉

五甲鄧仕昌　六甲劉　盛　七甲吳大進

一柱吳　廣　十甲陳登谷　另柱曾功墀

沙頭堡二十三圖

一甲鄧仕同　又一甲關　鎮　二甲李太留
三甲崔　震　四甲崔仕興　又四甲崔仕登
五甲吳憲祖　又五甲馮躍祥　六甲黃兗高
七甲梁耀祖　又七甲盧　明　八甲馮　長
又八甲李泗興　九甲崔文奎　十甲鄧　瓚
又十甲鄧貴旺

沙頭堡二十四圖

一甲崔維同　二甲盧世昌　三甲馮世隆
又三甲崔國賢　四甲何　昌　另柱歐陽翹玉
五甲崔　壽　又五甲崔　昌　六甲崔永昌

七甲何漸造　八甲何聰先　九甲何　仕
十甲李　盛　另柱鄭國安
沙頭堡四十三圖
一甲老必昌　二甲陳振南　三甲陸繼恩
四甲李何創　五甲蘇繼軾　六甲何紹隆
七甲張懷德　八甲呂進承　九甲梁　超
十甲鍾萬壽
沙頭堡五十圖
一甲盧萬春　二甲崔日盛　三甲譚廣興
四甲譚廣安　五甲盧有道　六甲莫必盛
七甲崔彥興　八甲何維新　九甲崔萬昌
十甲譚同盛　另柱黄永隆

沙頭堡六十八圖

一甲周　遷　二甲馮　相　三甲崔桂奇

四甲胡文昌　五甲老少懷　六甲老鍾英

另柱老沼芷　七甲蘇萬成　八甲葉承爵

九甲胡祖昌　十甲何祖興　另柱曾顯珍

沙頭堡七十圖

一甲程萬里　二甲梁　勝　三甲崔日新

四甲梁喜昌　五甲林　秀　六甲林仕昌

七甲何繼昌　八甲林桂芳　九甲李萬盛

十甲盧大綱

沙頭堡七十三圖

一甲鄧崔宏　二甲劉胡同　三甲崔浩賓

四甲譚南興　五甲吴崔興　六甲譚盛何其昌

七甲李馮文　八甲羅邵新　九甲何三有

十甲廖永經

沙頭堡七十四圖

一甲黄　鋭　二甲李南軒　三甲崔紹興

四甲盧明正　五甲崔勝昌　六甲崔熾昌

七甲黄色喬　八甲鄧閏高　九甲崔漸鴻

十甲關鎮興

大桐堡二十五圖

一甲陳永太　另柱陳祖昌　二甲程　慶

三甲梁世昌　四甲陳永進　五甲郭尚雄

六甲陳永昌　七甲郭嘉隆　八甲郭萬昌

另柱郭應時　九甲周日先　十甲能萬春

大桐堡二十六圖

一甲洗派宗　二甲李　綱　三甲郭無疆

另柱黎珍女　另柱譚民安　另柱程儲富

另柱洗　英　另柱胡再興　另柱譚　德

四甲郭　宗　五甲郭夢松　六甲傅榮貴

又六甲郭善安　七甲郭嘉進　八甲戴　仁

另柱郭天福　另柱郭祖同　九甲郭志豪

十甲李禎祥　另柱李日盛　另柱李進盛

大桐堡四十一圖

一甲陳餘三　二甲李同春　三甲郭日盛

四甲郭祖興　五甲郭永興　六甲何侯關

七甲李三茂　八甲洗永隆　九甲陳恒泰

十甲胡程昌

大桐堡六十三圖

一甲林昌祚　另柱林鳳彩　二甲梁顯隆

三甲郭子保　四甲林厚業　五甲吳何昌

六甲郭晉豐　七甲蘇蔡沈　八甲李　賢

九甲沈郭李　十甲梁番清

大桐堡七十一圖

一甲程　章　二甲劉　昌　三甲傅維新

四甲麥　豐　五甲程洗昌　六甲陳　昭

七甲程思增　八甲程經顯　九甲傅永昌

十甲胡　廣

大桐堡七十二圖

一甲温　徐　二甲傅居萬　三甲傅精忠

四甲黎民盛　五甲陸光祖　六甲老猶壯

七甲袁桂芳　八甲高光臨　九甲郭艮進

十甲李貴隆　另柱曾斯竺

鎮涌堡二十七圖

二甲梁建昌　三甲何耀祖　四甲一柱何宗顯

另柱何毓裕　六甲潘可大　另柱潘善正

七甲任　儒　十甲任　隆

鎮涌堡二十八圖

二甲曾　賢　三甲任稅同　另柱何昌裔

五甲劉鳴鳳　六甲何少同　七甲曾　奇

九甲任　賦　　十甲何大成

鎮涌堡二十九圖

二甲潘龍興　　三甲潘起龍　　另柱馮　會

四甲陳禾昌　　四甲陳順章　　四甲陳　文

六甲潘裔昌　　七甲潘大用　　八甲何允隆

另柱何愈昌　　另柱何晚盛　　另柱何　興

九甲梁大德　　另戶何國珍彥　　另戶何信賢

另戶何艮輔　　另戶黃少緒

鎮涌堡四十圖

二甲鄧劉昌　　二甲鄧振東　　四甲何斌舉

五甲黃雷霍　　六甲何仕富　　六甲扶　昌

六甲何　長　　一柱何宗遠　　八甲黃志德

九甲另杜馮太來　十甲何　桓　十甲何維建

河淸堡三十二圖

一甲潘永盛　二甲潘　魁　三甲潘紹祺

四甲潘有德　五甲何其昌　六甲余元達

七甲潘繼業　八甲何榮相　九甲潘朝璉

十甲譚有俊　另戶潘樂成　另戶潘濤端

另戶潘何興　另戶潘敖公

河淸堡三十三圖

一甲黎福增　二甲潘永思　三甲潘可仕

四甲何福隆　另杜何攀桂　另杜何羣英

五甲潘賢昌　六甲胡伯興　七甲潘　傑

八甲潘維昭　另杜潘日升　另杜潘隆升

另柱潘燦升　另柱潘俊澤　九甲潘明盛
十甲潘祚興　另柱潘廣隆　另柱潘世隆
另柱潘榮升
簡村堡十四圖
一甲麥逢年　二甲洗憲宗　三甲梁永盛
四甲陳德昌　另柱陳燕侯　五甲馮世盛
六甲李裔興　另柱李國祀　七甲倫　廣
八甲梁俊英　又八甲黃紹宗　九甲梁　富
又九甲馮二昌　十甲陳　章　另柱陳家修
另九甲陳以平　二甲另柱洗天球　又另甲戶陳茂恩
簡村堡五十三圖
一甲何勝祖　二甲張世昌　另柱張世盛

三甲黃　德　四甲張二德　五甲陳德昌
六甲馮　震　七甲麥　喜　八甲羅萬石
九甲張廣生　十甲張　宗

簡村堡五十四圖

一甲冼以進　另戶冼　喬　又一甲馮逸吾
另戶馮觀育　二甲麥　德　另戶張承恩
三甲蘇芝秀　四甲簡如錦　一柱麥　碧
五甲馬遇芳　另柱馬符祿　六甲蘇業進
另柱符瑞龍　另柱蘇茂達　七甲左　英
九甲黎有實　另柱黎衆盛　另柱霍黃呂
另柱麥　沾

百滘堡十一圖

一甲潘耀璣　二甲黎　忠　三甲潘大有
四甲潘敵元　五甲黎日進　另柱黎　昌
六甲潘世隆　七甲黎豐燦　八甲潘光壯
九甲潘　龍　另柱潘日千　另柱潘日山
又九甲潘萬盛　另柱潘廣相　另柱潘挺相
十甲梁　相

百滘堡十二圖

一甲張祖同　又一甲張天錫　二甲潘紹元
三甲潘大成　四甲潘上進　五甲潘致忠
六甲梁　同　七甲潘永盛　又七甲潘　學
另柱潘始昌　八甲區紹基　九甲麥　佳
又九甲潘　興　十甲黎日登

先登堡十三圖

一甲梁觀鳳　又一甲蘇耀光　二甲李　標

三甲李大有　四甲蘇芝望　五甲張俊英

六甲梁卓明　另柱梁南儒　七甲蘇萬春

八甲李瑯琛　九甲蘇志大　十甲李　棟

先登堡五十二圖

一甲張嘉隆　二甲李永高　三甲梁喬昌

四甲蘇　節　五甲梁九達　六甲李大成

另柱李　宗　七甲張宗傑　八甲馮有戌

又八甲符日臣　九甲李　祥　十甲區國器

海舟堡三十圖

一甲梁萬同　二甲麥秀陽　三甲馮　俊

四甲余尚德　又四甲梁稅滿　五甲梁孟朝
五甲梁榮隆　另柱梁義誠　六甲溫萬成
六甲梁天祚　六甲梁大有　又六甲梁　仰
又六甲黎大傑　七甲黎禮敬　八甲梁　椿
九甲李常興　又九甲李復興　十甲李遇春

海舟堡二十一圖

一甲石中藏　二甲簡其能　三甲馮永盛
四甲譚稅長　五甲黎世隆　六甲林　璋
七甲李文興　八甲李文盛　九甲梁　昌
十甲李繼芳　另戶蔣良材

雲津堡十圖

一甲張裕賦　二甲馮　梓　四甲林桂芳

又四甲黎祖興　五甲潘祖同　六甲潘世興
另柱潘其勤　九甲吳　聰
雲津堡二十二圖
一甲鍾鄧劉　三甲羅　信　另柱馬　盛
另柱麥裕益　五甲程祐新　七甲陳運昌
八甲潘　德
雲津堡三十七圖
三甲麥大年　四甲黎振昌　五甲周　興
七甲陳聯昌　八甲何昌祚　九甲區兆麒
十甲梁德彰
雲津堡四十九圖
一甲黎譚崔　三甲石　英　四甲洗裕興

另柱何德詹　五甲梁林周　六甲陳　同
陳宗器　嚴　法　七甲陳宗富
九甲李　華　十甲洗公養　另柱陳兆祥

金甌堡九圖

三甲余振剛　五甲余　成　七甲余一鸞
衿戶余艮棟　另柱余永昌　九甲梁維彰
另柱張　廣　十甲趙萬印

金甌堡三十六圖

一甲潘　綬　二甲岑老壯　三甲羅　昌
四甲余　挺　五甲岑裕昌　六甲關永興
七甲洗祐隆　八甲余永隆　九甲唐　聖
十甲余際興

金甌堡四十六圖

一甲陳　昌　二甲老陳梁　三甲余區同

四甲余世昌　六甲余萬盛　八甲陳　益

衿戶陳　鰲　十甲余洗興

按順德三堡向以襄捐爲名其銀由該堡彙交花戶姓名無繇分析故舊志圖戶門僅載南海十一堡今從之

桑園圍志卷八終